Tout ce qui vaut la peine

CÉLINE MIANNAY

City
Roman

ISBN : 978-2-8246-1888-3
Code Hachette : 59 1128 1

Collection dirigée par Christian English & Frédéric Thibaud
Catalogues et manuscrits : city-editions.com

Dépôt légal : Juin 2021

À Goël

On dit que le temps change les choses,
mais en fait le temps ne fait que passer et nous
devons changer les choses nous-mêmes.

ANDY WARHOL

Prologue

Vous est-il déjà arrivé de vouloir disparaître ou recommencer une nouvelle vie ? J'ai songé me réveiller à Ny-Ålesund en Norvège, ville située la plus au nord du monde, où je ne croiserais qu'ours polaires et bécasseaux violets et où personne ne s'intéresserait à mon passé, et puis j'ai compris que ça ne réglerait pas le problème car moi je savais, je me souviendrais de tout. La meilleure solution serait de faire un retour dans le passé pour changer le cours des choses ou de pouvoir transformer ma vie à coups de baguette magique. Être comme le Namaqualand en Namibie qui, d'une zone aride et stérile, se métamorphose en toile de fleurs multicolores. Car, qu'y a-t-il de pire que d'avoir le sentiment que la vie n'a plus de sens, que jamais on ne retrouvera la paix intérieure ? J'ai essayé de différentes manières de me délester de ce poids qui me rongeait mais la culpabilité, tel un chewing-gum que j'ai mâchouillé et ruminé des heures durant resté collé sous ma semelle de chaussure, ne me quittait jamais. J'ai fait comme si de rien n'était en menant la vie du commun des mortels, un travail, un mariage, l'achat d'un bien immobilier, les vacances… mais la honte était encore là. J'ai essayé de l'enterrer au plus profond de mon être comme une mauvaise graine que l'on recouvre de paillage et de cailloux pour l'étouffer, mais elle semblait apprécier l'obscurité et la froideur. J'ai tenté de fuir en me plongeant corps et âme dans le travail. Cela n'a pas suffi. Occuper chaque créneau de mon emploi du temps en divertissements non plus – ma mémoire n'était pas défaillante. J'ai presque souhaité être atteinte d'Alzheimer.

Certains diront que c'est le karma, que le mal que j'ai fait un jour me revient en pleine figure comme un boomerang. J'ai laissé le temps agir, pensant que peut-être les souvenirs seraient érodés comme peut l'être une falaise par le va-et-vient des vagues.

C'était peine perdue, les éléments se sont concertés avec l'univers pour que je ne puisse plus faire autrement que d'affronter mes erreurs. J'étais emprisonnée depuis trop longtemps déjà, le moment était venu pour moi d'arrêter de retenir fermée la porte de ma cellule et d'être libre.

L'élément déclencheur est apparu, un matin comme les autres, dans ma boîte aux lettres, et là, tout s'est enchaîné. Effet papillon, boule de neige, avalanche, cascade... peu importe le nom qu'on lui donne. J'ai perdu tout contrôle sur ma vie, impliquant dans mon tourment ceux qui m'étaient chers.

Chimères. Plus je cherchais à me protéger et plus ce que j'avais acquis et construit s'écroulait autour moi.

Les secrets m'ont torturée, la vérité m'affranchira.

Une carrière réussie, c'est fantastique,
mais on ne peut pas se blottir
contre elle la nuit lorsqu'on a froid.

MARILYN MONROE

1

Elle court, elle court, la rumeur...

Assise à mon bureau devant une tonne de paperasse, je relis chacune des idées et doléances des représentants syndicaux. Après quoi, je dois encore m'occuper des recrutements, des remplacements pendant les congés et organiser les plannings pour les deux prochains mois. Les jours fériés, les vacances de printemps, les ouvertures des dimanches et la fête de Pâques qui approchent à grand pas génèrent un important accroissement d'activité. Il faut aussi trouver des volontaires pour faire des heures supplémentaires, recruter des contrats pour la mise en rayon et tenir les caisses, trouver un vendeur en poissonnerie, des animateurs et une mascotte lapin pour les ateliers enfants, gérer les déclarations d'accidents, d'arrêt maladie et de congés de maternité arrivés ce matin au courrier, et participer à une réunion de direction à 14 heures 30. Il me faudrait des journées de quarante-huit heures pour venir à bout de tout ce que j'ai à faire. Parfois, j'ai l'impression d'être une réincarnation de Shiva.

11 heures. Je lève le nez de mes dossiers pour aller me chercher un café. J'en suis à mon cinquième depuis ce

matin. À ce rythme, je vais bientôt parler colombien. J'ai promis de freiner la caféine à cause des palpitations et des insomnies qui sont apparues ces derniers mois mais j'en ai besoin pour assurer. Mon téléphone se met à vibrer et l'écran affiche « Lucas ».

Mon café d'abord, Robert. Je te rappellerai plus tard.

Robert, Alphonse, Léon… C'est un jeu entre nous. Il y a des couples qui s'appellent Chouchou, Loulou, Bébé… Entre Lucas et moi, ce sont de vieux prénoms. Lors de nos premières vacances, nous nous étions retrouvés dans le supermarché d'un petit village vieillissant et nous avions été amusés de ne croiser dans les rayons que des personnes âgées. Nous avions entendu les couples s'interpeller de prénoms anciens et les avions imités. Nous en avons ensuite fait une habitude, qui est devenue notre identité.

Je me dirige vers la salle de pause où la porte est entrouverte. J'entends des bribes de conversation auxquelles je ne fais pas attention jusqu'à ce que mon oreille attrape mon prénom. Je marche sur la pointe des pieds pour ne pas faire de bruit avec mes escarpins et m'approche au plus près pour écouter plus distinctement.

— Il y a de l'eau dans le gaz entre M. Boucles d'or et Mme Bête de travail.

« Bête de travail » ! J'ignorais que l'on m'avait surnommée ainsi.

— Il y a anguille sous roche avec Audrey Dumur.

— Non, c'est vrai ?!

— Camille les a surpris tous les deux dans l'entrepôt jeudi soir.

— C'est pas vrai ?! T'es sûre ?

— Camille m'a dit qu'ils étaient devenus très proches. Trop. Si vous voyez ce que je veux dire. Ils s'enferment tous les deux dans le bureau de Lucas Perret.

Les palpitations me reprennent.

C'est quoi cette histoire ? Je ne peux pas imaginer un seul instant que Lucas me trompe.

Je pousse la porte, jetant ainsi un froid dans la pièce. Je suis comme un cheveu sur la soupe, ou plutôt une perruque. La gêne est palpable. Je salue les trois commères, dont ma représentante syndicale préférée. Toujours là quand il ne faut pas, cette chère Sylvie Dubreuil.

— Bonjour mesdames. Madame Dubreuil, ça tombe bien, je voulais m'entretenir avec vous.

— Au revoir madame Perret, bonne journée ! me lancent les deux employées, profitant de ma conversation avec leur collègue pour prendre la tangente.

— J'ai bien reçu votre e-mail concernant les tenues de travail. Je suis désolée mais ça ne sera pas possible, nous avons déjà passé les commandes.

Elle reste muette, hébétée.

— Sinon, autre chose à me dire ou à m'apprendre ? Vous êtes l'œil de Moscou ici, continué-je.

— Euh, non, non. Je vais retourner travailler, ma pause est terminée.

— Oui, faites donc ça, madame Dubreuil.

Pas brave pour un sou, celle-là ! Sauf quand elle accompagne son mari, syndiqué lui aussi. Le couple parfait pour alimenter les rumeurs et jeter de l'huile sur le feu. Je me retrouve seule dans la pièce avec, comme seul fond sonore, le grésillement du radiateur électrique. Je m'apprête à me servir un café quand je m'aperçois que la carafe est vide. C'est sûrement une bonne chose car mes mains tremblent encore. J'appuie sur l'interrupteur pour arrêter la cafetière restée allumée et me sers un verre d'eau avant de retourner à mon bureau. Dans le couloir, je me repasse la conversation des trois cancanières qui me laisse incrédule. Dans ma tête je retrace le fil de la journée. Lucas voulait déjà discuter ce matin et je lui ai répondu que je n'avais pas le temps. Puis il a tenté de m'appeler…

Et s'il voulait m'annoncer qu'il avait une maîtresse ? Ce ne peut pas être vrai, elles ont tout inventé.

Je me replonge dans le travail sans même prendre le temps de le rappeler. Il aura tout loisir de me parler ce soir pendant le dîner.

Malgré tout, je ne peux m'empêcher de ruminer. Elles ont parlé de jeudi soir. C'est vrai qu'il est rentré tard. Il a prétexté avoir beaucoup de travail. Ce qui est normal à cette période avec le boom des ventes de chocolats, articles de jardinage et jouets. Les livraisons s'enchaînent. Cette Camille a dû imaginer une scène digne d'un téléfilm.

Je suis directrice des ressources humaines de l'un des plus grands centres commerciaux de la région parisienne. Je gère près de quatre cents salariés, sans compter les intérimaires, stagiaires et contractuels. J'ai recruté Lucas il y a dix ans au poste de responsable logistique. Je me souviens de notre entretien comme si c'était hier. Il portait un costume bleu marine et une chemise bleu ciel à fines rayures. Ses manches retroussées dévoilaient des avant-bras robustes et bronzés sur lesquels apparaissaient des vaisseaux sanguins dilatés et une multitude de poils clairs. Ses cheveux blonds, courts sur les côtés, plus longs et légèrement ondulés sur le dessus, lui donnaient un côté dandy. Sa façon de glisser la main dans ses mèches souples et volumineuses témoignait d'une envie de plaire qui ne me laissait pas indifférente. Une arme de séduction infaillible. J'ai toujours eu une préférence pour les hommes aux cheveux longs. J'ai également été interpellée par son nez, dit « romain », où une légère bosse ressortait en son milieu. En morphopsychologie, ce nez traduit en général une personnalité de leader doté de qualités charismatiques. Il m'a énuméré ses précédentes expériences professionnelles en me détaillant les missions et défis relevés puis a répondu à mes questions. Il était souriant et très à l'aise. Bien que je n'aie rien laissé paraître, je l'ai trouvé sexy et charmant. Il m'a tout de suite convaincue.

En fin de matinée, il m'envoie un SMS.

On déjeune ensemble ?

Je réponds immédiatement.

Non, désolée. Surchargée !

En début d'après-midi, alors que je mange rapidement un sandwich devant ma pile de CV et de lettres de motivation à la recherche du candidat idéal pour le poste de vendeur en poissonnerie, Lucas apparaît dans mon bureau.

— Salut, ça va ?

— Oui, beaucoup de travail ces temps-ci. Comme toi, j'imagine.

— On a du mal à se voir en ce moment. Il faut qu'on parle.

Les rumeurs entendues ce matin me reviennent alors en mémoire, m'envahissant de crainte.

— Je suis désolée Gaston, je n'ai pas le temps. Je suis sur le point de partir en réunion. On peut discuter plus tard ?

— OK. À quelle heure comptes-tu rentrer ce soir ?

— Aux alentours de 20 heures je pense.

— OK. À ce soir. Bonne réunion !

Puis il quitte mon bureau, sans un mot gentil ou un baiser. Pas de petit nom, pas de Berthe ou Alphonsine. Je m'enfonce quelques instants dans mon fauteuil et scrute le ciel à travers ma fenêtre. Les pensées tournent à toute vitesse dans mon esprit. Piquée par la curiosité, je me connecte à l'application de gestion du personnel et tape le nom « Audrey Dumur ». Je consulte son dossier administratif, m'informe sur ses diplômes, son parcours professionnel, sa situation familiale…

Titulaire d'un bac+2 en logistique et qualité, recrutée il y a trois ans… Vingt-huit ans, célibataire et mère d'un enfant. Rien de passionnant de ce côté-là.

Je parcours sa page Facebook à la recherche d'informations plus personnelles. Sa photo de profil est assez flatteuse. Maquillée d'un trait d'eye-liner et d'un gloss rosé, elle affiche un sourire glamour, le visage entouré de boucles blondes. Je dois avouer qu'elle est jolie, même si ma jalousie me donne envie de la trouver commune. Je jette un coup d'œil à la liste de ses amis qui ont liké le cliché. Au milieu des noms qui me sont familiers, essentiellement de collègues de travail, je découvre celui de Lucas Perret. Mon amour-propre malmené, je fais défiler ses publications, toutes likées par mon mari. Celles où elle pose avec sa fille et avec son équipe de travail, les partages de paysages de vacances, les citations et les selfies.

2

Un mauvais rêve

Lorsque je rentre le soir, la table est déjà mise et une agréable odeur de cuisine a envahi les lieux. Lucas est devant la télé, assis dans le canapé.

— Humm, ça sent drôlement bon ici. Qu'as-tu préparé ?

Je me dirige vers la cuisine et soulève le couvercle de la marmite. Je n'obtiens qu'un soupir d'exaspération en guise de réponse.

— Blanquette de veau, je vais me régaler, dis-je avec gourmandise.

Son acharnement sur la télécommande et son zapping de chaînes télévisées m'indiquent le degré de son agacement. Je vais m'asseoir près de lui dans l'espoir d'apaiser les tensions tandis qu'il se lève et retourne à la cuisine, oubliant son téléphone portable entre les coussins. Il vibre et l'écran s'allume.

Message : Audrey

L'envie de m'en emparer me traverse l'esprit mais la peur d'affronter la vérité est plus forte encore et me tétanise sur place.

— Tu es encore en retard ! Il est 21 heures 30, me lance-t-il en colère.

— Oui, je sais. Je suis désolée. Je n'avais pas terminé les plannings.

— Mais délègue, merde !

— C'est ce que je fais.

— Tu pourrais déléguer davantage. On n'a plus de vie.

— Tu sais aussi bien que moi que c'est une période chargée.

— C'est tout le temps chargé ! Et depuis trop longtemps, Manon.

Manon. Il ne m'a plus appelée ainsi depuis nos premières vacances il y a neuf ans. On sait que lorsque les couples s'interpellent par leur identité complète « J'ai deux mots à te dire, Simon Alfred Dupont », l'heure est grave.

— On passe à table ? Je meurs de faim, tenté-je pour couper court à la dispute.

— Non, merci. J'ai perdu l'appétit.

Il tâtonne dans ses poches de pantalon et promène son regard sur la table du salon à la recherche de quelque chose. Je devine immédiatement quel est l'objet de son trouble.

— C'est ça que tu cherches ? dis-je en brandissant son téléphone.

Il le récupère comme s'il s'agissait d'un objet explosif et consulte ses messages.

— Il faut qu'on parle, Manon.

C'est la troisième fois aujourd'hui qu'il me sort cette phrase, le ton grave. Je n'ose pas le regarder tellement je crains ce qu'il va m'annoncer.

— Je vais partir.

— Partir en voyage d'affaires ?

— Non, je vais déménager.

— Pourquoi veux-tu déménager ? Je croyais que tu avais eu un coup de cœur pour cet appartement.

— C'était le cas. Mais j'ai froid ici. J'en peux plus d'être seul la plupart du temps entre ces murs. Ce n'est pas exactement la vie que j'imaginais lorsque nous avons acheté.

— J'admets que je suis souvent absente car ma charge de travail ne fait qu'augmenter…

— Es-tu sûre qu'il ne s'agisse que de ça ?

— Que veux-tu dire ?

— Ne serait-ce pas plutôt une excuse ? Ne cherches-tu pas à me fuir ?

— Mais non, c'est ridicule.

— Cela me paraît clair, au contraire.

— Tu sais que je t'aime.

— Je ne sais pas, non. Quand me l'as-tu dit la dernière fois ?

— Ne sois pas bête. Je ne fais pas ce genre de compte…

Je me lève à mon tour et m'approche de lui doucement.

— Bien sûr que je t'aime, Louis.

— Je ne pense pas que tu m'aimes encore. Tu aimes l'idée d'avoir quelqu'un dans ta vie, voilà tout.

— C'est faux !

— Cela n'a plus d'importance. J'ai rencontré quelqu'un.

Nous y sommes. Il a prononcé les mots que je redoutais d'entendre. Mon ventre se tord et mon rythme cardiaque accélère.

— Si tu as eu une aventure, je peux le comprendre. Tu as eu besoin de relâcher la pression en ayant une maîtresse, c'est ça ? Toi aussi tu as beaucoup de responsabilités au travail et…

— Non, Manon. Ce n'est pas juste une aventure. Je suis amoureux.

— Mais non, tu te trompes. C'est juste une passade.

— Non, Manon. Je te le répète, c'est sérieux. Je vais préparer mes affaires et demain je quitte cet appartement.

— Où vas-tu vivre ?

— Avec elle.

— Tu ne peux pas partir comme ça sur un coup de tête !

— J'ai longuement réfléchi.

— Quand as-tu réfléchi ? Cette semaine ? Encore une fois je suis vraiment désolée d'être rentrée tard si souvent.

— Tu ne te demandes pas qui est cette femme ? Où je l'ai rencontrée ?

Inutile de lui dire que je connais l'identité de ma rivale, son état civil, son curriculum vitae en détail, le prénom de sa fille et le surnom de son chat, le nom de son restaurant favori, les lieux de ses dernières vacances, que je sais que ses hobbies sont le scrapbooking et les montages vidéo... C'est moi qui ai transmis sa candidature à Lucas il y a quelques années lorsqu'il cherchait une assistante. Si j'avais su que je faisais entrer le loup dans la bergerie, j'aurais brûlé sa lettre de motivation.

— J'entretiens une relation avec Audrey Dumur depuis quelques mois.

— Vous vous appréciez, d'accord, mais ce n'est pas de l'amour.

— Si, nous sommes amoureux. Tu ne fais pas attention à moi. Tu n'as même pas remarqué qu'il y avait une autre femme... Pourtant je t'ai laissé des indices. Au début, je voulais juste te réveiller. J'ai essayé maintes fois de parler avec toi, de t'exprimer mon mal-être, mais tu ne voulais jamais que l'on parle de nous. Chaque fois que j'évoquais notre couple, tu changeais de sujet.

— Tu ne me parlais que d'enfants.

— Justement Manon, c'est légitime quand on s'aime fort... de faire des projets.

— On fait des projets ! Cet appartement, par exemple, nos voyages…

— Je ne te parle pas de ces projets-là. Je te parle de fonder une famille.

— On a tout le temps pour ça ! On peut d'abord profiter de nous.

— Et quand profiter de nous ? On ne fait que se croiser, même le week-end tu vas bosser, ou tu ramènes du travail à la maison. Et non, on n'a plus le temps pour des enfants. Manon, j'ai trente-six ans, tu en as trente-quatre. Il est plus que temps. Je ne veux plus attendre. Je te laisse maintenant. Je vais me coucher dans la chambre d'amis.

Je reste incrédule. Tout cela n'est qu'un mauvais rêve ou une mauvaise blague. Je vais m'endormir et demain tout rentrera dans l'ordre. Il est juste en colère parce que je suis rentrée tard. Oui, voilà, je vais me coucher et quand je me réveillerai, il me dira que rien n'était vrai.

3

Un long dimanche de séparation

Je suis réveillée par du remue-ménage dans la pièce d'à côté. En me tournant vers la place de Lucas, je remarque que son oreiller n'est pas froissé et en déduis, avec tristesse, qu'il n'est donc pas venu me rejoindre cette nuit. Alors non, ce n'est pas un cauchemar, notre discussion de la veille était bien réelle. J'ai veillé des heures durant, pensant que sa colère retomberait et qu'il préférerait finalement notre lit douillet au clic-clac de la chambre d'amis, puis je me suis endormie, épuisée d'avoir trop ressassé, des regrets, des chagrins, des souvenirs, notre bonheur… J'ouvre le volet de quelques centimètres pour habituer mes yeux à la lumière puis enfile un peignoir et entre dans le dressing où Lucas est en train de faire sa valise.

— Hey, bonjour mon Édouard !

Il tourne la tête vers moi, le regard fuyant.

— Bonjour.

— Qu'est-ce que tu fais ?

— Toi, qu'est-ce que tu fais ?

— Comment ça ?

— Manon, depuis combien de temps ne fais-tu plus attention à ce que je fais ?

— Ne sois pas cynique.

Je m'approche plus près de lui et caresse son épaule tendrement. Il fait un mouvement du buste de manière à chasser ma main.

— Tu ne peux pas faire ça, nous sommes mariés.

— On ne va pas revenir sur le sujet. J'ai pris ma décision.

— Mais tu vas revenir, n'est-ce pas ? Tu as juste besoin d'un petit break…

Il ignore ma question et passe à côté de moi en prenant garde à ne pas me toucher. Je le suis dans le hall d'entrée. Il ouvre la porte puis s'adresse à moi une dernière fois avant de franchir le seuil.

— Je reviendrai plus tard rechercher le reste de mes affaires.

La porte se referme dans un claquement violent. Je l'observe par la fenêtre tandis qu'il monte dans sa voiture. Mon cerveau est au ralenti. Je ne comprends pas ce qui arrive. Je n'ai rien vu venir. Je suis incapable de croire à tout ça. Il va revenir, c'est sûr. Il ne peut pas balayer dix ans de vie commune sur un coup de tête.

Pour me donner l'illusion que son départ n'a pas eu lieu, je me plonge dans mes dossiers. Tenter de faire abstraction des émotions douloureuses est une pratique courante chez moi. Je m'y entraîne depuis de nombreuses années déjà.

En début d'après-midi, l'estomac noué et à fleur de peau, je lui envoie un message.

Coucou, à quelle heure vas-tu rentrer ?

Je viendrai rechercher le reste de mes affaires ce soir.

OK, à tout à l'heure. Je t'embrasse.

Je savais qu'il reviendrait.

21 heures. Il n'est toujours pas rentré. Je suis à l'affût du moindre bruit de clé dans la serrure.

Je me sens seule dans l'appartement. Je n'ai pas l'habitude d'y être sans lui. J'allume la télévision et laisse défiler les images sans vraiment y prêter attention. Je ne regarde pas souvent la télé, si ce n'est lors de notre rituel du week-end pendant lequel je me love dans ses bras alors qu'il me caresse le dos et la nuque. Nous rions devant nos séries préférées et faisons des pronostics sur les couples qui se formeront ou les suspects des téléfilms policiers. Nous commentons les événements et répétons les répliques en imitant les voix. Je m'aperçois soudain que la dernière soirée comme celle-là remonte à des semaines. *Où étais-je pendant tout ce temps ? Et s'il avait raison ? N'étais-je pas aussi absente qu'il le prétend ?*

23 heures. Pas de signe de Lucas.

Je m'endors sur le canapé.

1 heure. Je me réveille et constate qu'il n'est toujours pas venu. Je regagne mon lit, l'esprit dans les vapes.

Le lendemain, je passe la journée en pyjama. Un dimanche long et pluvieux. La météo ne m'aide pas à me sentir mieux. Mon état d'esprit est aussi sombre que le ciel. J'ai dormi en chaussettes, faute d'avoir mon mari avec moi pour me réchauffer les pieds. C'est drôle comme nous considérons certaines petites choses comme acquises. On s'y habitue tellement qu'on ne les apprécie plus, jusqu'à ce qu'elles disparaissent.

J'ai installé mon bureau dans le salon. Mes dossiers trônent sur la table basse et mon ordinateur portable remplace la télévision. Je vais avancer dans mon travail.

Pendant que je suis concentrée, je ne pense pas à Lucas. Enfin, j'y pense moins.

En fin d'après-midi, j'entends enfin la porte s'ouvrir. Je suis comme une enfant qui s'attend à voir le Père Noël. Je m'élance vers lui pour l'accueillir et constate avec angoisse que son regard n'a pas changé depuis hier. Sinistre. Lucas est d'un naturel bon vivant, aimant plaisanter et mettre de la joie là où il passe. Aujourd'hui je le découvre avec un nouveau visage. Éteint, fermé et en colère. Un mélange qui m'inquiète.

— Je t'ai attendu hier soir.

— Finalement, j'ai changé mes plans.

— Tu restes à la maison ce soir ?

— Non, je suis venu prendre des affaires. Je repars aussitôt.

— Déjà ?! Tu ne veux pas dîner avec moi ?

— Non. Je suis attendu.

— Ah... Moi aussi je t'ai attendu.

Il ne répond pas. Il s'active pour finir ses sacs puis repart en ne m'adressant qu'un « au revoir » triste et désolé.

4

Pétage de plombs

Je m'attache à ce début de semaine comme à une délivrance, un sas de décompression, pensant que, sollicitée de toute part, je serais trop occupée pour penser à l'homme que j'aime et à son abandon. Pourtant, bien que je ne décolle pas les yeux des dossiers qui s'entassent sur mon bureau et des tableaux qui défilent sur mon écran d'ordinateur, il est là, bien présent, dans mes pensées, autour de moi, promenant cette douleur lancinante qui brûle tout mon être. Mon cœur, mon esprit et mon âme. Par la fenêtre, je vois les lampadaires s'allumer. La nuit commence à tomber. Il n'y a plus personne dans mon service. Je suis la dernière à quitter les lieux. Je pose ma main sur la poignée de la porte qui mène au parking puis fais marche arrière. Je ne peux me résoudre à rentrer chez moi sans passer voir Lucas. Je me dirige vers le service logistique puis arpente les allées de l'entrepôt quand je les aperçois tous les deux. À l'abri des regards, dans un coin, entre deux palettes de couches pour bébé (quelle ironie !), ils rient et s'embrassent. Je sens mon cœur se déchirer. La douleur est atroce. Alors, c'est vrai, il va vraiment me quitter. Il ne mentait pas. Comme ces derniers jours, je déteste rentrer chez moi alors que je le sais ailleurs.

La colère qui prend de l'ampleur en moi m'empêche de m'endormir. La vue de leur complicité et de leurs ébats tout à l'heure me ronge. Ils n'ont pas le droit, c'est moi sa femme. Je ne peux pas la laisser me voler mon mari. Je vais aller la voir et m'expliquer avec elle. J'imagine une discussion virulente où j'exprimerais toute ma fureur. Je l'humilierais et lui défendrais de s'approcher de Lucas. Je la menacerais de la licencier s'il le faut. Les plans violents et excessifs élaborés par mon esprit renforcent mon insomnie.

Le lendemain, mon manque de sommeil allié à une dose magistrale de caféine ne fait pas de moi l'être le plus doux de la planète. Je suis irritée et désagréable avec mes collègues. Je ne suis pas d'humeur à passer l'éponge sur des erreurs de frappe sur un courrier ou un mauvais filtrage de mes appels téléphoniques. Je débarque dans le bureau de Lucas pour lui dire ce que je pense de son comportement et de son manque de respect envers moi et notre relation. J'extériorise ma souffrance en criant sur lui.

— Manon, s'il te plaît, calme-toi. Nous sommes au travail. Tu te rends compte que tout le monde nous entend ?

— Je n'en ai rien à foutre que tout le monde nous entende. De toute façon, tout le monde est au courant que tu te tapes cette garce !

— Ne parle pas d'elle de cette manière !

— Je parle d'elle comme je veux ! Comme c'est touchant que tu la défendes ! Comment a-t-elle fait pour te convaincre d'abandonner ta femme et de détruire notre mariage ?

— Elle n'a pas eu besoin de me convaincre. C'est moi qui ai eu envie de me rapprocher d'elle.

— Tu vas essayer de me faire croire que tu l'as suppliée de coucher avec toi ? Qu'elle a refusé tes avances ?! Arrête de me prendre pour une conne !

— Bon, écoute, on va en rester là.

— Je n'ai pas fini…

Lorsque j'aperçois Audrey à travers la porte vitrée, je sors de mes gonds. D'un mouvement de bras, je fais tomber tous les dossiers qui sont posés sur son bureau par terre.

— Fin de la discussion ! Tu quittes mon entrepôt immédiatement ! m'ordonne-t-il en pointant le doigt vers la sortie. Tu perds la tête !

Il ouvre la porte de son bureau et tous les salariés témoins de la dispute s'éparpillent en émettant des murmures de consternation.

Ma crise passée, je rentre chez moi. Je pleure pendant des heures en regardant des albums photos de nos années de bonheur et en relisant nos échanges de messages.

Le lendemain matin, c'est déprimée que je me rends au bureau. Je suis pâle et cernée d'avoir pleuré toute la nuit. Installée devant mon écran d'ordinateur, je suis amorphe. Je n'arrive pas à réfléchir et à me concentrer. La photo de mon mariage en fond d'écran me met les larmes aux yeux. Mes idées s'emmêlent, ma vue est floue. Mon assistante tente de m'appeler plusieurs fois mais je ne décroche pas. Je ne veux pas lui parler. Ni à elle, ni à personne d'autre d'ailleurs. Je veux que l'on me laisse en paix. On frappe à ma porte et malgré mon absence de réponse, celle-ci s'ouvre et mon assistante apparaît, hésitante.

— Madame Perret, les membres de la direction vous attendent en salle de réunion.

Je suis en retard et je n'ai pas fini d'assembler mes documents. Cela ne m'est jamais arrivé. Je suis épuisée. Je prends une profonde inspiration, pose quelques gouttes de crème teintée sur mes pommettes pour tenter d'apporter un peu de couleur à mon teint livide et vais rejoindre le comité de direction. La surprise se lit sur les visages. Mon discours est incertain et ma présentation ne les convainc pas malgré les chiffres plutôt évocateurs annoncés. Je perds aujourd'hui toute crédibilité. Des années à bâtir ma carrière, à sacrifier ma vie personnelle pour prouver mes compétences, partent en fumée en quelques minutes. Étonnamment, cela m'est égal. À ce moment précis, je n'en ai rien à faire de ce que ces gens pensent de moi ou de ce qui adviendra de mes propositions. Je suis même soulagée lorsque l'on me demande de rentrer chez moi me reposer.

Sixième réveil sans Lucas à mes côtés. Les draps froids me rappellent son absence. Bien que la tristesse ne me quitte pas, je recouvre les esprits. J'ai des responsabilités à assurer. Je ne peux pas perdre la face.

À peine arrivée au bureau, ma secrétaire m'informe que je suis convoquée par le directeur du magasin. J'ai peur de ce qu'il s'apprête à m'annoncer. Il me relate mon pétage de plombs au service logistique, mon agressivité envers mes subordonnées et ma baisse de productivité. Il me rappelle à l'ordre.

— Vos problèmes personnels ne doivent pas avoir de répercussion sur notre entreprise. Vous semblez avoir oublié qu'en tant que DRH, vous devez faire preuve de diplomatie et de discrétion. Vous vous devez d'être un modèle de gestion des conflits et de dialogue.

— Vous avez raison. Je vous prie de m'en excuser. Cela ne se reproduira plus.

— J'y veillerai, soyez-en sûre. Je n'accepterai pas une seconde crise de la sorte. Savez-vous que vous êtes le principal sujet de discussion des salariés ?

— Certaines personnes aiment rapporter les potins et alimenter les rumeurs. Rien d'inhabituel à cela.

— Vous ne comprenez pas. On ne parle pas ici des parties de jambes en l'air d'une hôtesse de caisse ou d'un cariste. C'est la direction de l'enseigne qui est visée. Écoutez, prenez rendez-vous avec votre médecin et demandez-lui un arrêt de travail.

— Un arrêt de travail ? Mais je n'ai pas besoin de m'arrêter !

— Vous allez faire ce que je vous dis.

— C'est vrai que j'ai réagi sans réfléchir ces derniers jours mais je me sens mieux aujourd'hui.

— Dois-je vous rappeler dans quel état vous étiez hier en réunion ?! Arrêtez-vous ! Ce n'est pas négociable !

J'obéis à mon supérieur sans insister davantage. Je le connais suffisamment pour savoir qu'il a horreur qu'on lui tienne tête. Je vais prendre mon mal en patience et reviendrai en meilleure forme.

5

♫ Boire un petit coup, c'est agréable...

Une journée passe. Peut-être deux, je ne sais plus. Totalement désemparée, j'appelle Lucas.

— J'aimerais te voir.

— Non, je ne peux pas.

— S'il te plaît…

— Ce n'est pas possible, Manon.

— Si tu ne peux pas tout de suite, ce n'est pas grave. On peut se donner rendez-vous plus tard si tu préfères.

— Non, je ne peux pas, ni maintenant, ni plus tard.

— S'il te plaît… Hubert…

— Arrête ça, Manon. C'est fini les petits noms, les petits jeux… Nous deux… Il faut que tu le comprennes. Je ne veux pas te faire de mal, j'aimerais que tout se passe en douceur, mais je ne peux plus faire semblant. Je te laisse, je dois partir. Je te souhaite une bonne soirée. Prends soin de toi.

Il raccroche. Je me sens ridicule par-dessus le marché.

Adultère, séparation, divorce… Ces situations sont tellement courantes qu'elles ne nous surprennent même plus. On s'y est habitué, comme on s'est habitué à avoir le wifi et à faire les courses au drive. Le voisin, la tante, le collègue de travail, le présentateur télé, personne n'est épargné. C'est dommage mais c'est comme ça. Je savais que personne n'était à l'abri d'être victime – ou coupable – un jour de cette épidémie sociétale moderne, mais je ne me suis jamais sentie concernée ou préoccupée, jusqu'à ce que ça n'arrive plus qu'aux autres. Ce qui est sûr, c'est que j'ai minimisé la probabilité qu'elle atteigne mon couple et la douleur extrême qu'elle occasionne. Après l'annonce, je suis passée par différentes phases. D'abord, le déni durant lequel j'ai refusé d'admettre la réalité qui m'était imposée en croyant qu'elle serait temporaire. Puis, la colère, le ressentiment et la honte, doutant de mon aptitude à inspirer l'amour et à le mériter. J'ai été dévastée, enfoncée dans une souffrance effroyable, tout en étant habitée par l'espoir de son retour. J'ai négocié, allant jusqu'à tolérer une aventure passagère. Je me sens aujourd'hui dans une grande tristesse, abandonnée, avec un profond besoin d'attachement et de fusion avec lui.

Pour me détendre, j'ouvre une bouteille de vin, puis une deuxième. Ça m'aidera peut-être à chasser les idées moroses qui polluent mon cerveau. Après tous ces verres, je suis ivre. Mes idées ne sont plus claires. Il n'a pas le droit de m'abandonner comme ça. Je le rappelle plusieurs fois mais il ne décroche pas. Je lui envoie des textos. Des dizaines. Il ne répond à aucun. Je suis en colère, je pleure, je suis triste et méprisable. Je ne peux pas vivre sans lui alors qu'il est l'homme de ma vie. Je laisse un message sur son répondeur.

— Allô Lucas Hubert Louis, c'est ta Madeleine qui te parle. Nous deux, ça ne peut pas se terminer comme ça. Reviens !… Si tu ne rentres pas ce soir, je me tuerai ! Tu auras ma mort sur ta conscience, et cette pétasse aussi. Je vous hanterai durant toute votre vie… Je suis la femme de ta vie, pas elle. Tu te trompes. Reviens maintenant... S'il te plaît... lancé-je dans un sanglot.

Je m'allonge sur le canapé et avale un nouveau verre. Tout à coup, Lucas apparaît dans l'encadrement de la porte du salon. Il est beau avec son écharpe bleue autour du cou et sa barbe de trois jours. Je me lève et manque de tomber. Il me regarde avec pitié.

— Dans quel état tu t'es mise !

— Tu es rentré, merci !

— Je ne vais pas rester, Manon. Je suis juste passé vérifier que tu vas bien. Mais je n'en suis pas sûr. Tu es complètement ivre.

— J'ai bu un peu.

— Trop. Tu ne tiens plus debout.

— Ça va, je t'assure. Regarde, je peux tenir l'équilibre sur un pied et faire la posture du guerrier au soleil, ou la cigogne devant la montagne, je sais plus, dis-je en pouffant de rire.

Je manque de tomber une nouvelle fois. Il me rattrape de justesse, m'empêchant de me casser le nez sur la table basse.

— Tu n'es pas à un cours de yoga. Viens, je vais te mettre au lit.

— Oui, bonne idée. J'ai envie de toi.

— Non, arrête !

— Pourquoi ?! Tu aimais tellement ça...

Je lui caresse le torse et avance ma bouche près de la sienne mais il se dérobe, réduisant à néant ma tentative de l'embrasser.

— Je ne suis pas venu pour ça.

— Je suis sûre que tu as envie de moi, toi aussi. Tu disais être fou de mon corps, de mes petits seins...

— Tu es toujours magnifique, mais je ne te ferai pas l'amour.

— Dis-moi que tu n'as pas envie de moi, dans les yeux !

— Viens te coucher !

— Nooon ! Dis-le-moi d'abord !

— Manon, c'est ridicule. Arrête ce petit jeu.

Je fais glisser mon peignoir par terre. Je suis nue. Son regard fait un rapide va-et-vient de mon visage à mes pieds et je lis dans ses yeux qu'il me désire. J'avance vers lui et lui prends la main pour la poser sur ma poitrine mais il la retire rapidement et m'emmène vers la chambre à coucher. Je pense avoir gagné la bataille. Il ne peut pas résister. Il soulève le drap et m'invite à me glisser dessous avant de le repositionner sur moi.

— Tu vas dormir maintenant. Tu vas retrouver tes esprits et tout ira mieux.

— Je ne veux pas dormir. Je veux faire l'amour.

— Sois raisonnable. Tu as trop bu.

Il s'assied à côté de moi et dépose un baiser sur mon front. Je me rapproche de lui et pose ma tête sur son torse. Son odeur me rassure aussitôt. Je suis bien là, à cet instant, si je ne tiens pas compte de la nausée et des vertiges qui font tourner le plafond de ma chambre dès que je ferme les yeux. Je marmonne.

— Lucas, je t'aime. Je ne pourrais jamais en aimer un autre que toi. Tu ne peux pas m'abandonner… Mais peut-être que c'est la punition que je mérite après tout. Je ne suis pas digne d'être aimée… Pardonne-moi, Lucas, pardonne-moi, Alix…

Je suis réveillée en fanfare par la sonnette de l'appartement. Je m'expulse du lit pour faire cesser ce bruit aigu qui retentit dans mon cerveau. On dirait qu'un amplificateur a été installé dans mes oreilles. J'ai la gueule de bois, mais le bordel dans ma tête n'est rien à côté du bordel qui règne dans le salon. Qu'est-ce que j'ai fichu hier soir ?! J'entends ma mère crier au travers de la porte.

— Manon, ouvre la porte tout de suite ou j'appelle les secours pour qu'ils la défoncent !

Qu'est-ce qu'elle fiche chez moi ce matin ?!

J'ouvre en essayant de paraître parfaitement fraîche et dessoûlée.

— Ah quand même ! Tu en as mis du temps !

— Oui, désolée, j'étais dans la salle de bains. J'allais prendre ma douche.

— Je comprends mieux pourquoi tu es nue sous ton peignoir.

Elle visite mon appartement et ne manque pas de me faire un petit état des lieux.

— Il y en a du bazar chez toi ! On dirait que tu as fait une fête.

— M…oui ! J'ai invité des amies à passer la soirée avec moi.

— Des amies ? Combien ?

— … Deux !

— Deux ?! Alors pourquoi il n'y a qu'un seul verre sur la table ?

— Tu es venue me soumettre à un interrogatoire ou quoi ?

— Non, mais je m'inquiète pour ma fille.

— Je vais bien, rassure-toi.

— Ne me prends pas pour une idiote. Lucas m'a téléphoné hier soir. Il m'a raconté dans quel état tu te trouvais. Il était très inquiet pour toi. Il avait peur de te laisser seule alors il est resté jusqu'à ce que tu t'endormes.

— Donc, il t'a dit… pour nous deux… ?

— Oui. C'est dommage, mais ce n'est pas la fin du monde. Tous les jours des milliers de couples se séparent.

— Je me sens bien, tu peux rentrer chez toi.

— Va prendre ta douche et préparer quelques affaires. Tu viens avec moi à la maison. Ça tombe bien, ton père est en voyage professionnel.

— Quoi ?! Il est hors de question que je vienne chez toi. J'ai déjà un toit, je te rappelle.

— Oui, mais jusqu'à ce que je sois totalement sûre que tu as retrouvé ton état normal, tu viens t'installer chez moi.

— Je ne suis plus une enfant. Je suis assez grande pour me gérer toute seule.

— Tu en es sûre ? Après avoir fait des menaces à Lucas…

— Quelles menaces ?

— Tu l'as menacé de te suicider s'il ne revenait pas.

— N'importe quoi ! Je ne ferais jamais une chose pareille.

— Si, apparemment. Ne cherche pas à te dédouaner. Je ne partirai pas sans toi. Alors va te laver et pendant ce temps, je vais mettre un peu d'ordre ici. Allez, zou !

Je préfère obtempérer, elle ne me lâchera pas de toute façon.

J'aurais apprécié que Lucas ne raconte rien à ma mère. Je ne me souviens plus exactement de ce que j'ai dit hier. C'est peut-être mieux. Il est venu car il avait peur pour moi, c'est chou. Je lui envoie un message pour m'excuser de mon attitude.

> Je suis désolée pour hier soir. J'avais abusé de l'alcool. Merci de t'être fait du souci pour moi.

De rien. Ne recommence pas, je ne pourrai pas toujours voler à ton secours. Prends soin de toi.

Nous sommes à peine montées dans la voiture que, déjà, j'ai droit à une leçon de morale.

— Qu'est-ce qui t'as pris de te conduire de cette façon ? Quelle honte !

— C'est juste un moment d'égarement. Pas de quoi en faire tout un plat.

— Que comptes-tu faire maintenant ?

— Comment ça ?

— Pour le divorce, tu as décidé de ce que tu allais réclamer ?

— Nous n'avons pas encore évoqué le sujet. Nous venons à peine de rompre.

— Et tu t'attends à quoi ? Ne traîne pas, tant qu'il a encore un peu de sentiments pour toi. Dans quelques semaines, il ne sera plus aussi ouvert à la négociation.

— Je ne pense pas à ça pour le moment. On verra bien.

— Tu penses peut-être qu'il va revenir ?

— …

— Ne sois pas si naïve, je t'en prie. Tu sais aussi bien que moi qu'un couple sur deux divorce de nos jours. Et je ne parle pas des adultères, alors là, on explose les statistiques !

— Tu es bien négative…

— Non, réaliste ! De toute façon, tu n'as pas besoin d'un homme dans ta vie. Tu dois être indépendante, libre et faire ce que tu veux, sans demander l'autorisation à qui que ce soit qui ait un pénis entre les jambes.

— Tu fais partie d'un gang de féministes ou quoi ?!

— Non, je veux juste que tu prennes conscience que les femmes ne doivent plus être esclaves des hommes, satisfaire tous leurs besoins primaires, comme leur préparer les repas, s'occuper de leur linge, de leurs courses, offrir leur corps quand ça leur chante pour qu'ils ronflent après…

— Ton tableau du couple est d'un noir, c'est consternant ! Lucas repassait ses chemises, cuisinait divinement bien, il était tendre avant et après l'amour…

— Mais n'empêche qu'il voulait absolument que tu lui donnes des enfants. Et alors là, je peux te garantir que tu aurais pu dire adieu à ta carrière. Une chance que tu n'en aies pas eu. Tu serais ensuite devenue esclave de tes enfants.

Je sens une douleur me traverser le cœur.

— Tu ne voudrais pas avoir de petits-enfants ?

— J'en ai déjà deux, les enfants de ton frère.

— Ton portrait de la famille est merveilleux ! Tes arguments mettraient le cafard à n'importe qui.

— Ne sois pas cynique. Tu ne sais pas la chance que tu as.

— Je me demande pourquoi tu n'as pas quitté papa pour vivre ta propre vie, puisque tu te plains toujours de ta vie de femme au foyer.

— Et qu'est-ce que je deviendrais ? Je n'ai pas fait d'études, je n'ai presque jamais travaillé. Je vivrais de quoi, des minima sociaux ? Je me suis dévouée pour mon mari et mes enfants pendant que ton père voyage pour le boulot, rencontre des tas de gens, et passe du bon temps à des dîners d'affaires, des colloques et avec des poufiasses dans des hôtels quatre étoiles. Je ne veux pas que tu vives cette vie-là. Je veux que tu profites toi aussi, que tu aies une belle carrière.

Nous arrivons enfin chez mes parents. Il était temps, encore trois kilomètres et je me jetais par la vitre de l'auto en marche.

6

♫ Hou la gadoue, la gadoue, la gadoue

Lorsque ma mère s'absente pour acheter du pain, je souffle enfin. Je suis fatiguée de l'entendre me donner des conseils sur la façon dont je dois vivre mon couple. Je fais le tour de la maison en prenant le temps de m'arrêter devant les photos de famille accrochées aux murs. Quatre générations de souvenirs tapissent les différentes pièces de la maison. Un portrait en noir et blanc de mes grands-parents, une photo de mariage de mes parents, des clichés de vacances sur lesquels mon frère et moi posons fièrement, ainsi que ceux de notre communion. Les photos les plus récentes sont celles de notre remise de diplôme. Depuis, plus rien, comme si notre vie de famille s'était arrêtée lorsque nous avons pris notre envol. Je regarde attentivement mon portrait de diplômée et, malgré le sourire timide dessiné sur mes lèvres, on devine la tristesse dans mon regard. Une dizaine d'années se sont écoulées, pourtant la souffrance que je tentais de dissimuler me semble aujourd'hui toujours aussi vive. Je m'attarde maintenant sur une photo de ma mère durant notre séjour en Espagne. Elle se tient debout devant la Sagrada

Familia, ses bras autour de mon cou. Je devais avoir neuf ou dix ans. Nous portions toutes les deux une de ces robes volantées aux motifs floraux de toutes les couleurs. Ma mère était belle et souriante. Je pensais alors que le temps n'aurait jamais d'emprise sur elle. C'était l'époque où l'on riait encore ensemble, celle de l'insouciance, celle où je me confiais à elle en toute confiance. Tant de choses ont changé depuis. Un seul événement a suffi pour briser notre complicité et notre joie d'être ensemble. Je retourne m'asseoir au salon. La maison est propre du sol au plafond, rien ne traîne ni ne dépasse. Ma mère est une parfaite femme d'intérieur et mon père est comme un coq en pâte. Mes parents se sont connus jeunes et ma mère était ravie de quitter sa famille pour se marier. Mon père a fait des études de commerce qui l'ont amené à occuper rapidement un poste à responsabilités. Son salaire élevé a permis à ma mère de rester à la maison pour prendre soin de son foyer et de ses habitants, à savoir mon père, mon frère et moi. Elle était impliquée dans toutes sortes d'associations culturelles et sportives où mon frère et moi étions inscrits. Parent d'élèves, bénévole dans les clubs jeunesse, pâtissière lors des temps forts de l'école, couturière pour le carnaval, accompagnatrice lors des sorties pédagogiques et responsable des stands lors des kermesses. Elle veillait sur notre scolarité avec autant d'attention que sur notre santé physique. Mon frère et moi devions chaque trimestre être les meilleurs. Nous avons d'ailleurs chacun sauté une classe en primaire. Je ne saurais dire si son mobile était davantage notre réussite ou la preuve de son efficacité dans ses missions de femme au foyer. Peut-être voulait-elle montrer à mon père qu'elle n'était pas bonne à rien et que son statut « sans profession » ne diminuait pas sa valeur. Je crois qu'elle a beaucoup souffert d'un manque de considération de sa part, ce qui l'a rendue au fil des années un peu aigrie de vivre dans l'ombre de son homme. Elle n'était pas destinataire des éloges faits aux femmes qui assurent à la fois une carrière et une vie d'épouse et de mère. L'amour et le dévouement dont elle faisait preuve l'ont finalement enfermée dans une routine qui la rendait captive de ses proches. Je me souviens d'une dispute entre mes parents lorsque j'étais enfant. Ma mère faisait part à mon père d'un conflit avec une autre mère et celui-ci lui avait répondu que ses problèmes étaient mineurs comparés aux difficultés qu'il rencontrait avec ses clients. Il avait ajouté qu'elle devait être reconnaissante d'avoir le privilège d'être entretenue. Humiliée, ma mère s'était réfugiée dans sa chambre pendant des heures. Un jour, elle a fait part à mon père de son désir de reprendre ses études mais celui-ci lui a ri au nez. Il n'était pas prêt à prendre au sérieux ce qu'il considérait comme un caprice et surtout à participer à la vie de famille. Pour lui, s'occuper des enfants et de la maison était une affaire de femme et il était hors de question qu'elle le sollicite de près ou de loin. Ma mère avait finalement abandonné son projet pour ne pas avoir à nous laisser à la garderie, à la cantine, et nous permettre de continuer nos activités sportives et musicales. Les dévalorisations de mon père l'ont rendue allergique ou imperméable aux incitations à la maternité. Elle s'est alors mise à m'endoctriner et me seriner de propos féministes.

Le téléphone fixe de ma mère sonne, me ramenant à la réalité. Je décroche, comme lorsque je vivais encore ici.

— Bonjour oncle René. C'est Manon.

— Manon ! Comment vas-tu ? Cela fait des années que je ne t'ai pas parlé.

— Oui, c'est vrai. La dernière fois, je devais avoir dix ou onze ans. Et toi, comment vas-tu ?

— Eh bien, à part quelques douleurs articulaires ici et là, je me porte plutôt bien.

— Quel âge as-tu maintenant ?

— J'ai fêté mes quatre-vingt-douze printemps le mois dernier.

— Quatre-vingt-douze ! Quelle santé !

— Je fais de mon mieux. Et toi ?

— J'ai trente-quatre ans.

— Et comment va ta petite vie ? Ta mère m'avait dit que tu étais mariée et que tu menais une belle carrière…

— Je suis directrice des ressources humaines dans un centre commercial.

— Tu ne dois pas t'ennuyer.

— Non, en effet, mes journées sont bien chargées.

— Tu n'as pas d'enfant il me semble ?

— … Non. Ce n'est pas à l'ordre du jour.

— Ça vient de plus en plus tard chez les jeunes. Avec les études qui sont de plus en plus longues, et le coût de la vie…

— Oui, voilà.

— Ah, on frappe à la porte. Je vais devoir te laisser, ma petite-nièce. Tu pourras dire à ta mère que je l'ai appelée s'il te plaît ?

— Oui, bien sûr.

— Et n'hésite pas à venir me rendre visite à l'occasion.

— J'y penserai.

— Je t'embrasse.

Lorsque ma mère rentre, je lui fais part de l'appel de René. C'est étonnant, ma mère s'inquiète plus pour lui que mon père, alors qu'il n'est que son oncle par alliance. René est en réalité le frère de mon grand-père paternel. Mon père n'aimant pas téléphoner pour raconter des banalités, c'est ma mère qui maintient le lien entre les générations. C'est surprenant de la part d'une personne qui dit ne pas vouloir une flopée de petits-enfants. Elle m'explique que René s'est fait opérer de la hanche récemment pour se faire poser une prothèse. Il ne peut plus conduire ni aller faire ses courses mais semble avoir une petite organisation à son service pour lui amener de quoi se ravitailler, s'occuper de ses démarches administratives et l'emmener faire ses examens médicaux.

— Comment fait-il pour les tâches ménagères ? Il a une aide à domicile ?

— Il en a eu une au début mais il ne l'a pas gardée longtemps. Il préfère s'occuper de son ménage lui-même. Il n'aime pas trop voir d'autres personnes toucher à ses affaires. Tu sais, les anciens ont leurs petites habitudes.

— Ça ne doit pas être évident à son âge.

— Mais il ne voudrait probablement pas l'avouer. Il est fier de réussir à s'en sortir seul. Il a toujours été courageux. Pourtant la vie n'a pas été tendre avec lui.

Elle s'arrête soudain d'éplucher ses carottes et me fixe comme si elle s'apprêtait à faire une révélation qui pourrait changer la face du monde.

— Mais j'y pense, tu pourrais aller chez lui !

— Pour quoi faire ?

— Pour l'aider dans son quotidien, pardi ! Et je suis sûre qu'il serait ravi de t'accueillir. Ça lui ferait une compagnie.

— Je ne crois pas. On ne se connaît pas et je n'ai pas l'habitude avec les personnes âgées.

— Oh mais il est loin d'être sénile, si c'est ce que tu veux dire. Il a de la conversation et le sens de l'humour. Il habite un joli coin très reposant. Tu as le temps, tu es en arrêt maladie. Et puis, ça te ferait du bien de changer d'air et de t'éloigner de Lucas…

Nous y voilà. Je me doutais bien que son objectif premier n'était pas le bien-être de l'oncle René mais plutôt sa crainte de me voir me rabibocher avec mon mari. Elle a peut-être raison. Je peux revenir quand je le souhaite si jamais la cohabitation ne se passe pas bien.

— Je peux toujours aller lui rendre visite.

— Bien ! Je vais le prévenir, lance-t-elle, satisfaite de mettre son plan à exécution.

Elle se précipite sur le téléphone, de peur que je vienne à changer d'avis. Je réfléchis. Et si Lucas voulait revenir pendant que je suis là-bas ? Et si mon absence était un frein à notre réconciliation ? Ma mère m'observe du coin de l'œil. J'ai l'impression qu'elle devine chacune de mes pensées.

— Je savais que sa venue te réjouirait, mon oncle !… Oh elle viendra dès ce soir, si tu es d'accord… Oui, je lui dis… Elle est très contente, elle aussi…

Elle m'adresse un clin d'œil entendu et raccroche. Je suis bouche bée devant sa détermination à faire de moi une nouvelle divorcée qui viendra augmenter le nombre déjà croissant de mariages ratés. Je ne peux plus faire marche arrière désormais. Elle m'a prise au piège.

Je retourne chez moi préparer ma valise et envoie un message à Lucas pour l'informer de mon départ. J'espère de tout mon cœur qu'il va me demander de rester et m'annoncer qu'il rentre. Au lieu de cela, il me souhaite un bon séjour et me dit qu'il pense, lui aussi, que c'est une bonne idée de quitter mon appartement pour quelque temps. C'est la première fois qu'il est d'accord avec ma mère. Ils ne se sont jamais vraiment entendus. Il avait bien compris que ma mère me voulait comme une femme libre et indépendante. Je me souviens du jour où il est allé demander ma main à mes parents. Bien que cette pratique soit inhabituelle dans notre famille, il avait tenu à accomplir cette démarche romantique. Il s'était donc retrouvé un samedi après-midi sur le palier de mes parents, un bouquet de pivoines à la main pour ma mère et une bouteille de champagne pour fêter l'événement. Quelle fut sa surprise lorsque, alors qu'il s'attendait à être pris dans les bras avec enthousiasme et émotion, ma mère jeta un regard dépité à mon père. Ce dernier semblait content de caser sa fille auprès d'un jeune homme bien élevé et avec une bonne situation professionnelle. Ma mère, quant à elle, ne donna jamais son autorisation. Elle préféra ignorer sa demande et retourner à ses fourneaux. Par la suite, elle se détendit un peu, même si elle craignait de me voir un jour engrossée.

J'entre l'adresse « 12 rue du Moulin-à-Grains, Saint-Précy-sur-Armançon » dans le GPS et prends la route sans tarder. Heure d'arrivée : 22 heures 04. Après une centaine de kilomètres, je sors de l'autoroute et m'engage sur une départementale. Il fait nuit, il pleut et les chaussées ne sont pas éclairées. Je longe des routes de campagne sinueuses puis m'enfonce dans une forêt qui me donne la chair de poule. Mon GPS me suggère un raccourci sur la carte. En toute confiance, je suis ce nouvel itinéraire et emprunte un chemin de terre. Au bout d'une cinquantaine de mètres, mon véhicule s'embourbe et mes roues patinent. Je ne parviens plus à avancer. Mer… credi ! Je tente désespérément de sortir ma voiture de cette gadoue mais rien à faire. Je fustige mon GPS, la campagne, la Direction interdépartementale des routes, le ministère de l'Écologie, du Développement durable et de l'Énergie pour leur manque d'entretien de la voirie, et mon ange gardien par la même occasion. Alors que je suis à bout de nerfs, sur le point d'appeler une dépanneuse, d'énormes phares avancent vers moi. Éblouie, je plisse les yeux. Arrivé à ma hauteur, le tracteur s'immobilise et un homme en descend pour venir à ma rencontre. Un brin méfiante, j'ouvre ma vitre à mi-hauteur, histoire aussi de ne pas faire entrer la pluie qui tombe à gros jets contre l'habitacle. Il porte un anorak vert kaki et des bottes en caoutchouc de la même couleur. Mais ce qui m'interpelle le plus, ce sont ses grands yeux clairs. Je refoule immédiatement l'idée qu'il est plutôt bel homme malgré son look campagnard. Il n'y a que Lucas qui compte.

— Bonsoir, vous êtes embourbée on dirait, me lance-t-il avec un sourire compatissant.

Ah bon ?! Sans blague ! Je n'avais pas remarqué. Ses constats inutiles il peut les garder pour lui.

Il reprend, en frottant ses mains l'une contre l'autre comme pour les réchauffer.

— Je vais vous aider à sortir de là, si vous voulez.

— Non, ça va aller. Je n'ai pas besoin d'aide. Quelle idée d'avoir des routes aussi pourries ! Vous ne connaissez pas le goudron, dans votre trou paumé au milieu de nulle part ?!

— Non, bien sûr, nous vivons comme au Moyen Âge par ici. Les routes en macadam ne nous sont pas utiles pour rouler en charrette ou circuler à cheval et à dos d'âne. Ça abîmerait leurs sabots. Écoutez, je vais accrocher une corde à votre véhicule et le tirer pour vous sortir de ce pétrin.

— Non, je préfère appeler une dépanneuse.

— Ne soyez pas têtue. elle mettra probablement plusieurs heures avant d'arriver. Vous préférez attendre dans votre voiture ?

Je suis un peu distraite, concentrée sur son visage sur lequel coulent des gouttes de pluie et ses cheveux trempés. Il doit avoir froid. Comme j'accepte finalement sa proposition, il installe un câble entre les deux véhicules et retourne à son tracteur. En à peine quelques minutes, me voilà sortie d'affaire. Enfin, de la gadoue. Efficace. L'homme revient vers moi, le sourire sur les lèvres, non mécontent d'avoir pu me prouver qu'il avait raison. Il m'agace, j'aurais très bien pu m'en sortir toute seule. Les hommes, avec leur suffisance... *Oh non, voilà que je me mets à parler comme ma mère !*

— C'est réglé ! Vous allez pouvoir repartir.

— J'espère que je ne serai pas de nouveau embourbée plus loin.

— Si vous restez sur les axes principaux et évitez d'emprunter les chemins réservés aux agriculteurs, vous devriez bien rouler !

— Pourquoi, cette route est pour les véhicules agricoles ?

— Oui, celle-ci mène aux champs.

— Aux champs ?! Et comment je suis censée le deviner ? Il y a des champs partout dans votre patelin !

— Il y a un petit panneau à l'entrée du chemin.

— Je ne l'ai pas vu. Bon, il faut que je parte maintenant, je suis attendue.

— Très bien, je vous laisse. Faites bonne route, et soyez prudente.

Je referme ma vitre, agacée d'avoir été prise pour une imbécile par ce fermier.

Pour qui il se prend, ce paysan !?

On rencontre sa destinée souvent
par les chemins qu'on prend pour l'éviter.

JEAN DE LA FONTAINE,
FABLES, « *L'HOROSCOPE* »

7

Bienvenue à la maison de retraite

Lorsque, de mauvaise humeur, j'arrive chez mon grand-oncle, la rue est déserte et les volets de tout le voisinage sont déjà fermés. Je découvre des petites maisons en pierres blanches entourées de cours et de jardins fleuris. On se croirait dans un centre de villégiature en plein hiver, quand tous les vacanciers ont quitté leur résidence secondaire. Un village fantôme. Un quartier pendant le confinement. En région parisienne, la ville bouge à cette heure-ci. Il y a des gens dans les rues, des restaurants et des cafés qui grouillent de monde, les rues sont éclairées et vivantes. Un chat assis à quelques mètres de moi m'observe de ses yeux ronds et brillants. Il doit se réjouir de voir un peu d'animation. La porte s'ouvre avant même que je n'aie le temps de frapper et un vieil homme souriant m'accueille.

— Ah, ma petite-nièce ! Entre, tu vas être toute mouillée.

— Merci.

— Je t'ai entendue arriver.

— Oui, j'imagine qu'une voiture qui circule dans la rue ne passe pas inaperçue par ici.

Je le suis à travers sa petite maison jusqu'à la chambre d'amis où il m'invite à déposer mes affaires. Le plafond est bas, habillé de vieilles poutres en bois, les murs sont irréguliers et la décoration, sommaire. Elle me rappelle les habitations des animaux de la forêt dans les dessins animés que je regardais enfant. J'imagine qu'à tout moment un blaireau ou une belette va débouler. Ma chambre est tapissée en rose saumon et une frise de papier aux motifs verts coupe les quatre murs à l'horizontale. Mon Dieu que c'est moche. La déco doit dater des années 1970, au moins. Un lit haut en chêne foncé et au matelas épais trône sous la fenêtre. Je n'ai pas intérêt à tomber du lit pendant mon sommeil, sinon je risque de me fracasser le crâne sur le parquet. Heureusement que je suis grande, une femme de moins d'un mètre soixante aurait besoin d'un marchepied pour monter dans le lit. Mon oncle semble fier et content de me laisser occuper cette chambre. Je repère immédiatement où se trouvent les prises de courant pour pouvoir brancher mon chargeur de téléphone.

— Tu veux manger quelque chose ? Je t'ai gardé une part de quiche et des carottes râpées.

— Non merci.

— Je m'excuse, je ne t'ai pas attendue, j'avais faim.

— Pas de souci, tu as bien fait.

— Suis-moi dans la cuisine, je vais te préparer une tisane.

Je n'ose pas refuser son invitation proposée si gentiment. Je l'observe. J'essaie de plonger dans mes souvenirs pour me rappeler son visage. C'est amusant, j'ai l'impression qu'il n'a pas vieilli. Il a toujours sa petite moustache grise et je crois aussi qu'il a gardé la même paire de lunettes légèrement carrée. Un détail attire toutefois mon attention. Il me semble que ses oreilles ont grandi. Phénomène curieux de l'anatomie humaine, les oreilles et le nez continuent de grandir tout au long de notre vie, tandis que nous nous tassons. On pourrait presque deviner l'âge d'un homme à la taille de ces zones, comme les arboristes le font en comptant les cernes des arbres ou en mesurant leur circonférence. Il est déjà en pyjama, des charentaises fourrées aux pieds. Après avoir versé de l'eau dans deux tasses aux motifs floraux vintage, il pose sa canne sur le côté de la table et s'assied. Content de me présenter sa collection d'infusions, il me tend un coffret rempli de petits sachets de toutes les couleurs. Il y en a pour tous les goûts. Des plantes aromatiques telles que romarin ou thym, aux notes plus sucrées et acidulées comme hibiscus-mangue ou pomme-cannelle. Je souffle sur le liquide chaud, davantage pour extérioriser mon anxiété que pour refroidir le breuvage.

— Tu as fait bonne route ?

— Oui jusqu'à environ cinq kilomètres d'ici. Ma voiture s'est embourbée dans un chemin de terre.

— C'est ennuyeux. Comment as-tu fait pour t'en sortir ?

— Un agriculteur m'a aidée.

— On trouve toujours une bonne âme prête à nous tendre la main par chez nous.

Nous parlons météo, voisinage, santé, puis, une fois nos tasses vides, il se lève et s'excuse de m'abandonner pour aller rejoindre son lit. Il a l'habitude de se lever de bonne heure. Je retourne donc dans la chambre qui sera la mienne pendant mon séjour. Je n'ai absolument pas sommeil. Contrairement à René, je ne suis pas une couche-tôt. J'évite de faire du bruit pour ne pas le réveiller. Nos chambres sont côte à côte et l'épaisseur des murs me semble bien fine. J'espère qu'il ne ronfle pas. Livrée à l'ennui et à des pensées moroses, j'envoie des messages à Lucas. Il répond aux premiers par politesse, puis c'est le silence. J'imagine que sa nouvelle copine est avec lui en ce moment et qu'elle ne voit pas d'un bon œil qu'il reçoive des messages de sa femme. J'ai le droit après tout, je suis encore sa femme ! Ils sont peut-être au lit ou lovés dans le canapé. Il me manque. Son odeur me manque, celle de sa peau qui sent le savon à la sortie de la douche et celle de sa peau le soir lorsqu'il enlève sa chemise. Ses taches de rousseur dans le dos et ses épaules robustes me manquent. En proie à la déprime, je ne peux m'empêcher de pleurer. Je me sens horriblement seule. Bien que nous ayons déjà été séparés pour quelques nuits, pour motif de réunions ou de formations, cet actuel sentiment de solitude ne m'avait pas emportée depuis dix-sept ans. Pourquoi est-ce quand on perd les choses que l'on se rend compte du point auquel elles sont précieuses et indispensables à notre bonheur ?

Je suis réveillée aux aurores par un coq du voisinage. Je suis crevée. Mon premier réflexe de la journée est de consulter mon téléphone pour vérifier si ma messagerie contient des nouvelles de Lucas. Rien depuis son « Tu dois passer à autre chose. On n'était plus du tout sur la même longueur d'onde. Il est temps d'arrêter de se faire du mal. » Qui fait du mal à l'autre ? C'est plus facile pour lui, il se réconforte dans les bras d'une autre. Mais moi, qui me réconforte ? Qui me prend dans ses bras et me dit « je t'aime » ?

J'enfile un gilet et rejoins l'oncle dans la cuisine, affairé à préparer le petit déjeuner. Il est déjà habillé et coiffé avec soin, la moustache parfaitement taillée. Il peine à se déplacer malgré ses efforts et sa bonne volonté. Lorsqu'il s'aperçoit de ma présence, il m'accueille avec le sourire et s'immobilise en ouvrant les bras. Je m'avance pour lui faire la bise tandis qu'il m'enlace avec tendresse.

— Ça va, ma petite-nièce ?

— Oui, ça va, merci.

— As-tu bien dormi ?

— À vrai dire, j'ai eu quelques difficultés à m'endormir.

— Ah bon ?! Ce n'est pas ma faute au moins ? Parfois il peut m'arriver de ronfler.

— Oh non, ne t'inquiète pas. C'est juste que je n'arrivais pas à trouver le sommeil.

— Des choses te tracassent ?

— Oh, rien d'important.

— Je connais ce regard. Des problèmes de cœur ?

J'hésite quelques secondes, puis finalement livre mes états d'âme à ce vieil homme au regard doux et rempli de sagesse.

— Oui, mon mari et moi traversons une période difficile. Nous sommes séparés.

— La vie de couple n'est pas simple.

J'entends de nouveau le coq chanter. Je n'en fais pas part à René mais j'ai envie d'étrangler le volatile et de le manger. Irrémédiablement, je pense à Lucas qui saurait le cuisiner et en faire un repas délicieux. Tout me ramène à lui, c'est une torture. Alors que je suis plongée dans mes pensées, ma tasse de café dans une main et une tartine de beurre et de confiture maison dans l'autre, on frappe à la porte. Je manque de m'étouffer lorsque l'agriculteur rencontré la veille apparaît sur le seuil. Je m'aperçois que je suis en pyjama, ni coiffée ni maquillée. Je suis gênée d'être vue dans cet accoutrement. Il me salue et se décharge de la caisse de légumes qu'il porte sur le plan de travail de la cuisine. Je devine à son air qu'il m'a reconnue. René fait les présentations.

— Maxime, je te présente ma petite-nièce, Manon. Elle nous vient de la région parisienne. Elle va me tenir compagnie, l'occasion pour elle de faire un point sur sa vie sentimentale.

J'aurais préféré qu'il ne révèle pas mes problèmes à cet inconnu.

— Enchanté Manon !

— Manon, je te présente Maxime. Il est propriétaire d'une exploitation agricole à quelques kilomètres d'ici, et m'apporte gentiment des produits de sa ferme.

— C'est normal, tu ne peux pas te déplacer à cause de ta hanche. Je ne vais pas te laisser mourir de faim, lance-t-il avec gaieté. Puis il se tourne vers moi et reprend. On s'est déjà rencontrés, j'ai reconnu le 4 × 4 devant.

— Oui, en effet.

Malheureusement. Je me sens idiote. Je n'ai pas été très sympa hier soir. Je ne l'ai même pas remercié de m'avoir aidée à sortir ma voiture du chemin de terre. Un silence s'installe soudain entre nous deux, témoin d'un léger malaise. Je revois son visage trempé, ses cheveux aplatis par les gouttes de pluie qui glissaient ensuite sur ses joues et sur son menton mal rasé avant de finir leur course sur le sol boueux. Maxime refuse la tasse de café proposée par René en prétextant une longue liste de livraisons et retourne à sa camionnette.

— C'est un homme bien, ce Maxime. Je l'aime beaucoup. J'aurais voulu un fils comme lui, me confie René, nostalgique. Je vais me rendre au cimetière. Veux-tu m'accompagner ?

— Oui, bien sûr. Donne-moi quelques minutes pour me préparer.

— Allez, file ! Je vais débarrasser la table pendant ce temps.

Lorsque je sors de la salle de bains, fraîche et présentable cette fois, René est dans le jardin. Je l'observe quelques minutes à travers la fenêtre, en train de cueillir des fleurs qu'il rassemble pour confectionner un bouquet. Du jaune, de l'orange et du blanc pour ce joli assortiment printanier. Il revient chez lui, enlève ses sabots de jardinage et enfile ses souliers à l'aide de son chausse-pied. Je n'avais pas vu cet objet depuis mes cinq ans. Son visage légèrement grimaçant témoigne des douleurs qu'il ressent.

— Tu as besoin d'aide, mon oncle ?

— Je vais y arriver, ma nièce, c'est gentil de t'inquiéter. Il faut juste que je déverrouille cette hanche toute neuve.

Il effectue quelques mouvements du bassin pour assouplir ses articulations puis entoure les tiges de son bouquet avec un ruban de raphia.

— Ces fleurs sont très belles, dis-je avec sincérité.

— Louise aimait beaucoup les anémones.

Je comprends alors que son choix des fleurs n'est pas laissé au hasard. Il cultive avec amour les variétés préférées de sa défunte femme pour les déposer sur sa tombe. Cet acte d'amour me touche.

— Combien de temps êtes-vous restés mariés ?

— Lorsque Louise est partie, nous venions de fêter nos noces de diamant. Soixante ans de vie commune, parsemée de joie mais aussi de peines.

— Soixante ans de mariage ! Quel exploit ! C'est rare, de nos jours.

— Ce n'était pas la même génération. De notre temps, on réparait les objets et les relations. On ne les remplaçait pas aussi facilement.

Le cimetière se trouvant à un pâté de maisons, nous nous y rendons à pied. J'ai proposé à René d'y aller en voiture mais il a refusé. Il a besoin de faire un peu de marche pour ne pas s'ankyloser, comme il dit.

— L'exercice, le sommeil et l'alimentation sont les meilleurs remèdes contre le vieillissement, ajoute-t-il.

Vu son grand âge et sa forme olympique (ou presque), je suis tentée de le croire sur parole. Si ce n'est que son pas est lent et incertain lorsqu'un trou ou une bosse apparaît sur le trottoir, le reste du temps il se montre énergique. Nous passons le portail en fer forgé du cimetière et emportons un arrosoir rempli d'eau avant de longer l'allée principale recouverte de cailloux rouges. Le lieu est désert. Nous nous recueillons devant la tombe de Louise Leclercq, épouse Darras, sous le regard d'un merle perché sur la tombe voisine qui chante avec entrain.

— La terre est encore un peu humide, les plantes n'ont pas besoin de beaucoup d'eau aujourd'hui.

René arrose chaque composition et gratte les fines bandes de mousse qui croissent sur le côté du monument, puis il ôte son béret avant de se plonger quelques minutes dans un silence teinté de nostalgie. Le marbre froid abrite le corps de la femme de sa vie. Je ressens un pincement au cœur. Est-ce qu'un jour, un homme viendra sur ma tombe me témoigner autant d'amour ? Finalement, le plus difficile, c'est pour celui qui reste, celui qui doit accepter malgré lui le manque de l'autre, recomposer sa vie avec l'absence et les souvenirs. Mon Dieu, comme j'ai le cafard tout à coup.

Lorsque nous quittons le cimetière, nous tombons sur un ami de René. De nouveau, il procède aux présentations, sans préciser cette fois les raisons de ma venue. La discussion dévie rapidement sur les travaux prévus par la commune, puis sur les regroupements de manifestants en réponse aux réformes de retraite envisagées par le gouvernement. Comme je m'ennuie ! L'envie de sortir mon téléphone portable de mon sac à main me démange, mais cela passera à coup sûr pour un manque d'éducation. Je me retiens et patiente en ayant l'air de suivre la conversation avec intérêt. Honnêtement, ma vie est en vrac, mon supérieur hiérarchique m'a forcée à me mettre en arrêt de travail et j'ai perdu l'homme de ma vie, alors l'allongement de l'âge de départ en retraite… Je m'en fiche comme de ma première culotte. D'ici-là, travailler quatre mois de plus ou quatre mois de moins, c'est du pareil au même.

Je sens la délivrance approcher lorsque René souhaite une bonne journée à son interlocuteur. Enfin, on rentre. Je prie pour que l'on ne croise personne d'autre sur le trajet. En arrivant devant la maison, j'aperçois les rideaux de l'habitation d'en face se soulever. Les gens de la campagne ont-ils une vie si ennuyeuse qu'ils aient besoin de se divertir en épiant les voisins ?

Armé d'un chiffon, René se lance dans une chasse à la poussière dans la maisonnette. Je le regarde déplacer les bibelots de ses étagères. Un cadre, quelques livres, une statuette en porcelaine, une bonbonnière en cristal, un napperon en dentelle et une maquette de bateau qu'il est fier de me montrer. Il l'a lui-même fabriquée avec des pièces de récupération qu'il a taillées, poncées et peintes. Je dois dire que le résultat est impressionnant. Il est très doué. Cette péniche miniature est très bien imitée.

Au lieu de m'apaiser, ses gestes lents m'agacent. Je suis habituée à être à fond, à basculer d'une tâche à l'autre avec dynamisme. Ici, le temps semble être au ralenti.

Moi qui me plaignais de ne pas voir mes journées défiler… Le choc est rude. Une période d'adaptation aurait été la bienvenue. Je l'observe dans son environnement où chaque chose a sa place et où chaque tâche ménagère s'inscrit dans un planning précis. La routine qui rythme ses journées le rassure et lui donne le sentiment d'accomplir efficacement son devoir quotidien. Pour l'aider, je passe le balai sur les vieilles tomettes.

— Pourquoi n'engages-tu pas une aide ménagère ? Cela te soulagerait.

— Mais, j'ai déjà fait appel à une aide à domicile lorsque je suis sorti de l'hôpital après mon opération de la hanche, je ne pouvais pas bouger. Elle venait faire mon ménage et préparer mes repas.

— Pourquoi ne vient-elle plus ?

— Parce que je n'ai plus besoin d'elle.

— C'est du travail, d'entretenir cette maison. Tu n'es plus tout jeune et je vois bien que ta hanche te fait encore souffrir.

— Je peux y arriver tout seul. Bien sûr, je mets davantage de temps mais c'est normal… à mon âge, comme tu dis, rétorque-t-il sur le ton de la plaisanterie. Je n'aime pas qu'une autre personne s'occupe de ma maison, elle n'a pas les mêmes façons de faire que moi. J'ai mes habitudes. Et puis, ça me maintient en forme.

Le coucou de la pendule sort sa tête de sa cabane en bois pour nous annoncer qu'il est 11 heures. René se lance maintenant dans la préparation du déjeuner. Nous épluchons les légumes ensemble. Au menu, pot-au-feu. Je lui avoue que je n'aime pas trop ça.

— Je te trouve difficile. Lorsque j'étais jeune, un pot-au-feu était un mets de luxe. Je ne mangeais pas à ma faim tous les jours. On était déjà contents d'avoir des pommes de terre dans notre assiette.

— Tu as eu une enfance malheureuse ?

— J'ai vécu des moments très pénibles, effectivement. J'ai manqué de beaucoup de choses. De nourriture, de liberté, d'éducation, de jeu, mais surtout de tendresse.

Son discours m'émeut. Il se montre si aimable et souriant à chaque instant que l'on peine à s'imaginer que sa vie fut si compliquée.

À midi et demi nous sommes déjà à table. Deux assiettes en porcelaine sur lesquelles sont dessinées deux grandes fleurs roses, à la main sûrement, sont posées sur la table, au milieu des couverts parfaitement alignés et parallèles à une serviette en coton blanc brodée. C'est fou d'être si minutieux dans chaque chose qu'il fait, alors que chez moi je jette presque les fourchettes et le rouleau de Sopalin sur la table. On pourrait croire qu'il s'agit d'un dîner galant tant il est soigneux. Pendant le repas, nous écoutons une station de radio à audience senior qui nous berce les oreilles avec des chansons de Tino Rossi, Charles Trenet et Luis Mariano. Ce registre n'est assurément pas ma tasse de thé mais met René en joie. Il interprète l'une d'elles avec entrain puis me raconte une anecdote de jeunesse. Il me dresse immédiatement le décor. C'était l'époque des bals, des robes longues et larges en bas qui donnaient à la démarche une grâce d'envol, cintrées pour marquer les hanches et la poitrine, confectionnées chez soi ou chez la couturière du quartier, le siècle des coiffures élaborées aux boucles larges et de la sortie du parfum *Miss Dior*... Après l'angoisse et les rationnements, la libération de la France et la fin de la guerre ont donné un élan de vie aux jeunes qui voulaient s'amuser et se tourner vers l'avenir. Les étudiants seraient tous assidus aux cours si les professeurs leur contaient l'histoire avec autant de passion et d'émotion ! Je découvre une facette de l'après-guerre que l'on n'apprend malheureusement pas dans les manuels scolaires. Loin des dates de traités et des bilans économiques, je me plonge dans la vie quotidienne et l'état d'esprit des Français de l'époque.

Le déjeuner terminé, il se lève pour débarrasser. Une fois encore, je suis estomaquée par le soin dont il fait preuve. Il rince les bocaux en verre avant de les mettre dans le bac prévu à cet effet et décortique les emballages pour trier d'un côté le carton et d'un autre le non-recyclable. Une fois la vaisselle lavée et rangée, il essuie même l'évier avec un torchon humidifié au vinaigre blanc pour ne pas voir apparaître des traces de calcaire. J'ai cru accomplir un sacrilège lorsque j'ai voulu jeter les pelures de légumes dans la poubelle. Il m'a invitée plutôt à les mettre dans une panière qu'il videra demain matin dans le bac à compost situé dans le jardin. J'apprends qu'il est très écolo.

L'après-midi passe calmement, lui le nez dans un livre et moi sur mon téléphone portable. On dirait que le temps s'est arrêté. Je ne me souviens pas avoir entendu un tel silence. C'en est même pesant. À tel point que le coucou de la pendule me fait sursauter.

Après le dîner, nous bavardons un peu.

Alors qu'il compte le nombre de cuillères de café rases et les ajoute dans le filtre, il me questionne.

— Toi aussi, tu prépares la cafetière le soir pour le lendemain matin ?

Comment lui dire que j'ai une machine à dosettes et qu'il me suffit d'appuyer sur un bouton pour qu'elle me donne instantanément la dose dont j'ai besoin pour ma tasse ?! *What else !* Comme je m'en doutais, il n'est pas fan du principe qu'il juge très polluant. Cette discussion me chatouille les papilles. J'ai très envie (besoin) d'un café. Depuis mon arrivée, je suis en désintoxication sévère. Qu'est-ce que je ne donnerais pas pour un petit expresso !

— Veux-tu une tisane, ma petite-nièce ? C'est déconseillé de boire des excitants avant de se coucher. Tu ne passeras pas une bonne nuit sinon.

Avant de se coucher ?! Il est 19 heures 45 ! À cette heure-ci je suis encore au bureau habituellement. Pour ne pas le contredire (et le contraindre à nettoyer et repréparer sa cafetière pour demain), j'accepte l'infusion. La camomille n'est-elle pas censée détendre ? Elle n'a guère cet effet tranquillisant sur moi.

Pendant qu'il regarde le journal télévisé, je me déstresse sur mon téléphone portable. J'en profite pour envoyer un message à Lucas qui me manque terriblement.

Coucou Alphonse, ça va ?

Et comme à chaque fois que sa réponse se fait attendre, mon esprit s'improvise metteur en scène. Un film passe devant mes yeux. Audrey dans les bras de Lucas, Lucas qui l'embrasse, Lucas qui cuisine pour elle une délicieuse carbonade flamande, alors que je dois me contenter d'un pot-au-feu…

J'ai l'impression d'être dans une maison de retraite. Je meurs d'ennui. René m'observe du coin de l'œil.

— Tu passes beaucoup de temps sur cette machine.

— J'envoie des messages à Lucas mais il ne répond pas toujours, soupiré-je.

— Peut-être n'a-t-il pas son téléphone avec lui à chaque seconde.

— Oh si, il ne le quitte jamais.

— Il est peut-être tout simplement occupé.

— Occupé à prendre soin de sa nouvelle copine ?!

— Je crois que ce doit être très agaçant de recevoir une multitude de messages. Ne penses-tu pas qu'il puisse se sentir harcelé ? J'appréciais avoir un peu de tranquillité à ton âge.

— Avant, il aimait beaucoup que je lui envoie des messages à toute heure de la journée.

— Humm… À mon avis cette technique est contre-productive. Que veux-tu exactement, Manon ? Le récupérer ou tourner la page ?

— Je regrette que nous ne soyons plus ensemble mais je dois me résigner et apprendre à vivre sans lui.

— Oh là, ne tire pas de conclusion trop hâtive. L'aimes-tu ?

— Oui, je crois.

— Tu crois ? Tu devrais être sûre ! L'amour, ce n'est pas de l'à-peu-près.

— Oui, je l'aime. Plus que je ne le pensais. Il me manque.

— Crois-tu qu'il soit l'homme de ta vie ?

— Oui. Mais à quoi bon remuer le couteau dans la plaie ? Il en aime une autre maintenant.

— On ne remplace pas dix ans du jour au lendemain. À moins bien sûr que tu lui aies fait vivre un enfer ?

— Je n'ai pas été la femme parfaite, loin de là, surtout ces derniers temps, mais nous avons aussi vécu de merveilleux moments.

— Alors il faut le reconquérir !

— Il est trop tard. C'est peine perdue.

— Il n'est jamais trop tard. Comme tu es défaitiste, allons ! Je suis étonné, venant d'une femme si intelligente et ambitieuse. Heureusement que nous n'avions pas cet état d'esprit lorsque les Allemands nous ont envahis. Nous aurions perdu la guerre. Ne penses-tu pas que nous avons dû faire preuve de détermination et de courage pour continuer le combat ? Nous avons tenu bon pour notre liberté et notre bonheur. Et si nous avions baissé les bras, tu ne t'appellerais pas Manon mais Hilda ou Franziska, et tu mangerais des saucisses et de la choucroute au petit déjeuner. Soit dit en passant, j'aime beaucoup la choucroute avec un petit verre de gewurztraminer.

— Comment faire ?

— Lui plaire à nouveau ! D'abord, tu vas réfléchir. Que te reproche-t-il ? Puis, tu chercheras des solutions et élaboreras un plan d'action. Souviens-toi, qu'aimait-il chez toi ? Après quoi, tu reprendras contact avec lui intelligemment. Mais plus tard, quand tu seras prête. Pas question de se précipiter. Tu vas lui prouver que tu es redevenue la personne de qui il était tombé amoureux et le convaincre de te donner une seconde chance.

— Ta stratégie semble efficace et facile, mais dans la réalité ce n'est pas si simple.

— Essaie ! Qui ne tente rien n'a rien !

Après avoir regardé la météo, programme indispensable pour le bien de ses plantes, il part faire sa toilette et se mettre en pyjama. Même pour la nuit il est élégant avec son ensemble en satin bleu marine. Il feuillette le magazine TV et me demande quelle chaîne je souhaite regarder. Comme je lui laisse l'initiative pour la soirée, son choix se porte sur un reportage relatif au canal du Midi où il a de nombreux souvenirs. J'aurais préféré une série policière américaine mais je doute qu'il en apprécie la violence et la débauche. Plongée dans mes idées noires et l'exploration de mon portable, je n'écoute pas le journaliste parler des berges, des chemins de halage et des écluses tandis que René, totalement absorbé et attentif, émet des commentaires fondés sur son expérience de batelier. Une vie entière à conduire des péniches, à voguer sur les canaux de France et de Belgique, pour transporter des matières premières vers les usines ou les grossistes.

Le programme touchant à sa fin, il me demande gentiment si j'ai besoin de quelque chose puis me souhaite une bonne nuit en déposant une bise sur ma joue. Sa petite moustache grise me chatouille. Lorsque je passe devant sa chambre, je le surprends qui embrasse le cadre dans lequel se trouve une photo de sa femme et lui souhaiter une « bonne nuit ma colombe ». Le souvenir de son épouse l'accompagne dans chacun de ses gestes. Peut-être a-t-on besoin de se rappeler régulièrement le visage de l'être aimé pour ne pas l'oublier. Les traits du visage ne s'effacent-ils pas peu à peu de notre mémoire, comme gommés par le temps ?

Je me retrouve seule entre ces quatre murs à la tapisserie d'un autre siècle et le cafard m'envahit. Je procède au même rituel : consultation de mes courriels, des profils Facebook de Lucas et d'Audrey, de ma galerie photos pour voir son visage et nos instants de complicité et relecture des messages qu'il m'a envoyés lorsqu'il m'aimait encore. Et puis je pense à mon assistante. Je la plains, la pauvre ! Je culpabilise à l'idée que mon absence lui occasionne plus de travail. Peut-être qu'elle en veut à Audrey elle aussi. Après tout, c'est sa faute tout ça.

Je tourne et me retourne dans mon lit.

Puis finis enfin par m'endormir.

8

Le jour sans fin

Je rêve que je cours après le coq du voisin avec une pelle, des bottes en caoutchouc aux pieds, un tablier de ménagère autour de la taille et un chapeau de paille sur la tête, devant René transformé en épouvantail. J'ouvre un œil, puis l'autre. Cette satanée volaille m'a encore réveillée aux aurores. Je peste. Je consulte mon portable. RAS. Finalement, René n'a peut-être pas tort lorsqu'il dit que la technologie mobile a tendance à nous frustrer. Avant que chacun ne se greffe un téléphone à la main, les gens pouvaient rêver à des appels sur leur téléphone fixe alors qu'ils étaient au travail ou aux courses. Ils pouvaient s'imaginer que des personnes avaient tenté de les joindre et pensaient à eux. Aujourd'hui, je suis forcée de constater que personne n'a envie de me parler ou de prendre de mes nouvelles. Parfois, il m'arrive même de sentir mon téléphone vibrer dans ma poche sans raison. Juste une simulation de mon cerveau.

Lorsque je me lève et que j'aperçois René debout dans la cuisine, vêtu du même pantalon de toile et du même pull à motifs gris et blancs que la veille, un sentiment étrange m'envahit. C'est comme si je revivais une seconde fois la même journée. Du déjà-vu, un peu comme un jour de confinement (souvenir post-traumatique du Covid-19). Je suis tout à coup prise de compassion pour les résidents des maisons de retraite. C'est dans cet état d'esprit qu'ils attendent la mort ? René m'accueille avec le même sourire et la même bonne humeur. Pour le petit déjeuner, il me propose café, pain et confiture. Satisfait de se faire chaque jour livrer par la boulangère, il fait l'éloge des services mis en place dans les campagnes. Il rayonne tandis que je suis exécrable au réveil.

— As-tu bien dormi ?

— Oui, merci.

— J'espère que ce n'est pas moi qui t'ai réveillée ?

— Non, c'est le coq ! je réponds en plantant le couteau dans la motte de beurre.

— Pas besoin de réveil ici. Nos fidèles animaux savent parfaitement les remplacer. Les températures ont chuté cette nuit. Tu n'as pas eu froid ? Sinon j'ai des couvertures.

— Oh non, ne t'inquiète pas.

— Hier soir j'ai oublié de te demander si tu voulais une bouteille d'eau pour la nuit.

— Je n'en ai pas eu besoin, ne t'en fais pas. Depuis combien de temps es-tu levé ?

— une heure et demie environ.

— Je comprends pourquoi tu te couches tôt.

Il m'explique qu'il aime se lever de bonne heure et que, comme beaucoup d'anciens, il respecte les cycles naturels jour-nuit et est à l'écoute des éléments, contrairement aux jeunes générations habituées à la lumière artificielle des habitations qui ne font plus attention aux cycles circadiens.

Comme chaque jour, la radio est allumée pour écouter les informations, entendre des chansons qu'il aime et casser le silence, témoin de sa solitude.

— Connais-tu la chanson de Tino Rossi qui parle de Manon ?

— Euhh, non…

Il va chercher sa tablette.

— Mon oncle, tu as une tablette ?!

— Eh oui, je me suis mis, moi aussi, à Internet et aux e-mails. J'aime bien découvrir de nouvelles choses. C'est impressionnant cette technologie, même si je ne comprends pas tout.

— Mais je croyais que tu étais réfractaire à toutes ces choses !

— Ne mélange pas tout. Je suis reconnaissant pour toutes ces avancées technologiques qui améliorent notre quotidien et nous permettent de vivre dans de meilleures conditions. Je pense en revanche que certaines d'entre elles doivent être utilisées avec parcimonie. Elles ne doivent pas remplacer les relations humaines. Combien de fois ai-je été consterné de voir des familles au restaurant où chaque membre est envoûté par son téléphone portable plutôt que de discuter avec les autres, ou de voir des jeunes qui ne discutent plus aux arrêts de bus… ?

— Tu n'as pas complètement tort. Et donc, tu vas sur Internet et tu envoies des e-mails ?

— Bien sûr ! Tu veux que je te montre ?

Il est fier de me dévoiler ce qu'il sait faire. Il cafouille un peu lorsqu'il veut ouvrir une pièce jointe mais il y parvient tout même. Il me montre quelques e-mails échangés avec des amis plus jeunes, des diaporamas montrant des oiseaux, des bateaux et des écluses si chères à son cœur.

— Je suis impressionnée, mon oncle. Ça veut dire que tu as un forfait internet ?

— Bien sûr ! Sinon comment pourrais-je aller sur le Web ?!

Le « Web ». Au fond de moi, je ris.

Il saisit les mots-clés « chanson Manon Tino Rossi » dans la barre de recherche internet puis clique sur le lien YouTube. Il sait bien se servir de cet outil. Quelques notes de musique s'élèvent dans la pièce et la voix du « Rossignol du siècle » (dernier je précise) se met à vibrer. René se met tout à coup à chanter avec joie.

♫ *Instant charmant où la crainte fait trêve, où nous sommes deux seulement, tiens, Manon, en marchant, je viens de faire un rêve [...] Viens ! là sera notre vie, si tu le veux, Manon !*

Je suis amusée par ce concert improvisé. Pour le remercier je l'applaudis.

— Quelle santé, mon oncle ! Tu as l'énergie d'un jeune homme.

— Il fait doux ce matin. Je me suis un peu dégourdi les jambes dans le jardin tout à l'heure. Je suis content, ma hanche ne me fait pas trop souffrir. Mais je n'aime pas trop l'humidité, elle accentue les douleurs dans mes articulations.

Il fait quelques étirements pour soulager ses genoux maltraités par l'arthrose.

— Tu prends des médicaments ? demandé-je.

— Non.

— Jamais ?

— Non, à part un peu de paracétamol quand les douleurs sont trop fortes ou des antibiotiques lorsque j'attrape une vilaine bronchite.

— Comment te soignes-tu quand tu as un rhume ou un mal de gorge par exemple ?

— Je fais des inhalations, des infusions à base de plantes. Le thym, le miel et le citron sont de bons remèdes.

— Et tu n'as pas de cholestérol, de diabète ou d'hypertension ?

— Non. Je me porte bien, grâce à une bonne hygiène de vie. Et je ne suis pas prêt à prendre ces cocktails chimiques de laboratoires qui ont pour objectif de s'enrichir sur mon dos. Ils n'auront pas un centime de ma pension !

Il a un avis très tranché sur la question. Je pense à ma mère qui prend déjà des traitements à vie pour sa tension et des somnifères.

— Je vais débarrasser, reste assis, mon oncle.

— Non, je vais m'en occuper. Tu peux prendre la salle de bains si tu veux.

— OK, je vais me doucher.

Je ne sais pas comment m'habiller. Les tailleurs, les chemisiers et les escarpins ne se prêtent pas vraiment à l'environnement. Sabots ou bottes ? J'hésite quelques minutes devant l'armoire. Un jean et un pull à côtes anglaises couleur framboise feront l'affaire avec mes tennis blanches. Un chignon décoiffé, un peu de mascara, du blush rosé sur les joues et un baume abricot sur les lèvres. Me voilà parée pour affronter la journée qui m'attend. Je surprends René dans son potager, arrachant des mauvaises herbes entre ses rangées de céleri. Un véhicule s'arrête devant la maison, une portière claque, puis une autre. Maxime apparaît devant le portail, le sourire aux lèvres.

— Eh, bonjour René. Comment vas-tu aujourd'hui ?

Son enthousiasme ne se défait pas lorsqu'il m'aperçoit.

— Bonjour madame la Parisienne !

Je le salue à mon tour.

— Que m'apportes-tu ce matin, mon cher Maxime ? questionne René en l'invitant à le suivre chez lui.

— Chou-fleur, poireaux et topinambours.

— Je vais me faire un festin, merci jeune homme. Demain, ce ne sera pas nécessaire de m'apporter des légumes, il m'en reste encore un peu. Mais tu peux tout de même passer boire un petit café si tu veux.

— Eh bien, si je ne traîne pas trop pendant ma tournée, ce sera avec plaisir. As-tu besoin d'aide dans le jardin ? Je peux m'en occuper en attendant que ta hanche se remettre complètement.

— Oh non, ça ira. Mes poireaux peuvent encore attendre un peu. La lune est favorable.

La lune ? Qu'est-ce qu'elle vient faire dans la conversation ? Je sais qu'elle a son rôle à jouer dans les marées, la pousse des cheveux (encore que je sois sceptique à ce sujet), le déclenchement des accouchements ou la transformation des hommes en loups-garous, mais dans le domaine du jardinage…

— L'air de la campagne te fait-il du bien, Manon ? m'interroge Maxime.

Est-ce que je lui parle de cet abruti de coq qui me réveille le matin ? Des odeurs de fumier qui me donnent la nausée lorsque le vent souffle vers l'est, ou l'ouest, je ne sais plus ? Du silence qui me donne l'impression d'être déjà morte ? Des oiseaux qui piaillent toute la journée sous les fenêtres ? Des insectes volants qui passent à proximité de mes oreilles dès que je mets le nez dehors ? Des kilomètres à parcourir pour arriver à un supermarché ? Enfin, « épicerie » serait plus adapté. Non, je ne vais pas faire part de mon avis. Je n'ai pas envie de les blesser.

— Tu vas retrouver des couleurs naturelles. Tu n'auras plus besoin de te mettre du rose à joues chimique, me taquine René.

Moi qui pensais que cette teinte était discrète et me donnait une bonne mine légère, c'est loupé. À quatre-vingt-douze ans, il a encore une excellente vue. Alors que nous discutons sur le pas de la porte, la voisine d'en face, que je vois pour la première fois, nous rejoint. C'est une femme d'une petite quarantaine d'années coiffée d'une queue-de-cheval, vêtue d'un jean, d'un gilet polaire et de bottines fourrées, au look naturel, sans maquillage. Pas le genre de personne à passer deux heures dans la salle de bains le matin. Un sourire timide mais sincère sur les lèvres, elle s'approche de moi et se présente.

— Bonjour, Manon si je me souviens bien ?! Je suis Delphine, la voisine d'en face. Ravie de te parler.

— Enchantée moi aussi, je réponds en lui rendant son sourire.

Elle connaît déjà mon prénom, je me demande qui des deux hommes présents à vendu la mèche. Si ça se trouve, elle sait déjà que je me suis fait larguer et que je suis déprimée.

— J'aimerais beaucoup faire connaissance avec toi, Manon. Si ça te dit, passe à la maison demain soir.

— Euh... oui, pourquoi pas, si René n'a pas besoin de moi.

— Bien sûr, vas-y ! s'empresse-t-il de répondre.

Lorsque nous rentrons, comme à son habitude, René enfile ses pantoufles à peine le seuil franchi et range ses chaussures sur la petite étagère en bois qu'il a lui-même confectionnée. Il se met ensuite à balayer la maison alors qu'elle n'est pas sale. Je me propose de le faire à sa place, bien que je trouve cela inutile. Il accepte pour se rendre dans la cuisine et attaquer la préparation du repas. Au menu ce midi, blanquette de veau. Mais pas n'importe quel veau. Pas celui du supermarché du coin. Non, celui d'un éleveur local qu'il connaît et pour lequel il valide les conditions d'élevage. Le cahier des charges de René semble bien exigeant. Je suis surprise par les petites quantités de viande qu'il prépare. Il tient au fait que la viande ne se consomme qu'une seule fois par jour et pas tous les jours, et lorsqu'il en cuisine, les portions sont celles d'un enfant. Mon air étonné (dû à coup sûr à mon haussement de sourcil gauche – je ne sais pas hausser le sourcil droit, une erreur de paramétrage génétique probablement) ne lui échappe pas. Il se justifie aussitôt :

— Manger trop de viande est mauvais pour la santé. Une grande consommation promeut les maladies cardio-vasculaires, en plus d'être préjudiciable pour l'environnement. Je préfère me régaler avec un petit morceau de viande de qualité. Et puis ces bêtes vivent heureuses avant l'abattoir. Pas comme dans les élevages industriels.

Je ne relève pas ses arguments. Peut-être a-t-il raison. Je ne me suis jamais attardée sur la question.

Je pianote sur mon téléphone pendant qu'il épluche des carottes. Il me regarde du coin de l'œil. Je devine ce qu'il pense. Sur le point d'envoyer un énième message à Lucas, je me ravise. C'est si dur de se contenir.

— C'est vrai, j'ai très envie de le contacter mais je vais m'abstenir cette fois. Je vais suivre tes conseils, mon oncle.

— Sage décision !

— Mais tout de même, je m'interroge. Ne va-t-il pas prendre davantage de distance et tourner définitivement la page ?

— Pas nécessairement. Attache-toi à produire des échanges de qualité plutôt qu'en quantité. Rappelle-toi quel est ton objectif et ce que tu as décidé. Reste concentrée.

Le déjeuner terminé, la même routine prend place : nettoyage de la cuisine, vaisselle, journal télévisé, météo. Un orage est annoncé en fin de journée.

— Je dois penser à mettre mes plantes fragiles à l'abri afin qu'elles ne soient pas trop arrosées par une grosse pluie et que la terre ne soit pas trempée. Il faut aussi que j'aille enlever les pots au cimetière. Si l'orage est violent, certaines plantes ne survivront pas.

Il me quitte pour s'adonner à sa courte sieste quotidienne. Trente minutes durant lesquelles je n'entends pas un bruit. Ce silence me stresse. Tout à coup, je me sens un peu plus vivante en entendant un grondement approcher. Je me poste à la fenêtre tandis qu'un tracteur passe dans la rue. Il s'agit peut-être de l'engin de Maxime, celui avec lequel il m'a sorti du pétrin le jour de mon arrivée. Finalement, j'en garde un souvenir agréable. J'aperçois le couple voisin devant leur porte. Je les observe derrière le rideau. Voilà que j'espionne moi aussi, adoptant les us et coutumes du coin. En même temps, cela met un peu d'animation dans ma journée. Delphine monte dans sa voiture et claque sa portière avec force. Elle semble énervée. Il y a de l'eau dans le gaz aussi chez eux, on dirait. Un adolescent la rejoint et prend place à côté d'elle. Je les observe démarrer et s'éloigner, tandis que le mari reste quelques instants sur le seuil. Je quitte mon poste d'observation lorsque je sens René derrière moi. Je ne l'ai pas entendu arriver avec ses pantoufles et son pas léger.

— Tu es déjà levé ?

— Oui, je me suis un peu reposé les yeux, c'est suffisant. Je ne peux pas dormir de toute façon, il faut que j'aille au cimetière.

— Maintenant ?

— Oui, ça t'ennuie ?

— Non, pas du tout.

Je devine qu'il ne sera pas tranquille tant qu'il n'y sera pas allé. Il a besoin de se rassurer en sachant les fleurs préférées de sa défunte épouse à l'abri. Comme cela me paraît étrange et excessif d'agir de la sorte ! Si la fleur est fanée ou morte, je vais en acheter une nouvelle et le problème est résolu. Cela ne m'empêche pas de dormir. Malgré le respect que j'ai pour ma grand-tante, je ne suis pas enthousiaste à l'idée de me rendre une fois encore au cimetière. Je déteste les cimetières, au même titre que les enterrements. De toute façon, les gens sont morts, à quoi bon perdre son temps à s'y rendre ? J'ai mal aux jambes à force d'adapter mon allure de marche à la sienne. Pourvu que l'on ne croise aucune de ses connaissances… René cale avec soin le médaillon avec la photo de Louise contre un gros vase en marbre au cas où il y aurait du vent. Il me confie qu'à deux reprises, il a dû acheter de nouvelles compositions et pots car on les lui a volés. Quelle idée et surtout quel manque de respect, de dérober des objets funéraires ! J'imagine dans quel état de frustration il s'est trouvé lorsqu'il a découvert le pillage. Je l'aide à embarquer le lourd pot de fleurs et me sens soulagée quand il décide de rentrer. Mon contentement est malheureusement de courte durée. S'il ne m'avait pas parlé des vols, on aurait gagné trois minutes qui auraient été suffisantes pour atteindre le coin de la rue de l'église et nous épargner de tomber sur une vieille dame qu'il connaît, comme tout le reste du village d'ailleurs. Comme une fois est devenue coutume, il me présente comme sa petite-nièce venue lui tenir compagnie quelque temps et profiter de l'air de la campagne, puis ils discutent de la météo. Je regarde le ciel. Il est bleu et je n'aperçois que quelques nuages pointer à l'horizon. Ils se sont encore trompés, comme d'habitude. Puis, la discussion dérive sur les travaux prévus dans le cimetière, c'est-à-dire les mêmes informations que celles qu'il a déjà échangées avec M. Jacques, ou Paul, je ne sais plus.

— Tu as une bien jolie petite-nièce René, lance-t-elle en me jetant un regard tendre.

— Merci madame.

— Comment vous vous appelez déjà ? J'ai oublié. À mon âge, on a un peu la mémoire qui flanche, ajoute-t-elle, amusée.

— Manon.

— Ah oui, c'est vrai, comme Manon des sources.

— Oui, c'est ça.

— Vous connaissez Marcel Pagnol ?

— Pas personnellement mais j'ai lu plusieurs de ses œuvres.

— Oh, comme vous êtes amusante ! Figurez-vous que je l'ai moi-même rencontré. Lorsque je n'étais encore qu'une jeune fille, mes parents nous ont emmenés en vacances un été à Monte-Carlo. Je savais que Marcel Pagnol y vivait. Ma sœur et moi, nous avons longé des dizaines et des dizaines de fois le boulevard des Moulins où se situait sa villa dans l'espoir de l'apercevoir. Et à 15 heures 12 exactement, il est sorti de chez lui. *Topaze*, *La Femme du boulanger*, nous aimions beaucoup ses œuvres.

— Et vous lui avez parlé ?

— Oh non, nous étions bien trop timides. Mais c'était un honneur de pouvoir le rencontrer en chair et en os. Il nous a adressé un sourire qui est resté gravé dans nos mémoires. J'étais jolie lorsque j'étais jeune, vous savez.

— J'en suis sûre !

— C'est gentil de prendre soin de votre oncle. J'ai été enchantée de faire votre connaissance, mademoiselle Manon.

— Moi aussi.

— On se recroisera sûrement dans le village.

Je réponds par un sourire tandis qu'elle me prend la main. Elle sent bon l'eau de Cologne et les Petit Beurre. Son dos est un peu courbé. Sa mise en plis doit être récente. Ses boucles blanches semblent soyeuses sur son manteau en laine mauve. Je lui trouve un air de ressemblance avec la reine Élisabeth. Nous nous saluons et repartons vers la maison, mais après quelques dizaines de mètres, René se plaint d'avoir mal à la hanche. Voilà, c'est ce qui arrive quand on piétine à force de trop faire aller sa langue en bavardages. Je pose le pot qui pèse trois tonnes par terre tandis que nous restons assis sur un banc. Je ne peux m'empêcher de lui faire part de ma réflexion au sujet de cette plante et de son obsession à la protéger des intempéries. Sa réponse est sans détour.

— Si je casse ton téléphone, là, maintenant, comment vas-tu réagir ?

— Plutôt mal.

Sa question me semble hors sujet. Il reprend :

— Voilà, ce n'est pas dramatique pour moi que cette plante soit détruite mais cela m'ennuierait beaucoup.

— Mais, mon oncle, tu ne peux pas comparer mon téléphone, qui me permet de garder contact avec mes proches, de consulter mes e-mails et mes dossiers administratifs, avec une fleur. Il y a une partie de ma vie là-dedans !

— Cette plante est la préférée de Louise.

Je remarque qu'il ne parle pas d'elle au passé.

— C'est elle-même qui l'a choisie peu de temps avant de faire son AVC. Nous avions passé une formidable journée tous les deux. Nous nous étions promenés le long du canal, nous remémorant le temps où nous étions bateliers, à bord de notre péniche. Puis nous avons mangé au restaurant. Nous fêtions notre anniversaire de mariage. Je lui avais rappelé combien elle m'avait comblée pendant toute ma vie. Nous avions acheté cette plante au marché aux fleurs et elle y tenait. Maintenant, c'est à moi d'en prendre soin. Alors si ce téléphone contient toute ta vie, comme tu le dis, bien que je trouve l'expression très excessive, comprends que cette plante me rappelle, quant à elle, l'amour de ma vie.

Je suis sans voix. Je me sens honteuse d'avoir accordé si peu d'importance à cette fleur, alors qu'elle a tant de valeur pour lui. Il décide tout à coup qu'il est temps de rentrer. J'obéis sans broncher.

Comme à chaque minute qui passe, je pense à Lucas. Que fait-il à ce moment précis ? Il est sûrement avec Audrey. Ils sont peut-être en train de faire l'amour. Il faut que je réfléchisse à autre chose. Comment ça se passe, au bureau ? Est-ce qu'ils s'en sortent ? Est-ce plaisant d'imaginer que les dossiers s'entassent sur mon bureau, que mes assistantes sont au bord du burn-out, que des erreurs sont commises et que le directeur me regrette ? René s'arrête et lève les yeux vers le ciel.

— Ces cumulus ne vont pas tarder à devenir des cumulonimbus et le vent se lève. L'orage se prépare. Regarde ces oiseaux, ils nous préviennent. « Si l'hirondelle vole bas, la pluie viendra à grand fracas. »

J'observe à mon tour les nuages sans conviction. Je ne jure que par les prévisions météorologiques de mon téléphone portable.

Une fois chez lui, il me propose un petit goûter. Il fait chauffer de l'eau dans sa bouilloire qui sifflote et sort un paquet de gaufres au miel. Il n'en mange qu'une car le sucre est mauvais pour la santé. J'ai très envie d'un café mais au lieu de cela, j'ai droit à une tisane « bien-être du foie », alors que je suis déjà en cure de détox avec l'alimentation équilibrée et mon sevrage de café et d'alcool des derniers jours. Moralement, j'ai l'impression d'avoir vieilli de quarante ans mais physiquement, ce serait faire preuve de mauvaise foi que de nier que je me sens en meilleure forme.

Le téléphone sonne, obligeant René à se diriger vers le salon. Mon côté obscur ne peut s'empêcher de faire des pronostics. René arrivera-t-il à décrocher avant que ne retentisse la dernière sonnerie ? Mon petit ange intérieur, qui habituellement me prodigue de bons conseils, me ramène à l'ordre. Tu rigoleras moins quand tu auras son âge ! Je profite de ce petit temps de répit pour consulter mes e-mails. Et Facebook. Le profil de Lucas en particulier. Il n'a rien publié depuis qu'il est parti et les photos de nous y sont encore. C'est bon signe, non ?!

Un peu plus tard, j'emmène René en ville pour faire quelques emplettes à la supérette. Les rayons sont assez succincts. On y trouve juste le strict nécessaire. Ils sont à des années-lumière du centre commercial dans lequel je travaille. Pas beaucoup de choix, pas de chocolat noir aux amandes torréfiées...

Lorsque nous quittons le magasin, je suis témoin d'une étonnante leçon de morale. Un jeune homme *a priori* engagé pour une association de protection de l'environnement nous accoste pour nous vendre des sacs réutilisables en matière végétale et nous convaincre de verser un don. Devant le refus de René, celui-ci se montre assez désagréable en avançant le manque d'intérêt et d'implication de la part des « vieux » dans ce combat. Mon oncle ne se démonte pas et déploie des arguments de taille pour assurer sa défense.

— Je te trouve particulièrement de mauvaise foi, jeune homme. Avant de critiquer mon comportement, balaye devant ta porte. Car, si tu ne l'as pas remarqué, vous êtes, jeunes gens, bien plus pollueurs que nous, les anciens. Vous êtes les plus grands consommateurs avec vos vêtements de marque que vous renouvelez à chaque nouvelle mode, vos téléviseurs dans chaque pièce de la maison, vos consoles de jeux, vos téléphones portables que vous changez régulièrement, et vos véhicules qui émettent des gaz à effet de serre parce que vous ne voulez plus marcher. Pour ton information, quand j'avais ton âge, je faisais chaque jour des dizaines de kilomètres à vélo pour me rendre au travail. J'ai la même télévision depuis vingt ans et je recouds mes vêtements lorsqu'un trou apparaît. Alors, la prochaine fois que tu auras envie de faire une bonne action, occupe-toi de ton attitude et agis toi-même d'abord pour l'environnement !

Le jeune homme reste pantois. René lui a cloué le bec.

Sur le trajet, je suis à bout de nerfs quand il me rabâche qu'il aurait été plus rapide d'emprunter la route qu'il m'avait indiquée plutôt que de suivre l'itinéraire conseillé par mon GPS.

— On serait déjà arrivés si tu m'avais écouté.

— …

— Oui, on aurait gagné du temps si on était passés par la route qui mène à Sens…

Je suis à deux doigts de me montrer vulgaire. Pourquoi il me prend la tête pour dix minutes ?! Il a le temps, il est à la retraite ! Autant parfois je le trouve adorable, autant à d'autres moments, il est insupportable.

9

Une tempête sous un crâne[1] !

Ce soir, en guise de repas, c'est soupe, pain et fromage. Je donnerais un rein pour manger un steak de bœuf avec des frites. Il serait outré de voir la quantité de viande que je peux avaler, lui qui mange comme un moineau. En même temps, je comprends qu'il ait appris à se rationner pendant sa vie difficile. Notre génération de surconsommation, où la nourriture nous est présentée en abondance, n'a pas connu la guerre et les restrictions. Alors que tout naturellement j'entame la brique de fromage, il me fait remarquer que celle-ci se coupe dans le sens des lignes, et non pas comme l'on découpe une part de camembert.

Mais on s'en fiche de la façon dont on partage le fromage ! Ce n'est que du fromage !

Ma patience est mise à rude épreuve. N'étant pas très causante, René engage la conversation.

— Comment te sens-tu ce soir ? Tu as réfléchi au sujet de ton amoureux ?

— Tu as raison, il y a peut-être une chance pour que notre histoire reprenne. J'ai fouillé un peu son compte

1. Expression empruntée aux *Misérables* de Victor Hugo.

Facebook et… Oui, je sais ce n'est pas bien, mais je voulais trouver un petit détail qui me montre que tout n'est pas perdu…

— Et alors, tu l'as trouvé ?

— Oui, je crois. Il a laissé toutes les photos de nous deux. C'est bon signe, je pense.

Une notification m'indique l'arrivée d'un nouveau message qui me fait l'effet d'une bombe. Mon cœur se met à battre la chamade et mes membres tremblent tandis que mes pensées s'embrouillent.

— Euh… Excuse-moi mon oncle, j'ai besoin de prendre l'air, dis-je en allant me réfugier dans ma chambre.

J'enfile ma paire de baskets et un gilet et je quitte la maison en prévenant René de ne pas s'inquiéter pour moi. Il tente de me faire changer d'avis en me rappelant que le temps est menaçant mais je ne l'écoute pas. Je ne l'écoute plus. Je me mets à courir, de plus en plus vite. Mon esprit fournit l'énergie dont mes muscles ont besoin pour avancer et mes émotions sont ma locomotive. Ma tête est devenue un melting-pot de colère, tristesse, dégoût, déception… Je suis perdue dans mes pensées. Je me remémore le jour où Lucas m'a avoué sa flamme. Cela faisait deux ou trois semaines qu'il travaillait au centre commercial. J'avais bien compris qu'il trouvait des excuses pour me voir. La possibilité d'un contrat pour son service, des questions liées aux primes et indemnités, une réunion improvisée… Et puis un midi, il est venu me proposer de déjeuner avec lui. Je ne lui ai pas dit à quel point j'étais ravie. J'espérais qu'il ferait le premier pas. Je pensais qu'il m'inviterait dans un restaurant voisin mais au lieu de ça, nous nous sommes retrouvés à un atelier culinaire. Pour une première fois, j'ai trouvé l'idée originale. S'il avait fallu cuire une omelette ou des pâtes, j'aurais pu m'en sortir mais le cours du jour était « tournedos de magret de canard au miel d'épices, tatin aux pommes et céleri ». J'ai ri jaune. Je cuisine comme une quiche. La probabilité pour que je réussisse cette préparation était la même que de voir deux droites parallèles se croiser. Je ne me suis pourtant pas démontée et j'ai fait de mon mieux pour ne pas perdre ma dignité dans une cuisine. Quatre autres participants étaient présents ce jour-là. Un couple, une quinquagénaire qui touchait déjà sa bille et une jeune femme qui s'entraînait en vue d'une inscription à *Top chef.* Lucas s'est approché de moi pour lier mon tablier autour de ma taille. J'ai beaucoup apprécié ce rapprochement. Il m'a dévoré des yeux tout au long du cours. Je semblais lui inspirer plus d'intérêt que le magret de canard qu'il avait entre les mains. Il était à l'aise avec les couteaux et autres ustensiles. Ses gestes étaient mesurés, précis et adroits. Plusieurs fois il est venu à mon secours pour rattraper ma maladresse. Comme j'ai aimé ses doigts sur les miens, son parfum dans mes narines, la douceur de sa peau sur mon avant-bras ! La chaleur se diffusait dans mon corps aussi vite que dans la poêle. Et le feu qui m'a embrasée lorsqu'il a inséré un quartier de pomme dans ma bouche, sans quitter mes lèvres du regard… J'ai deviné alors son désir de m'embrasser. La préparation du repas m'a paru bien plus délicieuse que la dégustation du plat. Lorsque je me suis excusée pour mon incompétence en cuisine, il m'a répondu avec envie qu'il m'apprendrait. Nous sommes ensuite retournés au bureau, il m'a remerciée pour ce moment très agréable et m'a souhaité bon courage en déposant un baiser délicat sur ma joue. Pendant des heures, j'ai continué à sentir ses lèvres sur ma peau. J'ai pensé à lui tout l'après-midi, en espérant qu'il viendrait de nouveau m'inviter.

Je me souviens aussi de notre premier baiser, la joie ressentie lors de notre mariage, nos vacances à Cuba, les nuits sensuelles que nous avons partagées, ses mains sur mes hanches, sa bouche sur mes seins, sur mon ventre… Je réussis enfin à lâcher les larmes retenues depuis plusieurs jours. Je me sens trahie, abandonnée, volée. J'imagine ensuite la peau de sa maîtresse vibrer et son corps se cambrer de plaisir sous ses baisers, ses tétons durcir sous l'excitation. Je l'entends presque jouir. Je la vois se blottir contre lui, leur peau moite, tandis qu'il l'enlace de ses bras forts, lui embrasse le front et lui murmure qu'il l'aime, que son corps est un cadeau, comme il le faisait avec moi. Le ciel s'assombrit tout à coup et un vent fort se lève. Je prends soudain conscience que j'ai sillonné les chemins sans prêter attention au trajet. Je ne sais pas depuis combien de temps je cours. Arrivée à un carrefour, je m'arrête et regarde autour de moi mais je ne reconnais rien. Je ne vois que deux routes bordées d'arbres. Le calme règne, comme si la nature s'était mise à l'abri. Un grondement déchire le ciel. René et la météo avaient raison. Heureusement, j'ai mon ami Google avec moi. Il va me remettre sur le bon chemin.

Comment ça, réseau faible ?! Je croyais que le réseau couvrait plus de 85 % du territoire français ! On ne va tout de même pas me dire que je me trouve sur les 15 % non couverts ?

Les quatre barres de signal de mon téléphone sont vides, tout comme l'est mon réservoir de joie de vivre. Il se met à pleuvoir des cordes, j'ai la poisse. Il ne me reste plus qu'à suivre mon instinct. Gauche ou droite ? Je choisis gauche. J'aurais peut-être dû prendre droite. Me voilà engagée sur une route traversant une forêt. Je remarque le panneau « danger » qui indique un passage de biches.

C'est gentil, une biche, non ?! Mais... Et s'il y avait des sangliers ?

Me voilà perdue au milieu d'un bois, sous l'orage grondant et la pluie. Ça a le mérite de me rafraîchir les idées et de me sortir de mon envie de suicide psychologique. Mes mollets et mes chevilles sont couverts de boue. Je crains de me faire foudroyer. Je fais le tour de moi-même et ne vois que des prés, des arbres, des chemins tantôt de terre, tantôt de bitume.

Saleté de campagne !

Il fait maintenant nuit et la route n'est pas éclairée. J'entends des cris de bêtes.

Tout va bien, je vais retrouver mon chemin.

Je jette un coup d'œil à mon téléphone. Une barre apparaît.

Alléluia ! Mon ange Google a entendu mon cri de détresse. Je suis sauvée. « H+ », est-ce que ce sera suffisant pour que le GPS actualise ma position ?

J'aperçois deux lumières au loin qui semblent être des phares de voiture. La voilà ma chance, un automobiliste. Il ralentit alors que je secoue mon bras pour lui faire comprendre que j'ai besoin d'aide. Éblouie par les feux du véhicule, je ne parviens pas à distinguer le visage du conducteur. Une Peugeot 205 grise. Ça roule encore, cette relique ? Elle s'arrête à ma hauteur. J'ouvre la portière du côté passager et découvre René au volant.

— Monte vite, tu vas attraper la mort !

Je m'exécute sans rechigner.

— Qu'est-ce que tu fais là ?

— Je suis venu te chercher pardi ! Avec ce temps, j'ai eu peur que tu te sois perdue.

Il me tend une serviette douce.

— Merci mon oncle, c'est gentil, je réponds en me séchant le visage et les cheveux.

— Tu étais perdue ?

— Huumm... Nooui...

— Tu n'as pas pris ton joujou avec toi pour te guider ?

— Si, mais je ne captais pas bien. C'est fou ce que le réseau est mauvais chez vous.

— À quoi bon avoir la 4G ici ? Les cerfs et les hiboux n'en ont que faire. Ils connaissent leur chemin et ont confiance en leur instinct. Les imiter pourrait nous éviter bien des déboires.

— Tout se ressemble ici, comment veux-tu te repérer ? À moins de jouer au Petit Poucet et de semer des cailloux...

— Si tu avais pris le temps d'observer la nature, elle t'aurait guidée. Tu aurais remarqué que cet arbre a une forme de brocolis géant tandis que celui-là est creusé pour abriter un habitant, qu'au bord de ce chemin-ci, il y a un tas de pierres avec un petit écriteau dessus. Prends le temps de l'écouter, elle pourrait t'inspirer.

— C'est vrai, j'étais distraite.

Je n'ose pas lui révéler que durant cette dernière heure, un cataclysme s'est déclenché dans mon être, que la tempête qui sévissait en moi était plus puissante encore que l'orage qui grondait sur la ville.

— J'imagine que si tu as eu besoin de te changer les idées, c'est que quelque chose t'a beaucoup chagrinée. Si tu as besoin d'en parler, je suis à l'écoute. Quand tu te sentiras prête.

J'apprécie sa douceur, sa sollicitude et le fait qu'il respecte mon silence. Au bout de quelques minutes, je me confie finalement à lui. Parler me soulagera peut-être.

— Lucas m'a envoyé un message tout à l'heure. Il a rencontré son avocat pour engager la procédure de divorce. Mon cœur est comme une porcelaine fissurée, prête à exploser en milliers de petits débris.

— Ma pauvre petite, c'est une épreuve pour toi.

— Je ne sais plus quoi penser. Toute cette stratégie pour le reconquérir, c'est stupide. Il a pris sa décision. Il est trop tard.

— Il n'y a que les imbéciles qui ne changent pas d'avis. Si tu l'as épousé, c'est qu'il n'est pas idiot !

— Non, bien sûr.

— Écoute, on ne peut jamais être sûr du dénouement. Rien n'est encore fini. Essaie ! Au mieux vous vous retrouverez, au pire, tu auras retrouvé la jeune femme que tu étais lorsque vous vous êtes rencontrés et tu auras repris confiance en toi. Tant qu'il y a de la vie, il y a de l'espoir !

Un ange passe.

— Mon oncle, je m'excuse.

— De quoi veux-tu t'excuser ?

— De m'être crue supérieure. De toujours penser que j'ai raison.

— Ne t'en fais pas. J'ai été jeune moi aussi, me répond-il en m'adressant un clin d'œil.

Il rentre sa voiture dans le garage. Je distingue une grimace sur son visage fatigué.

— Mais au fait, comment se fait-il que tu aies conduit alors que ta hanche te fait souffrir ? Ce n'est pas raisonnable.

— Je n'allais pas te laisser sous la pluie et cet orage.

Lorsque nous pénétrons dans sa petite maison, je me sens immédiatement réconfortée par la chaleur du poêle à bois.

— Puis-je prendre une douche ?

— Bien sûr, cela te réchauffera. Je vais te préparer une tisane en attendant.

Quel amour ce René ! Je l'observe quelques instants avec tendresse.

— Mon oncle, merci ! Je suis censée venir à ton aide et finalement, c'est toi qui m'encourages et me soutiens.

— Eh bien, ça me fait plaisir d'être encore utile à quelqu'un.

Je monte dans le bac à douche réalisé par ses soins avec une baignoire sabot de récupération qu'il a lui-même découpée. L'ancêtre de MacGyver. Rien ne se perd avec lui. Il trouve une seconde vie à chaque objet devenu obsolète. Le flot d'eau qui coule sur mon corps me fait du bien et m'apaise, même si je ne peux m'empêcher de sentir mon cœur douloureux.

Réchauffée et sèche, je rejoins René dans la cuisine. Un carré de chocolat est posé à côté de ma tasse.

— Tiens, croque dans ce morceau de chocolat, ça fait du bien aux bleus du cœur.

Sa phrase m'amuse. Je ne refuse pas l'invitation.

— Comment sais-tu que j'aime le chocolat ?

— Je ne connais aucune femme qui ne l'aime pas. C'est un ami qui vous veut du bien.

— Ta femme l'aimait, elle aussi ?

— Oh oui, Louise en était folle. Bien sûr, pas le chocolat plein de sucre que les jeunes adorent. Le noir corsé était son préféré. Celui avec un peu d'amertume. Elle appréciait déguster un petit carré dans les moments difficiles. Je lui offrais ce plaisir quand je sentais qu'elle avait le cœur gros.

— Tu la connaissais bien, on dirait.

— Certainement. Je l'écoutais beaucoup. J'écoutais

aussi ses silences, ses regards qui signifiaient tant de mots. Elle n'avait pas toujours besoin de répandre ses états d'âme.

— Elle en a vécu beaucoup, des moments difficiles ?

— Oh que oui ! Il y a eu la guerre, la mort de ses proches, notre adieu au monde de la batellerie, ses fausses couches répétées…

— Vous n'avez pas réussi à avoir d'enfants ?

— Non, malheureusement. Chaque joie d'apprendre une grossesse était rapidement anéantie par une perte. Elle a été très déçue de ne pas pouvoir donner la vie, puis d'avoir ensuite des petits-enfants…

— J'ai de la peine pour vous.

10

♫ Allumer le feu

Une nouvelle journée commence. Elle me semble identique aux deux premières dans son déroulement mais différente dans mes émotions. Je constate avec agacement que les voisins n'ont pas encore bouffé leur coq, celui-ci criant de tout son gosier. Dans quelques mois je ne serai plus Mme Manon Perret et redeviendrai Mlle Manon Darras. Cette idée me fait mal, pourtant, dans mon esprit le doute côtoie l'espérance. Et si René avait raison ? Et s'il était possible de changer le cours des choses ? Et s'il changeait d'avis ? Et s'il m'aimait encore ? Et s'il ne l'aimait plus ? Dans un premier temps je ne vais plus donner de nouvelles à Lucas. Je vais tenter la stratégie du « Suis-moi, je te fuis ».

Cet après-midi, Hélène et Marian, un couple d'amis de René, viennent le chercher pour une partie de billard au bar du village. Voilà des semaines qu'il n'y est pas allé. Il est enthousiaste à l'idée de retrouver ses camarades comme il les appelle. Qui pourrait imaginer une bande d'octogénaires et de nonagénaires s'affronter au billard, armés de leurs queues comme des adolescents ? Du coup, j'ai quartier libre. J'hésite entre une visite du bureau de poste, de la mairie ou de la pharmacie. Ce périmètre restreint me donne le cafard. Je décide de prendre ma voiture pour regagner une grande ville proche, Auxerre. Troquer pour quelques heures les prés pour de l'asphalte, les chants des oiseaux pour des bruits de klaxon et les vaches pour des citadins. Faire un peu de lèche-vitrines me changera les idées. Sur la petite route de campagne qui me mène aux grands axes, je suis exaspérée par une vieille Renault 9 qui n'avance pas et qui m'asphyxie avec ses gaz d'échappement. Je doute qu'elle ait réussi son dernier contrôle antipollution. Les virages m'empêchent de la doubler, ce qui a le chic pour m'agacer davantage. Je distingue une silhouette maigrelette ratatinée sur son siège, duquel dépasse une chevelure bouclée. Un écusson « Minute papillon ! » est collé sur la vitre arrière. Je me suis toujours demandé par quel mécanisme une simple erreur de la part d'un chauffeur pouvait nous faire perdre toute forme d'humanité et nous transformer en un conducteur irascible et violent.

— Allez mamie, avance ! Je ne suis pas là pour admirer le paysage !

L'aiguille de mon cadran de vitesse peine à atteindre les 45 kilomètres à l'heure. Je vis son changement de direction comme une délivrance. Elle est quasi à l'arrêt quand elle tourne au carrefour.

— Et le clignotant mémé, c'est en option sur ton tacot ?!

J'exulte lorsque je peux enfin appuyer sur ma pédale d'accélération. Ma jauge de bonne humeur augmente à la seule vue des boutiques et restaurants du centre-ville. Je me perds dans les rues piétonnes, m'égare dans les galeries marchandes et déguste un café dans un coffee-shop. Assise en terrasse, je m'amuse à observer les passants. Comme c'est bon de voir des gens. Mon cœur se serre lorsqu'un couple s'assied près de moi. Ils se chuchotent des mots tendres et s'embrassent. Je préfère fuir ce spectacle déprimant. Je reprends la route, mitigée. Remplie de vie citadine mais vide sentimentalement. Je n'ai finalement que croisé des regards indifférents, étrangers. Pas de visages familiers et amicaux. Pas d'échange de mots, d'états d'âme et de sourires. Je n'ai rencontré que la solitude.

René est déjà rentré quand j'arrive chez lui. Il est assis sur le muret de son jardin, en pleine observation des oiseaux qui picorent des graines. Il semble plongé dans une bulle de sérénité. Je m'assieds à côté de lui et scrute l'aménagement de son espace de verdure. Maisons à insectes, nids d'abeilles, nichoirs et mangeoires pour oiseaux qu'il a confectionnés avec des chutes de bois.

— C'est un véritable paradis pour les petites bêtes que tu as fait là, mon oncle.

— J'aime la nature et elle me le rend bien. C'est un bonheur pour moi de me trouver ici, au milieu de cette vie qui grouille. C'est ce qui m'a le plus manqué quand j'ai été immobilisé à cause de ma hanche. Ne plus pouvoir mettre les mains dans la terre. Le meilleur remède antimorosité. Écoute ce silence !

Justement je n'entends rien, à part les gazouillis des oiseaux. Il m'apprend à reconnaître les pinsons des arbres que l'on distingue à leur manteau brun-marron, leur tête gris bleuté et leurs deux larges bandes blanches sur les ailes, la mésange charbonnière qui montre fièrement son ventre jaune et noir et sa tête noire aux joues blanches, et puis l'étourneau sansonnet qui a enfilé sa robe mouchetée. Habituée aux pigeons et aux moineaux de la ville, je dois admettre que certains oiseaux, au plumage coloré, semblent avoir sorti leur habit de fête.

— Tu veux bien enlever tes chaussures ?

— … Pour quoi faire ?

— Pose tes pieds nus sur l'herbe.

Je m'exécute sans chipoter, bien que je ne comprenne pas vraiment où il veut en venir. Il reste silencieux quelques minutes pendant lesquelles j'observe mes orteils caresser les pâquerettes. Mon vernis rosé se marie bien avec les petites fleurs parsemées sur la pelouse.

— Alors ? N'est-ce pas agréable ?

— Si. Les brindilles me chatouillent.

— Ne ressens-tu pas les bienfaits de la nature ?

Moi qui suis très peu portée sur la spiritualité, ma première pensée serait de considérer mon oncle comme un personnage un peu « perché », cependant si je me concentre un peu sur mes sensations, cette expérience toute simple se révèle particulièrement plaisante. Je fais un bond en enfance. J'avais oublié à quel point j'aimais courir pieds nus dans l'herbe à l'époque. Je me souviens que ma mère me rabâchait de mettre mes souliers pour ne pas me blesser.

Une touche de blush sur les joues et de gloss sur les lèvres, et me voilà prête. Alors que je suis sur le point de partir chez les voisins, René vient déposer une bise sur ma joue.

— Je laisserai la porte d'entrée ouverte. Ne t'inquiète pas pour l'heure, amuse-toi !

— Tu es sûr que tu ne veux pas venir ?

— Oh non, sans façon. Je ne vais pas tarder à aller me coucher.

— D'accord, bonne nuit, mon oncle, dis-je en l'embrassant à mon tour. Fais de beaux rêves.

C'est tout de même pratique de n'avoir, comme trajet, qu'à traverser la route. Delphine m'ouvre la porte avec joie et m'invite à entrer.

— Tu es seule ? me questionne-t-elle.

— Oui, René a pensé que nous préférerions nous retrouver entre jeunes gens.

— Oh mais c'est bête, il sait pourtant qu'il est le bienvenu ici !

— Il m'a dit de vous remercier.

La décoration, vieillotte, consiste en des murs en crépis, des poutres au plafond et des meubles massifs en chêne foncés aux moulures épaisses sur lesquels s'entassent des bibelots. Je suis interpellée par des cadres représentant Johnny Hallyday à divers endroits. Je sursaute lorsque je vois un grand chien s'élancer vers moi. Il me renifle quelques minutes puis regagne son panier. Delphine me présente son mari Damien, homme au crâne dégarni, d'apparence réservée. Il porte un tee-shirt à l'effigie de l'« Idole des jeunes » et une énorme croix autour du cou. Il me salue et reste muet, laissant la propriétaire des lieux se charger de l'accueil. Elle me présente ensuite sa sœur cadette Gabrielle qui ne lui ressemble pas. Cette dernière a un look à la garçonne, cheveux très courts, tenue vestimentaire qu'on croirait empruntée à une caserne militaire. Elle ne bouge pas du canapé et ne répond pas au sourire que je lui adresse. Je ne suis pas très à l'aise dans cette ambiance où je ne me sens pas la bienvenue. Delphine qui ressent mon malaise met les bouchées doubles pour adoucir les tensions. Je m'installe avec elle à la table tandis qu'elle me sert un verre de chablis, délicieux vin blanc d'un petit producteur local. Appelés par Delphine, Damien et Gabrielle viennent à leur tour à table, suivis par un jeune garçon d'environ quinze ans.

— Arthur, tu restes avec nous ce soir, s'il te plaît ?

— Je ne sais pas, mes copains m'attendent. Je leur ai dit que je les rejoindrais plus tard.

— Fais un petit effort. Ce serait gentil, ajoute Delphine.

— Pourquoi elle est là ? demande Gabrielle à sa sœur en me montrant d'un coup de menton.

Delphine est gênée pour moi. Elle tente de calmer l'indiscrétion de Gabrielle qui ne démord pas.

— J'ai le droit de savoir. Après tout, elle sait que je suis en permission, elle, se défend Gabrielle.

— Tu es militaire ? je questionne pour engager la conversation.

Elle me lance un regard noir et retourne s'isoler dans le salon. Je ne comprends pas sa réaction. Delphine me confie discrètement que sa sœur est incarcérée la semaine au centre de détention de Joux-la-Ville et qu'elle revient chez eux le week-end et pour des occasions spéciales. Je suis intriguée. Elle m'explique qu'en prison, la vie est difficile, qu'il faut y faire preuve d'autorité et ne pas montrer ses peurs. De quoi se forger le caractère. Je m'interroge sur l'acte qu'elle a bien pu commettre pour être détenue quand on frappe à la porte. Maxime apparaît dans la pièce dont il fait le tour pour saluer chacun. Sa bonne humeur rend tout de suite l'ambiance plus joviale et détendue. Maxime et Damien s'entendent bien, et ce dernier se déride. Je comprends alors que c'est l'anniversaire de Gabrielle.

— Je me sens idiote, je ne savais pas, je n'ai pas ramené de cadeau, murmuré-je à Delphine.

— Ne t'en fais pas, ce n'est pas grave. Elle n'aurait pas apprécié de toute façon. Elle ne voulait même pas que nous fêtions son anniversaire.

Delphine s'absente quelques minutes à l'arrière de la maison, puis revient, un paquet dans les mains. Elle le tend à Arthur qui s'en empare pour l'offrir à Gabrielle. Celle-ci remercie l'adolescent du bout des lèvres et pose le cadeau à côté d'elle sans prendre la peine de l'ouvrir. Delphine demande à chacun de prendre place à table et amène les plats et assiettes qu'elle a préparés pour cet apéro dînatoire. Maxime n'est pas venu les mains vides puisqu'il a apporté des amuse-bouche, principalement des légumes croquants de sa production découpés en bâtonnets et accompagnés d'une sauce aux herbes qu'il a lui-même confectionnée. Je me régale avec chacune des bouchées et verrines réalisées avec des produits locaux. Les discussions tournent autour des exploitations agricoles, des fêtes du terroir et festivals organisés prochainement dans le voisinage et des projets d'orientation d'Arthur. Maxime et Damien se taquinent également et se lancent dans un concours de boutades qui fait rire tout le monde. Au moment où on amène le gâteau, je suis étonnée qu'il n'y ait ni chant, ni bougie, ni cri de joie. Gabrielle, toujours récalcitrante, ne reste pas longtemps à table. Elle retourne, dès la fin du repas, dans le canapé. Elle n'a quasiment pas ouvert la bouche de la soirée. J'espère ne pas être la raison de sa froideur. Quand Delphine propose de jouer à un jeu de société, mon niveau d'enthousiasme est au moins équivalent à celui de Gabrielle, c'est-à-dire quasi nul. Le but du jeu est de trouver un maximum de mots qui commencent par telle lettre, et dans un thème défini, avant que le sablier ne soit complètement écoulé. C'est Delphine, en bonne vivante, qui commence. Maxime lui donne la lettre T pour le thème « en soirée ». Excitée comme une puce, elle prononce tous les mots qui lui passent par la tête. Elle est fière de son score, quatorze mots. Je suis ensuite désignée d'office par Delphine qui me donne la lettre B « à la campagne ». Comme par hasard ! Je réfléchis à peine quelques secondes qu'elle lance déjà le top départ.

Bouse... Baratte... Botte... Bazar... Boue... Bécasse... Blatte... Brouette... Bergère... Brouillard... Baguette...

Bourguignon… Bétail… Baraque… Barbichette… Basse-cour… Bœuf… Bedaine… Betterave… Boudin… Bidochon…

Je devine à leur tête que le choix de certains mots les laisse sceptiques. Maxime émet un commentaire.

— C'est l'image que tu as de la campagne ? Bouse, bedaine, Bidochon… ?

— C'est un jeu. Il faut en rire, je me défends sans réelle conviction.

— Ou un choix révélateur… Tu aurais par exemple pu penser à… Beauté, bouquet, bien-être, bonheur…

— Et si tu nous jouais un petit air de Johnny, mon doudou ? suggère Delphine à son mari.

Damien ne se fait pas prier. Il sort sa guitare de son étui et commence à jouer les notes de la chanson de son chanteur préféré, *Gabrielle*, entraînant les autres dans une interprétation des paroles fantasque, avec une fin à laquelle je ne m'attendais pas.

♫ *Gabrielle, tu brûles mon esprit*
Ton amour étrangle ma vie
Et l'enfer, devient comme un espoir
Car dans tes mains je meurs chaque soir
Je veux partager autre chose que l'amour dans ton lit
Et entendre la vie et ne plus m'essouffler sous tes cris
Oh fini… fini pour moi
Je ne veux plus voir mon image dans tes yeux
[…]
Et notre Gaby, happy birthday enflamméééé
Et notre Gaby, happy birthday enflammééé

Gabrielle, objet de toutes les attentions, se bidonne, la tête cachée derrière un coussin. Je suis moi aussi amusée par cette chorale improvisée et impressionnée de voir Damien gratter son instrument sans partition. Pas de doute, il y a le feu ce soir. Il enchaîne de nouvelles notes et les voix, dont la mienne (enfin, avec des silences entre deux car je ne connais pas le répertoire de Johnny Hallyday par cœur, contrairement aux choristes qui m'accompagnent), s'élèvent pour chanter cette fois *Quelque chose de Tennessee*, puis *Retiens la nuit.*

— Retiens la nuit, retiens la nuit, c'est pas tout ça mais je vais aller me coucher, lance Maxime en se levant de sa chaise. Mes bêtes ne vont pas me laisser faire la grasse matinée demain matin.

Il nous dit au revoir et nous quitte, sifflotant la mélodie de *Gabrielle.*

— Vous semblez aimer Johnny Hallyday, dis-je.

— Nous sommes fans ! Depuis toujours, explique Delphine. Nous avons tous ses albums. Sais-tu que c'est près de chez nous qu'il a donné son premier concert ? Le 16 avril 1960, il a joué dans un cabaret à Migennes. On est trop fiers !

— Oui, c'est comme Cadet Rousselle, il est de chez nous, lui aussi.

— Cadet Rousselle ?

— Tu ne connais pas la chanson ? ♫ Cadet Rousselle a trois maisons, Cadet Rousselle a trois maisons, qui n'ont ni poutres ni chevrons, qui n'ont ni poutres ni chevrons... ? chantonne Damien, non mécontent de parler patrimoine culturel.

— Si, bien sûr je connais, mais je ne savais pas que c'était originaire de Bourgogne.

— De l'Yonne très chère, continue Delphine.

— C'est un personnage qui a vraiment existé ou est-ce juste pour amuser les enfants ?

— Oui, il était bien réel ! Pour la petite histoire, Cadet Rousselle, de son vrai nom Guillaume Joseph Roussel, était un huissier propriétaire d'une maison toute biscornue à Auxerre.

— D'accord. C'est donc pour cette raison que l'on parle de ses maisons ?

— Oui, mais aussi parce qu'il était réputé bon vivant, jovial et un peu étrange. Il était apprécié par les habitants. D'où l'idée de la chanson. D'ailleurs, il y a une statue en son honneur à Auxerre, si un jour tu y passes…

Après une soirée bien sympathique, je décide à mon tour de rentrer. Lorsque je prends congé, Delphine m'informe que je suis de nouveau invitée le surlendemain, cette fois pour son anniversaire. J'accepte volontiers. Même si nous appartenons à deux mondes différents, j'apprécie beaucoup leur compagnie que je considère comme authentique et chaleureuse, n'était-ce la mystérieuse Gabrielle qui ne m'apprécie guère.

Il n'y a aucun bruit dans la maison. René a laissé une petite lampe allumée pour que je ne sois pas dans une totale obscurité et a déposé un mot sur la table.

Bonne nuit ma petite-nièce.

Je me couche en pensant à Lucas.

Puis, je m'interroge sur la soirée. Delphine semble être le point d'ancrage de cette famille un peu particulière. Elle fournit moult efforts afin que chaque membre trouve sa place. Je suis admirative de l'attention qu'elle porte à chacun.

11

Crise masochiste

Le lendemain, comme chaque matin, je prends le petit déjeuner avec René qui me questionne sur la soirée. J'apprends que Gabrielle est en prison depuis plus d'une décennie et qu'elle a le droit de sortir chaque week-end depuis un mois afin de faciliter sa réinsertion.

— Sais-tu pourquoi elle a été emprisonnée ?

— Elle a tué son ancien petit ami.

Je suis abasourdie.

— Dans quelles circonstances cela s'est-il passé ?

— Je préfère que tu en discutes avec elle ou avec Delphine. C'est une vieille histoire, je ne voudrais pas te dire des bêtises.

L'après-midi, pendant que René est avec ses camarades au terrain de boules, je ressens le désir de voir Lucas. J'hésite un long moment car je sais que ce n'est pas une bonne idée mais l'envie est trop forte. Je profite de ce laps de liberté pour prendre la route en direction de chez Audrey. Je roule vite pour ne pas rentrer tard. C'est idiot de me faire souffrir volontairement mais j'ai besoin tout au moins de l'apercevoir. Me voilà en terre de combat, entre raison et sentiments. Mon esprit a beau comprendre petit à petit qu'il est avec une autre femme désormais, mon cœur est encore dans le doute. Plus j'approche de la destination et plus il palpite. Je reste dans ma voiture, postée en bas de son immeuble. Le crépitement de la pluie qui tombe sur le pare-brise me rappelle les bonbons pétillants que l'on aimait manger parfois en regardant la télé. Tout me ramène à lui. Il est dans mon esprit le jour et dans mes rêves la nuit. Combien de temps faut-il pour faire le deuil d'une relation ?

J'ajuste mon écharpe sur mon menton et observe les passants sans parapluie marcher d'un pas rapide. Une boulangerie fait face à l'immeuble. J'imagine Lucas descendre en jogging le dimanche matin pour aller acheter des viennoiseries et du pain aux céréales, comme il le faisait pour moi. La porte de l'immeuble s'ouvre enfin. Je me tiens prête, le cœur battant la chamade et la respiration haletante. Mon rythme cardiaque ralentit à la vue d'un jeune homme d'une vingtaine d'années. Je suis stupide, peut-être ne descendra-t-il pas aujourd'hui. Peut-être se font-ils des câlins devant la télé… Lucas est un homme affectueux. Je pense à ma mère qui m'avait dit un jour que si j'avais besoin d'affection, je n'avais qu'à prendre un chien. Cette réflexion me fait sourire. Lucas m'a donné son premier câlin lors de notre second rendez-vous. C'était le samedi, deux jours après notre déjeuner à l'atelier culinaire. Il est passé me chercher en fin de matinée pour m'emmener au bois de Vincennes. Il m'a demandé de porter une tenue décontractée et une paire de baskets. Je craignais qu'il ait prévu de l'acrobranche ou une activité aux sensations fortes. Nous avons loué un Vélib' pour arpenter les chemins et nous nous sommes arrêtés sur une pelouse. C'était une belle journée ensoleillée. Il a sorti une couverture et un pique-nique de son sac à dos et nous avons picoré des mini-sandwichs au saumon et au jambon fumé, du cake aux poivrons et à la feta, des olives farcies aux anchois, des mini-légumes et des muffins au chorizo. Il avait également apporté une bouteille de vin blanc et des moelleux au chocolat et à la poire. Nous avons discuté du travail, de sa passion pour le foot et la nature, des pays qu'il a visités et puis il m'a aussi posé beaucoup de questions. Il voulait tout savoir. Exercice que je ne maîtrisais pas très bien à l'époque. Et que je ne maîtrise toujours pas d'ailleurs. Une partie de ma vie reste secrète. Nous nous sommes allongés un instant puis nous avons repris notre route en direction du parc zoologique. Nous étions de véritables moulins à paroles. Enfin, surtout lui. Il m'a beaucoup fait rire en imaginant des discussions entre les animaux. Il était joyeux comme un enfant. Nous avons partagé une barbe à papa et terminé l'après-midi sur le lac Daumesnil. Il a ramé pendant une vingtaine de minutes puis il a immobilisé la barque. Il m'a regardée tendrement tandis que je le remerciais pour le merveilleux moment que j'avais passé avec lui. Il m'a répondu qu'il était heureux lui aussi et que ce n'était pas encore fini, qu'il espérait que ce n'était que le début. Et là, il m'a prise dans ses bras. J'étais bien. J'entendais son cœur battre, la joue contre sa poitrine. Il caressait ma nuque. Je sentais son souffle chaud contre mon oreille. Nous sommes restés dans cette position un long moment puis il m'a embrassée. Après cette journée, on ne s'est plus quittés.

Toutes ces pensées vont me rendre folle. Un soupçon de bon sens me reprend. Il faut que je mette fin à ce jeu de chat immédiatement. Je boucle ma ceinture de sécurité, tourne la clé et démarre. Je jette un dernier coup d'œil au bâtiment avant de reprendre la route quand la porte s'ouvre. Je m'immobilise quand je vois un homme sortir suivi par une jeune femme et une petite fille. Ce sont eux ! Ils donnent tous les deux la main à la fillette qui s'amuse à sauter dans les flaques. On pourrait jurer que c'est une famille heureuse. Peut-être le sont-ils. Les larmes jaillissent. Je quitte les lieux précipitamment. Quelle idiote je suis ! Pourquoi a-t-il fallu que je vienne ici ? Maintenant, cette image va me hanter et ne voudra plus sortir de mon esprit.

C'est comme ça qu'elle a réussi à l'attraper dans ses filets : en utilisant sa fille comme appât.

Elle savait qu'il voulait un enfant et que je ne pouvais pas lui donner. Elle lui a promis cette vie de famille à laquelle il aspirait tant. Sur tout le trajet je pleure.

Quand je rentre, les yeux bouffis et rouges, René ne me pose pas de question. Je vois que mon état le préoccupe mais il ne se montre pas indiscret.

— As-tu faim ?

— Non, merci, mon oncle. Je vais directement me coucher. J'ai besoin de me reposer.

Je sors de mon sac à main une photo jaunie par le temps et me glisse sous les draps, mon nez reniflant avec avidité un carré de tissu coloré qui m'apaise. Je caresse la photo du bout des doigts. Je la pose sur mon cœur et m'endors, épuisée.

12

Soirée d'anniversaire

N'ayant cette fois pas entendu le coq chanter, je me réveille plus tard que d'habitude. Quand je me lève, René a déjà pris son petit déjeuner. Armé de son balai, il commence son quotidien nettoyage de la maison. J'avale ma tartine de confiture quand il s'approche de moi pour me tendre ma photo qui a dû glisser sous mon lit pendant la nuit.

— C'est toi le bébé sur cette photo ? Il te ressemble.

— Oui. Merci.

Il détecte que je suis mal à l'aise. Pour changer de sujet, il me parle de sa famille, qui de plus est la mienne également. Il sort d'une armoire un vieil album de photos et m'invite à prendre place avec lui sur le canapé. Je ne suis pas d'humeur à regarder de vieux souvenirs en noir et blanc, pourtant, au fur et à mesure, je sens la curiosité et la tendresse m'envahir. Je découvre pour la première fois le visage de mes arrière-grands-parents paternels. Ils étaient bateliers eux aussi, comme l'étaient leurs parents avant eux. Je cherche une ressemblance avec mon père, mon frère, moi… René m'explique qu'il a eu un frère et une sœur, tous deux décédés maintenant. Il me raconte la mort de sa mère alors qu'il n'avait que quatre ans et son placement en orphelinat avec son frère André. Sa sœur cadette de deux ans, Josée, était dans un autre orphelinat. Il ne l'a plus revue avant d'atteindre l'âge de seize ans. Il en parle avec de l'émotion dans la voix. Il y a certaines douleurs que le temps n'efface pas.

Au cours de l'après-midi, je fais les magasins pour trouver un cadeau à Delphine. Je ne sais pas quoi prendre. Un vêtement, un bijou, du maquillage… ? Je finis par choisir une paire de boucles d'oreilles en forme de deux triangles entremêlés et reliés par une chaînette. Féminin et discret. Ce cadeau devrait lui plaire. Je m'arrête aussi au rayon confiseries pour acheter une boîte de chocolats.

Lorsque je rentre des courses, René n'est pas à la maison. En lisant le mot qu'il m'a laissé sur la table, je devine que l'arthrose rend son geste lent, incertain, douloureux et tremblotant même si l'écriture reste appliquée.

Je me suis absenté quelque minute chez une voisine. Je reviens vite. Fait comme chez toi. Je t'embrace ma petite-nièce.

Je me demande bien où il est allé.

Il revient une dizaine de minutes plus tard, un peu embarrassé que je sois rentrée avant lui.

— Je suis allé me dégourdir les jambes. J'avais la bougeotte.

— Tu n'as pas à te justifier, tu es libre d'aller et venir où bon te semble. À ton âge, tu n'as plus de comptes à rendre, le rassuré-je en le taquinant.

Nous prenons un léger goûter tout en discutant de la pluie et du beau temps.

Lorsque je regarde ma montre, il est déjà 19 heures. Je l'invite à m'accompagner chez Delphine et Damien mais il décline ma proposition. Je culpabilise de le laisser seul tandis qu'il m'encourage à aller m'amuser. Pour peu, je pourrais presque croire qu'il est content que je débarrasse le plancher. Je l'embrasse et lui souhaite une bonne soirée.

Je marche plusieurs mètres avant de faire demi-tour lorsque je m'aperçois que j'ai oublié d'emporter le cadeau pour Delphine. Je découvre alors René, son chausse-pied dans une main, en train de mettre ses souliers. Il est surpris de me voir revenir aussi vite.

— Tu as oublié quelque chose ?

— Oui, le cadeau.

— Oh, regarde, il est sur le guéridon !

En passant près de la table de la cuisine, j'aperçois, bien en évidence deux sachets de tisane au gingembre et une boîte de chocolats à la truffe. Gingembre et truffe ! Ces aliments n'auraient-ils pas des vertus aphrodisiaques ? Je fais comme si de rien n'était mais cette situation m'amuse. Il est difficile de lui prêter une aventure à son âge. Même si l'envie me brûle les lèvres de lui demander où il compte aller, je me retiens.

Arrivée chez Delphine, je ne peux m'empêcher de me poster à la fenêtre pour découvrir où il va avec tant d'entrain. Je le vois disparaître dans une petite maison en torchis et à la porte bleue. Je questionne mon hôte qui m'explique qu'il s'agit de la maison d'Henriette. Ne serait-ce pas la mémé, parfait sosie de la reine d'Angleterre, que nous avons croisée devant le cimetière ? Il en faisait l'éloge. Mes soupçons prennent plus d'ampleur mais je les laisse de côté pour rejoindre mes compagnons de soirée. Maxime est là aussi, ainsi qu'un autre couple, Bernard et Viviane, amis de Delphine et Damien. J'apprends que

Bernard est chasseur, point de divergence avec les valeurs de Maxime qui ne manque pas de le lui faire remarquer à coups de réflexions ironiques. Gabrielle est présente également. Elle est assise à la table avec nous, même si elle n'est guère plus causante que la dernière fois. Je la surprends qui dévisage Maxime et baisse les yeux quand elle croise son regard. Depuis combien de temps n'a-t-elle pas connu d'homme ? Je suis seule depuis quelques semaines seulement et les bras et baisers d'un homme me manquent. Enfin, ceux de Lucas me manquent. Que devient notre désir après des années de chasteté ? S'amplifie-t-il, en se rappelant à nous chaque nuit, dans un rêve érotique, ou au contraire s'évanouit-il ? Maxime ne paraît pas remarquer qu'elle le mange du regard et que ses joues rosissent à chaque fois qu'il s'adresse à elle. Bien des hommes ne comprennent pas ces choses-là. Je ressens alors une pointe d'affection pour elle. Nous buvons un verre au milieu des rires et des excès de voix de Bernard, CRS tout jeune retraité à la carrure imposante, plutôt bourru et bon vivant me semble-t-il. Il me questionne.

— Qu'est-ce qu'elle fait dans la vie, la petite dame ?

Je suis agacée par ces gens qui me parlent à la troisième personne, comme si j'étais là sans l'être vraiment.

— Je suis DRH.

— DRH ? Tu fous les gens dehors et tu mets en place des plans de départ, c'est ça ?

— Euh, pas seulement. Je recrute aussi, et…

— Et où tu fais ça ?

Je suis également agacée par les gens qui ne laissent pas les autres finir leurs phrases.

— Dans une grande surface.

— Près d'ici ?

— Non, en région parisienne. Un très grand centre commercial en fait.

— Tu entends ça, Maxime ?! lance-t-il à son voisin de table, conscient que le sujet peut mettre le feu aux poudres. Tu dois avoir une belle paie ?

— Je n'ai pas à me plaindre.

— J'ignorais que tu travaillais dans une grande enseigne, intervient Maxime. Vous, les grands groupes, vous nous étouffez, nous les petits agriculteurs. Vous réduisez les prix de revient pour augmenter vos marges.

Le ton est soudain devenu plus froid.

— Nous vous permettons quand même de vendre vos produits ! je riposte, me sentant attaquée.

— Tu plaisantes ? Tu n'ignores pas que la grande distribution nous empêche de vivre correctement ? Que beaucoup n'arrivent plus à gagner un Smic, étouffés par les dettes, pour augmenter le train de vie d'actionnaires déjà millionnaires ? C'est une catastrophe économique pour nous, petits exploitants. Vous profitez de votre position pour toujours diminuer nos marges. Nous devons toujours produire plus. Nous nous épuisons dans nos exploitations, sans jamais pouvoir prendre de vacances. Nous travaillons sept jours sur sept, trois cent soixante-cinq jours sur trois cent soixante-cinq. Comment peux-tu participer à ça ? Mon frère s'est suicidé, laissant sa femme et sa petite fille, parce qu'il n'arrivait plus à trouver d'issue à sa situation.

Cette discussion fait émerger en lui des émotions désagréables. J'ai l'impression de suivre mon procès.

— Je suis désolée, je ne savais pas que tu étais touché par cette politique…

— Une politique ? C'est une dictature commerciale, Manon. Il n'y a pas que moi. Des milliers d'agriculteurs sont dans cette situation. La réglementation nous oblige à respecter des chartes, cahiers des charges… en ce qui concerne les utilisations de produits phytosanitaires, le calibrage des produits… Sans parler de cette concurrence européenne meilleur marché…

— Je ne savais pas que vous rencontriez autant de difficultés.

— Pourquoi crois-tu que nous manifestions dans ce cas ?

— …

L'ambiance est devenue pesante. Bernard nous observe, non mécontent d'avoir lancé le débat. J'imagine que les tensions lui rappellent sa carrière dans les forces de l'ordre. Damien tente de détendre l'atmosphère en proposant de verser un nouveau verre d'apéritif anisé.

— Damien, tu peux venir m'aider, s'il te plaît ? interpelle Delphine.

Elle se rend à la cuisine pour aller chercher les plats. Je les entends chuchoter. Elle tente de convaincre son mari de ne plus servir d'alcool.

— N'oublie pas qu'ils prennent la route ensuite.

Maxime s'adresse à moi en s'excusant.

— Ce n'est pas à toi personnellement que j'en veux, bien sûr, mais le sujet m'est difficile à aborder. Nos campagnes et nos paysans meurent à petit feu dans la plus grande indifférence. C'est insupportable.

— Ne t'excuse pas. Je comprends. C'est ton combat.

Il tripote son sous-verre en liège nerveusement. Delphine revient avec un plat de gratin dauphinois dans les mains et en profite pour crier devant l'escalier.

— Arthur, à table !

J'avais oublié qu'il y avait un enfant dans la maison.

— Ah, ces ados, des courants d'air ! On ne les voit que lorsqu'ils ont faim. Des estomacs sur pattes ! Ils passent leur temps enfermés dans leur chambre à jouer à la console avec les copains ou à regarder des vidéos sur YouTube ou TokTok.

— TikTok, Delph !

— C'est du pareil au même.

— Il faut leur couper les pouces ! éclate de rire Bernard, de sa grosse voix grave.

Après le repas, les hommes nous abandonnent pour une partie de tir à la carabine dans le jardin. Bernard promet de mettre une raclée à ses adversaires. L'activité est facile pour lui qui est habitué à manier des armes à feu. Arthur retourne dans sa chambre rejoindre ses copains virtuellement. Nous nous retrouvons donc toutes les quatre, Delphine, Gabrielle, Viviane et moi. Jusque-là, le mari de Viviane parlait pour deux. Maintenant qu'il a quitté la pièce, elle ose enfin ouvrir la bouche. Je les écoute discuter de la vie au village, du projet de construction d'une zone commerciale et faire le zapping TV de la semaine, me sentant un peu étrangère à tout ça.

Les hommes reviennent dans le séjour, Bernard se vantant d'avoir mis tous les plombs au centre de ses cartons.

— Moi aussi j'ai réussi de beaux cartons, se défend Maxime.

— C'est la chance du débutant, rétorque Bernard, pas décidé à se montrer fair-play.

Bernard invite sa femme à se lever et à mettre son manteau. Elle s'exécute aussitôt. On devine facilement l'autorité qu'il exerce sur elle. Je déteste ce genre d'homme. Maxime prenant congé lui aussi et Gabrielle et Damien prétendant vouloir se coucher, je me retrouve donc seule avec Delphine. J'accepte volontiers le dernier verre de vin qu'elle me propose.

— Alors, comment va ton oncle ?

— Bien, il me semble.

— Et sa hanche, elle se remet ?

— C'est une force de la nature, cet homme. Il me surprend. Il reprend ses activités petit à petit et il se débrouille bien. Je ne suis pas sûre qu'il ait besoin de moi en réalité.

— Ça lui fait un peu de compagnie, c'est toujours agréable.

— Il est charmant. Il a eu une vie très difficile. Il me la raconte parfois.

— Il ne parle pas beaucoup de lui.

— Non, c'est vrai. Il est très positif. Je ne l'entends jamais se plaindre. Ce qui m'impressionne le plus, c'est sa façon de voir la vie de couple. Il était si amoureux de sa femme…

— Elle était adorable elle aussi. J'en garde un très bon souvenir.

— Oui, elle était gentille, bien que je ne m'en souvienne que très peu. Tu sais qu'il m'a fait lire une lettre qu'elle avait écrite pour leurs cinquante ans de mariage et c'était tellement beau… Ils s'aimaient énormément. Elle l'appelait « mon petit poulet » !

Nous nous mettons à rire.

— Il lui laissait des petits mots d'amour dans la maison quand il devait s'absenter, lui apportait le café au lit tous les matins et ils faisaient tout ensemble, des courses à la cuisine. Il dessinait même des cœurs à la confiture sur ses tartines, continué-je.

Au même moment, Damien entre dans la pièce, comme un cheveu sur la soupe. Nous le regardons toutes les dcux sans un mot, surprises de le voir apparaître. Peut-être notre silence le rend-il nerveux car il se défend aussitôt.

— Ben quoi ?! Delphine n'aime pas la confiture !

Et là, je ne sais pas ce qui me prend. Je réponds du tac au tac :

— Mais il n'y a pas que la confiture dans la vie. Tu pourrais dessiner des cœurs sur les tartines de Delphine avec du Nutella ou du miel !

Delphine me regarde comme si j'étais son sauveur et nous éclatons de rire devant Damien décontenancé. L'alcool aidant, notre fou rire dure plusieurs minutes, me provoquant des crampes aux abdos. Damien avale un verre d'eau d'un trait et retourne se coucher, ne comprenant pas pourquoi nous sommes dans cet état. Une fois remises de notre séance improvisée d'abdo-fou rire, nous basculons vers un sujet beaucoup plus sérieux.

— Comment ça se passe depuis ta rupture ? me demande-t-elle.

— Je me remets doucement. Quoique je ne sache pas si on se remet jamais tout à fait, après avoir passé autant de temps ensemble. Il a fait partie de ma vie et a contribué à la formation de la femme que je suis aujourd'hui. Il faut que je me recentre sur moi pour avancer et me refaire de nouvelles habitudes. Mais je ne te cache pas que c'est dur, très dur. Il me manque beaucoup et j'appréhende le moment où je vais retrouver notre appartement. Et toi, ça se passe bien avec Damien ?

— Oui, ça va.

— Vous êtes mariés ?

— Oui, depuis seize ans. C'est le seul homme que j'aie connu. Il est un peu bourru parfois, et peu démonstratif mais je le prends comme il est. Même si je t'avoue que j'aimerais qu'il soit plus attentionné.

— Tu le lui as dit ?

— Non, je ne veux pas que ça vienne de moi. Je ne veux pas qu'il se sente obligé d'être tendre si c'est contraire à sa nature.

— Peut-être qu'il aimerait te faire plaisir mais qu'il ne sait pas comment s'y prendre. Essaie de le lui dire, tu pourrais être surprise. Les hommes ne sont pas comme nous. Nous venons de deux planètes différentes.

— Il était comment ton ex, oh pardon… Je veux dire Lucas… ?

— Il était très affectueux et câlin. Je n'ai rien à lui reprocher.

— Pourquoi avez-vous rompu ?

— Il a rencontré une autre femme.

— Ah, poisse !

— Je suis un peu fautive aussi. Il me reprochait de trop travailler, de ne pas être assez disponible pour lui et de ne pas vouloir fonder une famille.

— Tu ne veux pas d'enfant ?

— … Non. Je ne suis pas prête pour ça. Je ne pense pas faire une bonne mère.

— J'aurais tellement voulu être mère. Malheureusement je ne suis jamais tombée enceinte.

— Mais Arthur alors ?

— Arthur n'est pas mon fils. C'est celui de Gabrielle.

— Je l'ignorais !

— Je le considère comme mon fils, tu sais. Je m'occupe de lui depuis qu'il est petit quand Gabrielle a été incarcérée. Ce n'est pas facile pour elle. Elle n'a pas beaucoup de complicité avec lui. Ils se connaissent peu.

— C'est gentil de ta part d'avoir pris soin dc lui.

— Je ne pouvais pas le laisser être placé en famille d'accueil. C'est mon neveu et je tiens à lui. Il est un peu le fils que je n'ai pas eu.

— Vous avez fait des tests, des examens pour savoir pourquoi ça ne venait pas ?

— Non, on n'a jamais vraiment abordé le sujet de cette façon avec Damien. Si la nature ne nous donne pas d'enfant, c'est que l'on ne doit pas en avoir, voilà tout.

— Parfois, la nature a juste besoin d'un petit coup de pouce.

— C'est difficile pour un homme d'admettre que ses spermatozoïdes ne sont pas assez vigoureux. C'est un peu une remise en question de sa virilité. En tout cas, c'est comme ça qu'il le voit, je suppose.

— Tu n'as jamais eu envie de tenter ta chance avec un autre homme ?

— Une fois ça m'a traversé l'esprit, oui, mais j'aime trop Damien. Et puis, qui voudrait de moi ? De toute façon, c'est avec lui que je m'engueule le mieux.

Je souris à sa dernière réplique.

— Eh tu n'as pas ouvert ton cadeau !

— Oui c'est vrai, répond-elle en allant le chercher. Voyons voyons ce que cache ce paquet, dit-elle en arrachant l'emballage... Oh un bijou... des boucles d'oreilles ! Elles sont magnifiques, merci !

Elle fait le tour de la table pour déposer un baiser sur ma joue puis les essaie immédiatement. Elle se regarde dans le miroir, un peu gênée par ma présence.

— Elles te vont très bien. Il ne faudra pas hésiter à les mettre lorsque tu sortiras en amoureux avec ton homme.

— Oh tu sais, on ne sort jamais tous les deux.

— Ah bon ?! Pourquoi ?

— Je ne sais pas, ça ne fait pas partie de nos habitudes. Damien est plutôt casanier. Il préfère rester à la maison devant la télévision.

— Il faut remédier à ça au plus vite ! Un couple a besoin de se retrouver régulièrement, en dehors de chez lui je veux dire.

— Je ne sais pas ce qu'en penserait Damien.

— Un petit restaurant, un cinéma par exemple… Ou encore mieux, un week-end. Et puis, ça laissera l'occasion à Gabrielle de passer du temps avec Arthur. Fais-en part à Damien, il sera sûrement content que tu le lui proposes.

— Je vais y penser.

— Et sinon, tu travailles ?

— Oui, je suis atsem.

— C'est quoi atsem ?

— Je travaille à l'école du village. J'aide l'institutrice à préparer le matériel pour les activités, j'accompagne les enfants aux toilettes, lors des sorties et à la cantine, je range la salle de classe…

— Tu es polyvalente.

— Oui. J'aime beaucoup mon travail. Je m'occupe de la maternelle et les petits sont trop mignons.

— On sent que tu es passionnée par ce que tu fais.

Quelque part, j'envie cette passion qu'elle a pour les enfants. Personnellement, elle m'est totalement étrangère. L'idée me rebute presque. Je ne me sens pas normale. Jusqu'à présent, j'ai été assez épargnée du contact avec les enfants. Au travail, je n'en côtoie pas et dans mon entourage non plus. Mon frère a deux enfants mais il vit en Allemagne et puisque nous ne sommes pas proches, nous ne nous voyons que rarement. Dans ma belle-famille, Lucas étant l'aîné des cousins et cousines, les projets de grossesse commencent seulement à germer dans les esprits. Sauf dans celui de Lucas qui désire être père depuis toujours. Il se montre particulièrement insistant depuis l'année dernière, lorsque son meilleur ami lui a présenté son petit garçon. Cette rencontre s'est révélée une torture pour moi. Quand nous sommes allés à la maternité, mon corps tremblait et j'avais du mal à respirer. Je me sentais oppressée. Il a suffi à Karine, la jeune maman, de me proposer de prendre le nourrisson dans mes bras pour que je m'excuse de devoir prendre l'air. Lucas n'a pas compris pour quelles raisons cet environnement m'était insupportable. Ce jour-là il n'a pas cherché à en savoir davantage. Mais les mois suivants, tout était prétexte à avoir un bébé nous aussi. La volonté de transmission, la continuité de notre amour, la valeur ajoutée à notre quotidien, un soutien pour nos vieux jours, et même les réductions d'impôts. Il a épuisé tous les arguments pour me convaincre que nous devions avoir un enfant. C'est pour lui un devoir. À l'entendre, je suis presque coupable de crime contre l'humanité de ne pas en vouloir.

Je jette un coup d'œil à ma montre et dis au revoir à Delphine en la remerciant pour la soirée.

— Viens me voir quand tu veux. Ça me fera toujours plaisir de discuter avec toi.

— Merci, avec joie !

Tout à coup, on entend du bruit dans la cour.

— On dirait qu'il y a du vent ce soir.

— Oh non, c'est sûrement George qui a faim. Il doit être en train de se défouler sur le salon de jardin. C'est sa façon à lui d'exprimer son mécontentement.

— George ? Vous avez un autre chien ?

— Oh non, George c'est notre cochon !

— Vous avez un cochon ?

— Oui, avec un sacré caractère de cochon, c'est le cas de le dire.

— Un cochon comment ? Un petit porcelet tout rose avec une queue en tire-bouchon ?

— Non, un gros cochon thaïlandais noir de deux cents kilos.

— Ah oui, ça en fait, des tranches de bacon !

Elle me lance un regard en coin qui signale qu'il fait partie de la famille et qu'il est malvenu de l'imaginer en pièces de boucherie.

— Viens, je vais te le présenter.

Je suis curieuse de découvrir leur original animal de compagnie. Elle a à peine ouvert la porte que George est déjà sur le seuil, le groin en avant, en attente de nourriture.

— Ah oui, c'est une belle bête ! Il est gentil ?

— Oui, très. Tu peux le caresser si tu veux.

Je prends le risque et avance ma main sur son cou.

— Oh ses poils sont drus, et sa peau épaisse ! On dirait une cuirasse, je m'extasie.

— Oui, une peau bien dure. Attends George, je vais t'apporter de quoi grignoter.

Elle lui apporte une bassine de mélange de fruits et légumes sur laquelle il se précipite. Il mange de bon cœur, faisant un potin terrible.

— Je comprends pourquoi on dit « manger comme un cochon ».

Je m'imagine avec une bête comme celle-là dans mon salon parisien. L'image du cochon allongé sur mon canapé me fait sourire.

Je me couche en embrassant ma vieille photo jaunie. Je ne suis pas si différente de René finalement. Je trouvais étrange qu'il embrasse celle de sa femme, et alors ? Si ça lui fait du bien…

13

Petite fille cherche sa maman

Je termine de me coiffer lorsque mon téléphone sonne. *Lucas.* Mon cœur tressaille de joie. Comme c'est bon d'entendre sa voix. Et comme ça fait mal aussi.

— Tu vas bien ?

Je suis touchée qu'il prenne de mes nouvelles. René m'observe avec attention. Je lui fais signe que sa présence ne me dérange pas. Je sais qu'il ne veut pas être indiscret mais je sais aussi qu'il prend notre plan stratégique très au sérieux.

— Oui, merci. Et toi ?

— Pas trop mal, se risque-t-il.

Je n'ai pas les mots pour engager une conversation. Il inspire profondément puis reprend.

— Je voulais savoir si tu avais pris rendez-vous avec un avocat.

— Non pas encore. C'est… difficile pour moi.

— Je suis désolé.

Je sens au son de sa voix qu'il est sincère.

Un ange passe.

— C'est Nicolas mon avocat, ajoute-t-il.

— Oui je m'en doutais un peu. Ce serait dommage de prendre un avocat quelconque alors que tu as ton cousin sous la main.

— J'ai discuté avec lui. Tu peux faire appel à son cabinet si tu veux. Il nous connaît, il fera au mieux pour nous, sans prendre parti pour l'un ou pour l'autre.

— OK, merci. Je vais réfléchir.

— On devrait procéder à un divorce par consentement mutuel. Ce sera plus simple.

— Consentement mutuel ? Tu es seul consentant. Je ne suis pas d'accord, moi, avec ce divorce !

Soudain je me mords la lèvre pour m'éviter de balancer les propos désagréables que j'ai sur le bout de la langue et qui blesseront Lucas. Il n'a certainement pas envie de m'entendre critiquer sa nouvelle copine. Et si j'écoute les conseils de René, cela ne jouera pas en ma faveur.

— On est séparés, on a repris notre vie chacun de notre côté. Le divorce est inéluctable.

— Je ne sais pas.

— Ne complique pas les choses, s'il te plaît.

— …

— Bon, je vais te laisser, lâche-t-il avec douceur. Réfléchis.

— OK.

— Passe une bonne journée.

Ni lui, ni moi n'étions à l'aise. C'était étrange, cette discussion. Il n'a même pas prononcé mon prénom. Il m'a appelée pour me convaincre de rapidement commencer les démarches. Une certaine hâte d'en finir avec notre histoire. Peut-être a-t-il le projet d'épouser Audrey. Cette image m'insupporte. René m'encourage à persévérer. Les apparences sont parfois trompeuses me répète-t-il.

L'après-midi, nous partons faire les courses. René se sent d'attaque à sillonner les allées du magasin.

— Il faut que je reprenne mes habitudes. Bientôt, tu vas rentrer chez toi, ma petite-nièce. Mais je ne te mets pas dehors. Tu restes aussi longtemps que tu le souhaites.

— Pour te parler honnêtement, j'appréhende le retour chez moi.

— Qu'est-ce qui te fait peur ?

— Retrouver cet appartement où nous avons tant de souvenirs, la solitude…

— Oui, je comprends exactement ce que tu traverses. Je suis passé par là quand ma Louise est partie.

— J'ai peur d'être submergée par les émotions. Perdre le contrôle m'effraie.

— Tu sais, les émotions ne sont pas nos ennemies. Au contraire, elles sont là pour nous faire part qu'une situation ne nous convient pas, que nous ne sommes plus alignés avec nos valeurs. C'est important de les écouter.

— J'ai appris il y a bien longtemps à les refouler.

— Que s'est-il passé Manon ? J'ai le souvenir d'une petite fille très joyeuse, entourée d'enfants du quartier, bavarde et curieuse.

— La vie !

— Elle a bon dos la vie. On rencontre tous des épreuves et des difficultés un jour ou l'autre. C'est notre façon de voir les événements qui nous permet de les surmonter, ou pas.

J'aimerais pouvoir lui raconter ce qui m'a tant changée, partager ce fardeau qui m'écrase les épaules, mais je ne peux pas.

Je suis interpellée par des pleurs d'enfant. Mon sang se glace quand j'aperçois une petite fille d'à peine trois ans en larmes, immobile au milieu d'un rayon. Elle est paniquée, le regard perdu. J'accours vers elle et m'agenouille à sa hauteur. Elle se méfie et me répète « maman » en pleurant de plus belle. Je tente de la rassurer en lui chuchotant qu'on va la retrouver. Elle me laisse prendre sa main légère et frêle et me suit à petits pas au travers des allées du magasin. Ma poitrine se comprime à mesure que ses minuscules doigts, doux et chauds, serrent les miens. Quelques mètres plus loin, sa mère apparaît. Elle me remercie et prend sa fille dans les bras pour la consoler puis elles s'éloignent toutes les deux, me laissant confuse, à la fois satisfaite d'avoir rendu service et en même temps perturbée. Les larmes me montent aux yeux.

Mais quelle cruche ! Je ne vais pas me mettre à pleurer ici !

Je me réfugie dans les toilettes et me passe les mains sous le jet d'eau froide pour retrouver mes esprits. Lorsque je sors, René m'attend. Trop tard, je crois qu'il a remarqué mes yeux rougis. Rien ne lui échappe de toute façon.

— Manon, ça va ?

— Oui, tout va bien, mon oncle. La petite a retrouvé sa mère.

— Oui j'ai vu. Mais je parle de toi. Je m'inquiète.

— Tu n'as pas de souci à te faire, je vais bien. Sinon, comment va ta hanche ?

— Oh, eh bien elle se remet tout doucement mais sûrement. J'ai senti des tiraillements sur la fin mais bientôt je pourrais courir comme un lièvre.

— Tant mieux.

— Bon, et si on rentrait maintenant, jeune fille ?

14

Consentement non mutuel

Lundi, je me suis décidée à rencontrer l'avocat, comme me l'a demandé Lucas. Il me reçoit dans son cabinet parisien. En temps normal, j'aimerais beaucoup cet endroit, avec ses hauts plafonds ornés de moulures, ses cheminées en marbre vestiges du siècle dernier et ses parquets à chevrons, mais aujourd'hui, je le déteste. Parce que je suis ici contre mon gré et parce qu'il annonce la fin de ma relation avec celui que j'aime. Je dois rester forte et ne pas lui montrer à quel point cette situation me déstabilise. Existe-t-il encore la moindre chance que notre histoire reprenne ? Je ne sais plus à quoi tout cela mène. Peut-être vaut-il mieux que j'accepte de tirer un trait. Le grincement de la porte me sort de mes raisonnements. Un grand brun vêtu d'un costume gris chic apparaît. Il avance vers moi et me fait la bise avant de m'inviter à entrer dans son bureau et à m'asseoir.

Il me raconte brièvement qu'il revient de vacances et me donne quelques détails sur les activités extra qu'il a pu réaliser durant son séjour. Il ne s'attarde pas sur mes états d'âme. Je suppose que les divorces font partie de son quotidien et qu'ils ne représentent qu'une simple et lucrative formalité administrative.

— Lucas m'a expliqué que vous souhaitiez divorcer par consentement mutuel. Vous avez raison, cette procédure est de loin la plus rapide.

J'ai envie de lui crier ma peine, de lui dire que je ne suis pas d'accord, que je ne veux pas de ce divorce, mais cela serait inutile.

— Oh, j'oubliais, pour les honoraires, je te fais une ristourne. Même si les affaires restent les affaires, je suis prêt à faire un effort quand il s'agit de la famille.

— … Eh bien… Merci. Je ne demandais rien.

— Lucas m'a déjà transmis la liste de vos biens en commun pour la séparation. Principalement immobiliers. Les livrets d'épargne sont partagés, et pour le reste, à savoir les meubles, effets personnels, etc. il m'a dit avoir décidé de te les laisser. Tu avoueras que c'est délicat de sa part. Je ne rencontre pas souvent tant de générosité entre les couples. Ils ont plutôt tendance à s'entretuer pour la table basse et l'écran plat.

Il voudrait peut-être que je le remercie ? Et puis quoi encore ! Je ne veux pas partager notre canapé où l'on s'est enlacés, les draps dans lesquels on a fait l'amour, le meuble à chaussures Ikea que l'on a mis trois heures à monter et démonter parce qu'il nous restait deux vis, les bols avec lesquels on prenait le petit déjeuner au lit le dimanche matin… Je veux qu'on les utilise encore ensemble. Mon Dieu ce que mon cœur me fait mal !

— Et si je ne veux pas divorcer, Nicolas ?

— Comment ça ? Tu ne veux plus divorcer ?

— Si finalement je changeais d'avis…

— Oh, la procédure serait différente. Il ne serait plus question de consentement mutuel mais de conciliation, puis de jugement si aucun accord n'a été trouvé. Dans votre intérêt à tous les deux, je te conseille d'être souple. Sur quoi n'es-tu pas d'accord ? Ta part du produit de la vente de l'appartement ? Tu penses avoir payé davantage le bien parce que tes revenus étaient supérieurs à ceux de Lucas ? Tu ne vas pas tomber si bas, rassure-moi ?

— Non, ce n'est pas ce que je voulais dire.

— Je ne comprends pas où tu veux en venir. S'il ne s'agit pas du partage des biens, de quoi s'agit-il ?

— … Imaginons que nous nous aimions encore, Lucas et moi…

— Oh, je crois saisir. Je pense que tu devrais tourner la page une bonne fois pour toutes. Vous avez vécu de belles années ensemble, c'est un fait. Mais voilà, un jour ou l'autre les couples se séparent. C'est la vie. Nous ne sommes plus au Moyen Âge où les gens vivaient jusqu'à quarante ans. Aujourd'hui, avec une espérance de vie de quatre-vingts ans, nous avons le privilège d'aimer plusieurs partenaires.

Le privilège ? Il n'est pas sérieux, tout de même ?! Il croit vraiment ce qu'il dit ? Je pense à René et Louise.

— Je te trouve très pessimiste, Nicolas. Il y a des couples qui restent mariés pendant soixante ans.

— À l'époque, les femmes n'avaient pas le choix. D'abord parce qu'elles ne pouvaient pas subvenir seules à leurs besoins, ensuite parce que, du fait de notre héritage judéo-chrétien, le divorce n'était pas encore entré dans les mœurs. Et puis, pour ton information, c'est seulement depuis la loi du 13 juillet 1965 que les femmes sont autorisées à exercer une activité professionnelle sans l'autorisation de leur mari et à ouvrir un compte en banque en leur nom propre. Tu comprends maintenant pourquoi notre génération connaît une envolée du taux de divorces.

— Cette évolution sociologique arrange bien tes affaires.

— Je ne suis pas responsable des séparations.

— Non, c'est sûr, mais tu ne cherches pas non plus à arranger les choses.

— À quoi bon ? Les convaincre de faire des efforts pour finalement s'apercevoir quelques semaines ou mois plus tard qu'ils ne se supportent plus ? Autant mettre fin aux souffrances immédiatement.

Si René était présent, il lui dirait ce qu'il pense de son raisonnement défaitiste. Il dirait que ces gens sont des paresseux qui ne pensent qu'à leur bien-être, qu'ils ne sont que des consommateurs à la recherche de confort, incapables d'aimer vraiment. Cette image de mon nonagénaire préféré me donne le sourire. Mon esprit divague. Je l'imagine lui donner des coups de canne sur la tête et lui tirer l'oreille.

— Je vais rédiger une convention et vous la transmettre à tous les deux. Tu n'auras qu'à la signer et me la déposer au cabinet.

Il se lève pour s'emparer des feuilles sorties de son imprimante et les place devant moi en me tendant un stylo.

— Voici mes honoraires. Signe ici, s'il te plaît.

Il range ensuite les documents dans une pochette et m'accompagne jusqu'à la porte. Sûrement pris d'un remords, il me regarde avec compassion.

— Je suis désolé pour votre mariage.

S'il essaye de me convaincre de sa sollicitude, c'est raté. Sa réplique me fait davantage penser à une phrase type d'avocat qu'à l'expression de ses émotions personnelles. Il mériterait de faire un stage d'empathie. Étonnamment, le discours de Nicolas m'a redonné de l'espoir. Malgré ses arguments pessimistes sur le mariage, il m'a donné l'envie de lui prouver qu'il a tort.

Je profite de mon retour à la capitale pour passer chez moi prendre quelques affaires. Lorsque j'ouvre la porte, l'odeur m'est insupportable. Cette odeur, mon cerveau l'avait enregistrée comme étant celle du bonheur, aujourd'hui elle m'angoisse. J'allume les lumières et reste plantée à l'entrée du séjour. Rien n'a bougé depuis la dernière fois. Je me demande si Lucas est repassé lui aussi. Je ne me sens pas capable de revenir vivre ici. C'est encore trop dur. Je vais dans la chambre où les draps n'ont même pas été enlevés. Je m'allonge sur le lit et plonge mon nez dans l'oreiller de Lucas. Un bienfait et une torture à la fois. Il y a des couples qui se séparent dans la joie et le soulagement car l'entente ne semble plus possible. Parce que le dégoût a remplacé le désir et l'amertume, la passion. Parce que les disputes et les mots blessants ont pris la place des mots doux et de la tendresse. Parce que l'indifférence s'est invitée. Mais pour Lucas et moi, c'est différent. L'amour n'a pas encore disparu. Il n'y a pas eu le venin, l'humiliation et la haine. La colère, oui, l'incompréhension, l'impatience, les silences et les absences s'en sont mêlés. Mais pas le désamour.

Avant de partir, je monte sur une chaise et glisse ma main entre les couvertures d'invités rangées en haut d'une des armoires du dressing afin de vérifier que la lettre est toujours là. Elle y est cachée depuis de nombreuses semaines. Je dois me résoudre à prendre une décision. Mais pas maintenant, je ne suis pas prête. Je suis à fleur de peau à cause de ma rupture avec Lucas. Je n'ai pas les idées claires. Encore un peu de patience.

En rentrant je raconte l'entrevue à René qui préfère en rire plutôt qu'en pleurer.

— Ce pauvre garçon n'a pas encore connu le grand amour. C'est bien dommage pour lui. Je lui souhaite beaucoup de bonheur tout de même. Et si on mangeait un petit gâteau pour nous redonner du courage ?

Il sort du réfrigérateur une petite boîte contenant une tartelette aux pommes et un Paris-Brest.

— Si je me souviens bien, tu aimes le praliné, ma petite-nièce ?

— Oui, tu as bonne mémoire. Merci mon oncle, c'est une gentille attention. Et ça tombe bien, j'ai un petit creux.

Nous dégustons nos pâtisseries et buvons notre traditionnelle tisane, tout en discutant des bonheurs de la vie.

15

♫ J'ai perdu le do de ma clarinette, Ah ! si papa savait ça, tralala

Ma mère m'appelle pour s'assurer que je vais bien. Elle a déjà demandé de mes nouvelles à René qui l'a convaincue que je me sentais de mieux en mieux. Il a bien entendu gardé secret mon plan de reconquête de Lucas. C'est bien la dernière chose que ma mère voudrait.

— As-tu des nouvelles de Lucas ? me questionne-t-elle.

— Oui, nous avons discuté du divorce.

— Ah, bien. Et où en êtes-vous ?

— J'ai rencontré l'avocat. La procédure est en route.

— C'est une bonne chose. Il vaut mieux ne pas faire traîner.

— …

— Tu rentres quand ?

— Je n'y ai pas encore réfléchi.

— L'air de la campagne te convient bien, on dirait. Tu as réussi à te déconnecter totalement. Mais tu vas bientôt reprendre le travail ?

— Le médecin m'a prescrit un arrêt d'une quinzaine de jours. Je devrais donc reprendre lundi prochain.

— Et tu te sens d'attaque pour y retourner ?

— Je ne sais pas.

— Il faudra bien que tu reprennes le travail. Que va penser ton directeur ?

— Merci de t'inquiéter pour ma carrière, maman. Mais je m'en occupe très bien toute seule.

— Fais attention quand même. Il ne faudrait pas que tu perdes ton poste. Tu fais un peu de télétravail entre deux ?

— Non, absolument pas. Je suis en arrêt.

— Mais avant tu gérais les affaires même lorsque tu étais en congé !

— Oui, justement, c'est ce qui a mis, en partie, mon couple en péril.

— Ton couple n'a rien à faire dans notre conversation. Tu ne regrettes pas, au moins ?

— Non, je dis juste que mon supérieur m'a demandé de prendre du repos, alors j'obéis à ses directives. Mon assistante a pris le relais pour les urgences.

— Tu as essayé de la contacter pour savoir s'ils t'avaient remplacée ?

— Non. Je verrai bien lorsque j'y retournerai. J'avais d'autres priorités en tête.

Je me mords la lèvre, consciente d'avoir fait une gaffe et d'avoir peut-être réveillé chez elle des soupçons.

— Tu en es encore à ton histoire de mariage ?

— Non, ce n'est pas ce que j'ai voulu dire. Peu importe, ne t'inquiète pas. Je suis bien occupée ici à prendre soin de René. Je vais très bien.

— D'accord. Tu passeras me voir lorsque tu rentreras chez toi ?

— Oui, bien sûr.

— Oh mais j'y pense, tu vas devoir déménager avec le divorce ?

— Je ne sais pas encore ce que je vais faire.

— Il faut vite que tu y réfléchisses, Manon. Tu peux venir un peu à la maison, si tu veux.

— Je vais devoir te laisser, René a besoin de moi.

— D'accord, préviens-moi avant de venir.

Je raccroche, plutôt satisfaite d'avoir pu la garder à distance de mes états d'âme et de mes projets.

Lorsque je rentre de mon saut au supermarché, je trouve la maison vide. Je me rends jusqu'au cimetière, pensant y trouver René, mais l'endroit est désert. Sur le trajet, je prends conscience d'un changement dans ma démarche. Ces deux dernières semaines, j'ai pris l'habitude d'accompagner mon oncle dans la plupart de ses déplacements, et sa lenteur, qui au début m'agaçait, m'a finalement appris à prendre mon temps et à ne plus me précipiter. Cela est agréable. Je me demande bien où il a pu aller. Il ne peut pas être loin, sa vieille voiture est dans le garage. Peut-être est-il chez Delphine ?

— Non, René n'est pas ici. Je l'ai vu se diriger vers la maison d'Henriette. Mais entre, viens boire un café avec moi.

— Il va souvent chez elle ?

— Ça lui arrive régulièrement, oui. Ils ont l'air de bien s'entendre tous les deux.

— Penses-tu qu'ils entretiennent une… relation ?

— Je ne sais pas. Je ne lui ai jamais posé la question.

— Quand on les voit âgés, on oublie qu'ils ont été jeunes eux aussi et qu'ils ont vécu des passions.

Elle me sert un café et je sens mes sens en émoi. Je me délecte des arômes qui se diffusent dans ma bouche. *Comme tu me manques, petit café.*

— J'ai suivi ton conseil. J'ai réservé un séjour de deux nuits dans un relais château. Au diable les économies, m'annonce Delphine, un sourire jusqu'aux oreilles.

— Oh, c'est super ! Cela vous fera du bien de vous retrouver en amoureux.

— J'espère bien rallumer la flamme.

— Et quand partez-vous ?

— Vendredi.

— Ce vendredi ?

— Oui. Il y avait une offre de dernière minute. J'ai sauté sur l'occasion. Je suis tout excitée. Ce n'est qu'à deux cents kilomètres mais changer d'air nous sera bénéfique. Nous ne partons jamais en vacances.

— Je suis ravie pour vous. Et pour Arthur ?

— C'est déjà réglé. Nous partons vendredi matin. Il a prévu de dormir chez un copain vendredi soir. Et samedi matin, Gabrielle sera là. Nous sommes donc libres comme les jeunes couples insouciants.

— Tu as bien raison de te faire plaisir. Ne fais pas la même erreur que moi. Prends soin de ton couple.

— Il y a du nouveau avec ton mari ?

— Hier j'ai rencontré l'avocat. Lucas veut en finir au plus vite. Ça me fait mal. Le pire, c'est que je reprends le travail lundi. C'est encore frais, j'espère être assez forte. Retrouver notre appartement, le croiser au travail…

— Je suis sûre que tout ira bien. Tu veux un autre café ?

— Oui, avec plaisir. Chez René je suis limitée à une tasse par jour. C'est une désintoxication sévère pour moi qui en buvais cinq ou six. Il m'a convertie de force aux tisanes.

Ma remarque la fait rire.

— J'ai un petit service à te demander.

— Oui, bien sûr, je réponds.

— Accepterais-tu de m'accompagner dans les boutiques demain ? Enfin, si tu n'as rien d'autre de prévu. J'aimerais acheter quelques tenues pour mon séjour. Une jolie robe pour aller au restaurant, une paire de chaussures féminines et une nuisette sexy.

— Avec plaisir.

— J'ai bien quelques amies qui pourraient venir avec moi mais tu es la femme la plus élégante que je connaisse et j'ai besoin de bons conseils pour ne pas me sentir ridicule et en mettre plein la vue à Damien. Je veux qu'il me regarde comme il regarde les actrices et les présentatrices à la télé. C'est idiot, n'est-ce pas ?

— Non, pas du tout. C'est tout à ton honneur de vouloir plaire à ton mari. Ta sœur ne va pas m'en vouloir ?

— Pourquoi t'en voudrait-elle ?

— Je ne sais pas, de prendre sa place par exemple. J'ai l'impression qu'elle ne m'aime pas beaucoup, je ne voudrais pas qu'elle s'imagine que je lui vole des moments de complicité avec sa sœur.

— Ne t'inquiète pas pour Gabrielle. C'est vrai qu'elle se montre froide avec toi mais elle ne se comporte pas de cette manière avec les gens qu'elle connaît. Elle aime tester, au début. Elle se méfie et c'est normal, avec ce qu'elle vit en prison. C'est pas le monde des Bisounours là-bas. Elle côtoie toutes sortes de personnes. Elle s'est peu à peu renfermée sur elle-même mais quand elle est avec nous, elle parvient aussi à retrouver sa joie de vivre. Quand elle aura compris que tu es quelqu'un de bien, elle t'appréciera, tu verras.

— Merci. Ce n'est pas tout ça, mais il est temps de rentrer. René doit sûrement m'attendre.

— Merci à toi d'être venue, et merci de m'accompagner faire les boutiques. J'ai hâte.

Au moment où je sors de chez Delphine, je croise René, de retour chez lui.

— Tu es un véritable bourlingueur, mon oncle !

— Ce n'est pas bon de rester statique. Mes articulations vont rouiller, plaisante-t-il.

— Tu étais chez Henriette ?

— Oui, pourquoi ?

— Oh comme ça, pour savoir. Vous vous entendez bien on dirait. Tu lui rends souvent visite.

— Cela te perturbe ?

— Non, pas du tout. Je me questionne, c'est tout. Elle est veuve elle aussi ?

— Oui depuis une quinzaine d'années.

— Qu'est-ce qu'elle faisait dans la vie ?

— Elle était institutrice. C'est une dame intéressante et cultivée. Elle a une très jolie écriture. Je suis un peu gêné quand je dois laisser un mot pour elle.

— Ah, pourquoi ça ?

— Parce que je fais beaucoup de fautes d'orthographe. Je ne suis pas allé à l'école longtemps. J'ai pour ainsi dire appris à lire et à écrire seul.

— Je pensais que l'école était obligatoire depuis la loi Ferry au XIXe siècle ?

— En théorie, mais dans la pratique, ce n'était pas exactement ça. La vie des bateliers était particulière. Nous voguions d'un canal à l'autre. Les parents pouvaient se charger eux-mêmes de l'instruction de leurs enfants. Mais pour ma part, mon père, qui était veuf, avait autre chose à faire. J'ai été scolarisé jusqu'à l'âge de six ans à l'orphelinat. J'ai tout juste eu le temps d'apprendre à déchiffrer les syllabes et à griffonner des mots simples. Il m'a fallu beaucoup d'entraînement ensuite pour m'améliorer. Mais cela me plaisait et me rendait fier.

— Tu étais jeune et pourtant tu as des souvenirs de cette période.

— Il y a des choses qui marquent, tu sais. Même lorsque l'on est enfant.

— De quoi te souviens-tu de l'école ?

— C'était un orphelinat géré par des religieuses. Elles étaient très strictes. On avait intérêt à être disciplinés sinon la punition était sévère. Nous étions souvent mis à genoux au coin et il arrivait même que nous soyons mis au cachot.

— C'était violent, dis donc.

— Je me souviens tout de même d'une sœur qui était très douce et gentille. Elle avait de l'affection pour moi. J'ai eu de la peine lorsque j'ai quitté l'orphelinat.

— Comment était organisée une journée classique ?

— Le matin, une sœur sonnait la cloche et tout le monde allait au lavabo pour se laver. Ensuite, nous devions faire la prière du matin, et puis nous allions au réfectoire pour le petit déjeuner.

— À quoi tu jouais lorsque tu étais enfant ?

— Nous n'avions pas de jouets mais on s'amusait avec peu de choses. On jouait aux billes avec des noyaux de cerise par exemple ou avec des cailloux. on s'amusait avec des bâtons, ou une roue de vélo. Nous aimions bien jouer au chat perché aussi.

— Tu avais souvent de la visite ?

— Non, jamais. La seule fois où mon père est venu, c'était pour reprendre mon frère aîné. J'étais triste qu'il parte. On jouait bien ensemble. Et puis il était un peu comme mon garde du corps. Comme il était plus grand que moi, les autres ne m'embêtaient pas.

— Pourquoi il est venu le chercher ?

— Pour qu'il l'aide à travailler sur le bateau. Je me sentais seul à l'orphelinat car j'étais loin de ma famille mais au moins j'avais de quoi manger chaque jour, même si ce n'était pas très bon. J'avais des vêtements sur le dos et je dormais dans un vrai lit avec des draps propres. C'était tout autre chose sur le bateau de mon père. À l'orphelinat, je pouvais courir dehors et jouer avec les camarades, tandis que sur les canaux, on restait enfermés toute la journée. On s'ennuyait beaucoup. Sauf quand il fallait travailler.

— Quel est ton meilleur souvenir de l'orphelinat ?

— J'aimais beaucoup les promenades que nous faisions quand il n'y avait pas classe. Un moniteur des scouts nous emmenait marcher des kilomètres en chantant ♫ J'ai perdu le dos de ma clarinette, ah ! si papa savait ça, tralala.

— Tu as eu une sacrée vie.

— On savait se satisfaire de choses simples.

16

Les reines du shopping

Aujourd'hui, j'accompagne Delphine faire du shopping. Elle est euphorique. Nous nous promenons dans les rues d'Auxerre à la recherche de jolies boutiques. Nous en visitons plusieurs mais Delphine ne trouve rien qui lui plaît. Je lui conseille une robe noire qui descend jusqu'au genou, synonyme de sobriété et d'élégance, en lui expliquant qu'elle pourra la porter à différentes occasions. Le plus difficile est de la convaincre d'acheter des escarpins. Je lui propose plusieurs modèles avec un talon de quatre centimètres tout au plus. Elle est habituée aux chaussures plates, la transition doit être douce. Elle rechigne à chaque essayage, non convaincue.

— Ces chaussures sont très belles, Manon. Tu as beaucoup de goût mais elles vont bien à des femmes comme toi. Je ne suis pas à l'aise, j'ai l'impression d'être déguisée pour le carnaval.

— Tu plaisantes ? Tu es ma-gni-fiiiiiii-que ma chérie ! Elles te vont merveilleusement bien. Toutes les femmes ont le droit d'être féminines et de porter de jolies robes et de jolis escarpins. Ce n'est pas réservé à un unique type de femme. Tu es ce que tu choisis de porter. D'autant que tu as des formes harmonieuses et des jambes galbées qui feraient tomber plus d'un homme.

— Tu crois ?

— Tu en doutes ? Tu devrais avoir davantage confiance en toi.

— D'accord, je vais t'écouter et acheter ces magnifiques chaussures de top-modèle.

— Bonne idée !

En nous dirigeant vers la caisse, je m'arrête devant l'étalage de sacs à main. Je regarde celui de Delphine, qui n'est pas assorti à la tenue qu'elle s'apprête à acheter et au week-end qui l'attend.

— As-tu d'autres sacs à main ? l'interrogé-je.

— Non, je n'ai que celui-ci.

— Alors il faut en trouver un autre.

Je scrute les différents modèles et mon choix se porte sur une sacoche noire fine en cuir avec une bandoulière torsadée. Elle regarde l'étiquette et je devine à sa moue qu'elle la trouve trop chère.

— J'ai assez dépensé pour aujourd'hui. Il faut que je garde de quoi payer le coiffeur demain.

— Depuis combien de temps ne t'es-tu pas fait plaisir ?

— Je ne sais pas mais il y a longtemps.

— Alors, prends ce sac. Je te l'offre. Tu le vaux bien.

— Quoi ?! Non, je ne peux pas accepter.

— Et pourquoi pas ?

— Parce que…

— Écoute, ne te pose pas de question. Ça me fait plaisir de te l'offrir. Je pourrais me vexer si tu refusais ce cadeau.

— Bon, d'accord, si ça te fait plaisir.

— Et puis depuis ces trois dernières semaines que je suis ici j'ai fait des économies. Je ne me suis rien acheté.

— Si tu le dis. Merci beaucoup, ça me touche. Ce sac est magnifique.

Nous reprenons nos allées et venues dans les rues piétonnes. Elle s'arrête devant une vitrine de puériculture et s'extasie.

— Viens, on rentre dans la boutique. Juste quelques minutes, pour jeter un coup d'œil.

Je la suis sans enthousiasme dans cet univers pastel, doux et sucré qui me donne la nausée. Delphine s'empare d'une minuscule robe vichy rouge bordée de dentelle blanche.

— Regarde cette merveille. C'est trop mignon.

Je manque d'oxygène. Je prétexte un appel à passer pour m'éclipser.

Delphine me rejoint sur le trottoir.

— Tu te sens bien ?

— Oui oui.

— Tu es toute pâle.

— J'ai eu un vertige, rien de grave. Je me sens déjà mieux.

— Dans ce cas, viens, on va s'arrêter dans un café pour manger un morceau et boire un verre pour te redonner des forces.

Alors que nous sommes attablées dans un salon de thé et que nous dégustons un délicieux gâteau, elle me fait part de ses rêveries.

— Imagine que je tombe enceinte pendant ce week-end avec Damien. Ce serait formidable. D'autant que comme Gabrielle sera définitivement libérée dans trois semaines, Arthur ira vivre chez elle. Sa chambre sera disponible pour accueillir un bébé. Une petite fille. J'aimerais beaucoup avoir une petite poupée avec des petites joues rondes et des petits pieds tout roses à croquer.

Elle est ailleurs, complètement plongée dans sa bulle. Elle me décrit de quelle couleur elle peindrait sa chambre et quelles activités elle ferait avec elle. Je ne peux pas supporter d'en entendre davantage. Je suffoque. Je me lève soudainement et sors ma carte bancaire de mon portefeuille pour payer la note.

— Il est temps de rentrer maintenant.

Ma mine tout à coup sombre la surprend.

— Je suis désolée de t'ennuyer avec mes histoires.

Je la sens blessée.

— Non Delphine, excuse-moi. Ce n'est pas ta faute. Tu as le droit d'avoir des désirs. C'est moi qui ai un problème avec ça. Je suis désolée.

— Je ne veux pas me montrer indiscrète, mais pourquoi tu dis avoir un problème avec « ça » ?

— Je ne suis pas prête à en parler pour le moment. C'est compliqué.

Nous reprenons la route. Je me sens stupide de ne pas avoir su me maîtriser tout à l'heure. Pour briser le silence qui règne dans l'habitacle, je la questionne sur les activités prévues lors de son séjour avec Damien. Bien qu'elle me réponde, je décèle son trouble et son incompréhension.

Quand nous sommes arrivées à destination, elle me remercie pour cet après-midi sympathique entre filles ainsi que pour le cadeau et s'excuse de vite rentrer pour cacher ses achats avant que son mari ne revienne du travail.

Cette situation est en train de me rendre dingue. Je ne parviens plus à faire semblant et à contenir mes émotions. Pire, j'ai l'impression que tout remonte à la surface. Je ne me sens pas capable d'affronter la vérité.

Après le repas, je m'isole dans ma chambre. Une migraine a fait son apparition et je ne suis pas d'humeur à discuter de la pluie, du beau temps et de la vie en général devant la télé. Je me glisse sous les draps et pose la photo jaunie près de mon visage sur l'oreiller. Je m'adresse au nouveau-né couché dans un berceau.

— Pourrai-je me pardonner un jour ?

Une tempête souffle sur le village. Le vent s'engouffre dans les volets et j'entends des objets s'envoler et retomber avec fracas.

17

L'amour est dans le pré

Je me suis habituée à ce que le coq du voisin me sorte du sommeil de bonne heure. Je rejoins René dans la cour alors qu'il fait le tour de sa propriété pour constater les éventuels dégâts causés par le vent impétueux qui a soufflé cette nuit. Rien à déplorer, si ce n'est qu'il faudra faire du rangement car des objets ont été déplacés au bout du jardin. J'aperçois Delphine devant chez elle en compagnie de son mari. Ils semblent eux aussi faire l'inventaire des dégradations. Nous nous saluons et je les interroge sur leur mine préoccupée.

— Des tuiles se sont envolées côté jardin. Avec la pluie qui est prévue ces prochains jours, il faut vite qu'elles soient remplacées. Le souci, c'est que le couvreur est débordé. Il ne peut passer que demain, m'explique Delphine, une moue se dessinant sur son visage.

— Et en quoi cela vous pose un problème ?

— Demain, c'est le début de notre week-end en amoureux. Nous allons devoir annuler.

— Non surtout pas. Allez-y. Si vous voulez, je peux m'en occuper.

— C'est gentil, Manon, mais je ne veux pas t'ennuyer avec ça.

— Mais ça ne m'ennuie pas puisque c'est moi qui te le propose.

— Merci, c'est adorable.

— Il faut juste m'expliquer ce que je dois faire parce que je suis une quiche en couverture.

— Oh, rien d'autre qu'ouvrir la porte aux ouvriers et la refermer après leur départ.

— Si ce n'est que ça, je devrais m'en sortir.

— L'entrepreneur a dit à Damien que leur intervention ne durerait qu'une heure ou deux. Tu ne seras pas bloquée longtemps.

— Pas de souci, je n'ai rien de prévu de toute manière.

— Merci beaucoup Manon, me chuchote-t-elle au creux de l'oreille en me serrant dans ses bras.

— De rien. Je sais combien ce séjour est important pour toi.

— Quand j'y pense, heureusement que George était à l'abri. Il aurait pu être assommé par les tuiles.

Le printemps est là, pourtant les températures ont chuté ces derniers jours. Au cimetière les fleurs artificielles laissent petit à petit place aux primevères, crocus et narcisses. Les stèles que l'on devine oubliées car habituellement vides seront dans quelques jours tapissées de fleurs. Les lieux se parent de nouvelles couleurs. Les oiseaux se font moins discrets, préparant leur nid pour les beaux jours. Seul le vent nous interpelle dans ce silence glaçant. J'aide René à balayer les feuilles mortes qui ont fini leur course sur la tombe de Louise. Il est rassuré de constater qu'aucun objet n'a été détérioré par la tempête. Je déambule dans les allées jusqu'à trouver où repose l'ancien petit ami de Gabrielle. René m'indique l'emplacement exact. Une stèle toute simple en marbre gris sans photo. Juste son nom gravé en doré : « Ludovic Legrand (1981-2004) », et une épitaphe : « Le soleil s'est couché trop tôt ». Une plaque funéraire indique « À mon fils bien-aimé », et une composition de succulentes côtoie un bouquet légèrement fané. Je mesure le gâchis de cette vie trop vite envolée et la tristesse de sa famille. Mais je pense aussi à Gabrielle. À la culpabilité et à la peine qu'elle doit ressentir depuis. Est-ce qu'Arthur vient parfois se recueillir auprès de son père ? Les parents de Ludovic vouent-ils une haine éternelle à la meurtrière de leur fils ? Ou lui ont-ils trouvé des circonstances atténuantes ? Bien que je ne connaisse pas les raisons de son acte insensé, je la trouve courageuse de continuer à vivre dans ce village où tout le monde sait. René me rejoint.

— Tu connais la famille de Ludovic, mon oncle ?

— Oui. Cette tragédie a bouleversé tout le coin à l'époque. C'est plutôt tranquille ici, alors tu penses bien que ce genre d'événement n'est pas passé inaperçu.

— Crois-tu que Gabrielle ait peur de croiser les parents endeuillés ?

— Il y a peu de chance que cela arrive. Son père est décédé quelques années plus tard d'une crise cardiaque et sa mère a déménagé à Sens. Elle a refait sa vie là-bas. Elle ne vient pas souvent.

— Mon oncle, je me pose une question. As-tu peur de mourir ?

— Oh non. Je me sens prêt à partir, même si je voudrais pouvoir vivre encore de belles années ici. Quand on a la foi et qu'on est serein, la mort ne représente plus que la promesse de la vie éternelle. Cela fait bien longtemps que j'ai arrêté de faire des projets d'avenir. Il y a un temps pour tout. J'ai passé de longues années à semer, puis la récolte est venue. Je suis à l'automne de mon existence.

Mes amis disparaissent un par un, comme les feuilles des arbres.

— Ça te rend triste ?

— Bien sûr, certains me manquent un peu mais je ne me suis pas enfermé dans la tristesse. C'est la vie, il faut l'accepter. Si les forces physiques me quittent années après années, j'ai encore la jeunesse de l'esprit. Je sais que je reverrai mes chers disparus, tout comme ma Louise. Et cela est beau.

Il s'appuie sur sa canne tandis que son regard s'immobilise sur l'horizon quelques minutes. J'observe les traces laissées sur son visage par le temps. Ses yeux sont marqués de rides profondes et son iris est recouvert d'une pellicule blanchâtre. Chaque marque n'est-elle pas un témoin, une empreinte, le souvenir de rires, d'étonnements, de pleurs ? Finissons-nous finalement par nous y attacher ? Comme si notre histoire, nos expériences, notre vie, étaient gravées sur nos corps ? Enfant, la vieillesse m'effrayait, les représentations de sorcières dans les contes en sont sûrement à l'origine. Aujourd'hui, elle me rappelle les livres aux pages usées, cornées, chiffonnées, qui ont raconté, témoigné, nourri, tant de fois.

En déplaçant quelques cailloux avec le bout de ma chaussure, j'aperçois deux gendarmes (les insectes), collés l'un derrière l'autre car en pleine copulation, qui passent près de mon pied. Cette vision de deux bestioles dont la vie sexuelle est plus active que la mienne me sort de mes pensées sombres. René se tourne maintenant vers moi.

— On y va, jeune fille ? Mes membres commencent à fatiguer.

— Allons-y ! je réponds en lui offrant mon bras.

Le soir tombé, René et moi sommes tranquillement installés dans le canapé. Je sens mes paupières devenir lourdes quand soudain, je sursaute en entendant frapper à la porte. Le visiteur montre son empressement en toquant de nouveau avec vivacité. Surpris, nous échangeons un regard avant de nous lever. Curieuse, j'emboîte le pas à René. Apparaît sur le seuil Delphine, excitée comme une puce.

— Delphine, tout va bien ?

— Oui oui, c'est fou ! Vous regardiez la télévision ?

— Oui, pourquoi ?

— Vous n'avez pas vu qui passe à la télé en ce moment même ?

— Je ne sais pas… Emmanuel Macron ?

— Mais non…

Elle entre comme si elle avait le feu à ses trousses ou qu'elle s'apprêtait à rencontrer Johnny Hallyday.

— Vite, je peux changer de chaîne ?

— Oui, si tu veux, lui répond René en lui tendant la télécommande.

Elle s'exécute et nous montre du doigt l'objet de son excitation. René et moi ouvrons grands les yeux de surprise quand nous reconnaissons Maxime en gros plan sur le petit écran. Entouré de ses volailles, il tape la causette avec la célèbre Karine Lemarchand.

— Maxime s'est inscrit à *L'Amour est dans le pré* ! lance notre visiteuse encore incrédule.

— C'est marrant, il paraît plus petit à la télé.

— Non, c'est Karine Lemarchand qui est grande. Et mince. Et belle. Et bronzée.

— Personne n'était au courant ?

— Non. Il s'est bien gardé de nous le dire, le saligaud !

— Il a voulu conserver l'effet de surprise.

— Ah ben ça pour une surprise, c'est une surprise.

Nous nous taisons pour l'écouter raconter avec émotion son désir de rencontrer l'âme sœur et de fonder un foyer.

« Je voudrais partager mon quotidien avec une femme. Rire et discuter. J'ai eu une vie sentimentale assez chaotique. J'ai vécu une relation longue de six ans qui a fini par une rupture parce qu'elle avait rencontré un autre homme avec une vie plus simple… Je ne sais pas plaire, faire le premier pas… Je n'ai aucune préférence, qu'elle soit blonde, brune, rousse. Peu importe, je ne m'arrête pas qu'au physique. J'aime les femmes qui se confient, qui savent dire quand ça va mais aussi quand ça ne va pas. Quelqu'un qui comprend ma passion de l'agriculture. Je veux rendre une femme, ma femme, heureuse. J'aime rendre les gens heureux en général. »

— Nous savions qu'il cherchait l'amour mais je ne savais pas que la solitude lui pesait à ce point, ajoute Delphine, émue.

— C'est une idée originale.

— Il est vidéogénique, vous ne trouvez pas ? Je ne sais pas si ce mot existe mais peu importe, vous m'avez comprise, s'amuse-t-elle. Je vous laisse, je vais finir de regarder avec Damien. Et appeler notre petit cachottier sur-le-champ pour lui remonter les bretelles. Bonne soirée !

Finalement, nous abandonnons notre programme initial et restons focalisés sur l'émission de téléréalité qui met en lumière des agriculteurs en mal d'amour pour les aider à rencontrer l'élu(e) de leur cœur.

18

George dans le rôle d'Usain Bolt

Le lendemain, René et moi attendons Maxime avec l'impatience. Vers 11 heures, nous faisons le guet devant la fenêtre pour voir sa camionnette de livraison arriver. Nous ne sommes pas les seuls : à peine est-il garé que Delphine sort de chez elle pour aller à sa rencontre. Nous les rejoignons. Maxime est amusé de provoquer tant d'interactions ce matin. Notre voisine est excitée et le harcèle de questions.

— Je n'ai pas réussi à te joindre hier soir. Ça sonnait toujours occupé, dit-elle en direction de Maxime.

— Oui, j'ai été submergé d'appels.

— C'est ce qui arrive lorsque l'on fait les choses en cachette, lance-t-elle sur un ton taquin. Il faut que tu nous racontes tout. Le tournage, et tout et tout.

— Si tu veux, mais avant laisse-moi déposer cette caisse de légumes chez René. Excuse-moi René, je suis devenu une star poursuivie par des groupies. Enfin, une en particulier.

— Venez tous les deux boire un petit verre à la maison, Maxime pourra nous raconter son aventure, propose René, curieux lui aussi d'en savoir davantage.

Nous nous installons autour de la table de cuisine dans l'attente des révélations. Delphine, qui ne peut contenir son impatience, commence son interrogatoire.

— Alors, c'était comment le tournage ? Et c'était quand d'abord ? Il y avait du monde ? Tu as été coiffé et maquillé comme les stars ? Elle est sympa Karine Lemarchand ?...

— Oh là, doucement, tu vas trop vite ! Une question à la fois, la coupe Maxime. Alors, le tournage était super stressant. Il y avait au moins une dizaine de personnes autour de moi. Maquilleur, coiffeur, cadreur, preneur de son, journaliste... Ils avaient tous mis des bottes en caoutchouc, c'était amusant. Ils ont fait le tour de la propriété et installé leur matériel. Ils m'ont expliqué comment le tournage se déroulerait, ils m'ont demandé de rester naturel, d'essayer d'oublier la caméra...

— Et Karine Lemarchand ? l'interrompt Delphine.

— J'y viens, j'y viens, deux minutes. Elle est sympa, et jolie aussi. Elle a fait en sorte de me mettre à l'aise et de me faire parler de moi. C'est l'exercice le plus difficile, elle l'a bien remarqué. Je peux parler de mon exploitation, de mes cultures et de mes bêtes avec passion, mais quand il s'agit de me vendre et de révéler mes états d'âme, c'est plus compliqué.

— Je t'ai trouvé très bien, moi, le rassure aussitôt Delphine.

— Moi aussi, renchérit René.

— Et moi aussi, dis-je à mon tour.

— Tu as dû faire craquer bon nombre de femmes. Tu vas recevoir des tas de lettres d'amour !

Il sourit avec timidité mais son regard montre qu'il espère que cette prédiction sera vraie.

— Et ensuite, alors ?

— Il y aura un nouveau tournage dans quelques semaines, lors de l'ouverture des courriers des prétendantes. Et puis speed-dating, invitations à la ferme... Enfin, le reste, tu connais.

— Je n'arrive toujours pas à croire que tu te sois lancé dans un défi aussi fou ! Vous avez fait plusieurs fois les mêmes prises, comme dans les bêtisiers ?

— Oui, à un moment on a dû arrêter le tournage car une de mes biquettes a commencé à manger la robe de Karine Lemarchand.

— C'est pas vrai ?! Elle a eu peur ?

— Qui, la chèvre ?

— Mais non, niguedouille, Karine !

— Je te taquine, Delph. Non, elle est à l'aise avec les animaux. Elle a gentiment demandé à mademoiselle Marguerite de lâcher sa jupe car elle ne souhaitait pas se retrouver en culotte en plein milieu du tournage. J'aime beaucoup sa bonne humeur et son rire.

— Eh, ce n'est pas de la présentatrice que tu dois tomber amoureux ! ajoute Delphine.

— J'ignorais que tu t'étais reconverti. Je pensais que tu avais toujours été fermier, je l'interroge.

— Non, j'étais chef de projet réseaux et télécommunications à Lyon. J'en ai eu assez de mener une vie métro-boulot-dodo. J'ai tout plaqué et je suis venu ici rejoindre mon frère. J'avais besoin de ce contact avec la terre et la nature.

— C'est une démarche courageuse.

— J'ai juste suivi mon instinct. Je vais maintenant vous laisser, j'ai encore quelques livraisons à faire.

Maxime reprend sa tournée et Delphine m'invite à la suivre chez elle pour me donner quelques recommandations.

— Tu as fini ta valise ?

— Oui, depuis hier. C'est la première chose que j'ai faite. J'avais trop hâte. Je suis tellement contente, si tu savais. Damien est prêt, on va pouvoir partir. Il a prévenu les ouvriers qu'ils devaient venir te voir chez René.

— Et pour tes animaux ?

— Ne t'inquiète pas, j'ai laissé mon chien dehors. Il dormira dans sa niche. George et lui sont copains donc pas de souci. Et j'ai déjà disposé leur gamelle de nourriture pour ce soir. Arthur prendra ensuite le relais demain matin. Il sait comment s'occuper d'eux.

— Tu as parfaitement tout organisé.

— Gabrielle n'a pas les clés de chez moi. Je lui ai dit de venir chercher le trousseau chez René.

— Très bien. Profitez bien de votre séjour.

Damien charge les bagages dans le coffre tandis que Delphine me confie ses clés et prend place dans la voiture. Elle a un magnifique sourire sur les lèvres et les yeux pétillants. Je suis contente pour elle. Je reste sur le trottoir pour les regarder partir. Delphine me fait signe avec autant d'enthousiasme que le ferait une jeune fille qui irait à un concert de Justin Bieber. Ou, dans son cas, de Johnny Hallyday.

À peine une heure plus tard, l'entreprise de couverture arrive. Je leur ouvre la porte afin que les ouvriers accèdent au jardin. Ils sortent leur échelle et leur matériel puis disparaissent dans la maison. Je les laisse travailler et retourne chez René vaquer à mes occupations, ou plutôt aux siennes.

Alors que je suis devant l'évier de la cuisine, avec vue sur la rue et la maison de Delphine, je vois George sortir.

— Mais quel abruti, l'ouvrier a laissé la porte entrouverte ! je m'exclame.

René me suit à l'extérieur, désolé de ne pas pouvoir me prêter main-forte. Me voilà qui cours comme une dératée dans la rue, en criant « George, reviens ! » à un cochon. Les ouvriers postés sur le toit sont pris d'un fou rire. J'avoue que la scène est drôle, même si j'ai l'air complètement stupide. Que penserait le personnel du centre commercial s'il voyait leur DRH dans cette course folle ? Je perdrais toute crédibilité. En attendant, cette tête de mule n'est pas décidée à obtempérer et se met à accélérer pour me semer. Nous passons devant le cimetière où des gens nous observent avec stupéfaction, puis devant le bureau de poste où le facteur s'amuse de la situation lui aussi. Mais comment fait-il pour courir aussi vite avec ses petites pattes et son gros ventre qui traîne presque par terre ? Jusqu'où va-t-il m'emmener, ce jambon ambulant ?

Enfin, une bonne âme vient à mon secours en tentant de stopper l'animal avec une baguette de pain.

— Il n'est pas méchant j'espère ? me demande le monsieur.

Je m'arrête à leur hauteur en remerciant mon sauveur.

— Non, il est adorable, enfin, quand il ne se prend pas pour Usain Bolt ! je réponds, essoufflée. Je suis désolée, je n'ai pas d'argent sur moi pour vous rembourser la baguette. Mais si vous voulez m'accompagner…

— Non, ce n'est pas nécessaire. Je ne suis pas à quatre-vingt-dix centimes près. Ne vous en faites pas. Je vais aller en acheter une autre.

— C'est vraiment très gentil. Merci beaucoup. C'est une chance que tu sois gourmand, George ! Sinon Dieu seul sait où tu m'aurais emmenée.

— Il s'appelle George ?

— Oui, c'est son nom.

— C'est amusant. George, comme George Clooney ?

— Non, George comme le cochon du dessin animé *Peppa Pig*. Sa maîtresse travaille au milieu des enfants.

— Ah il n'est pas à vous ?

— Non, je suis… disons… sa baby-sitter.

— Une cochon-sitter alors ?!

Gardienne de cochon. On aura tout entendu. Nous rions, mon interlocuteur d'amusement et moi de soulagement. Je convaincs l'animal de me suivre jusque chez lui. Heureusement, il se montre coopératif. Il doit être fatigué lui aussi. Nous empruntons le même itinéraire et rencontrons les mêmes passants, qui montrent le même étonnement qu'à l'aller.

— Merci George pour cette cuisante humiliation !

Comme s'il avait compris, l'animal lève le groin vers moi et me répond par un couinement de satisfaction qui me fait sourire. Prise d'un élan de tendresse envers lui, je lui donne une petite tape affectueuse sur le dos. Le reste du trajet se déroule dans le calme. Il me suit tranquillement, son pas coordonné au mien, ou l'inverse. Je le ramène dans ses appartements et prie les ouvriers de bien vouloir fermer les portes derrière eux à l'avenir.

19

C'est l'amour à l'écluse

Samedi matin, Gabrielle vient me voir chez René pour récupérer les clés de sa sœur. Nos salutations sont froides mais je ne perds pas espoir qu'elle apprenne à m'apprécier un jour. Je lui tends le trousseau tout en abordant une conversation afin qu'elle ne se sauve pas trop vite.

— Arthur n'est pas encore rentré ? je me risque à lui demander.

— Non, il est encore chez son copain. Il devrait bientôt arriver.

— C'est la première fois que vous vous retrouvez tous les deux pour le week-end ?

— … Oui.

— Ce ne doit pas être facile d'instaurer des moments de complicité avec un ado.

— Non, en effet. Mais comment tu peux le savoir, puisque t'as pas d'enfant ?

Sa remarque me vexe, même si j'admets qu'elle a raison.

— Oui, c'est vrai. J'imagine, c'est tout. Les relations avec les ados sont réputées difficiles.

— … Humm.

— Qu'as-tu prévu de faire avec lui ?

— Je sais pas encore. J'en discuterai avec lui.

— Delphine m'a dit que ton fils aimait passer du temps à jouer aux jeux vidéo. Tu pourrais lui proposer de jouer avec lui, intervient René.

— Oui, c'est vrai. Et manger de la pizza aussi, j'ajoute pour la convaincre que je ne suis pas son ennemie.

— C'est un gentil gamin ton fils, et très poli, renchérit René.

— Oui. Ma sœur l'a bien élevé.

— Alors, c'est pour quand la liberté, ma petite Gabrielle ?

— Trois semaines.

— Tu dois être très occupée alors.

— Oui, je suis à la recherche d'un logement et d'un travail.

— N'hésite pas si tu as besoin d'un petit coup de main, lui dis-je.

— J'ai déjà une assistante sociale qui m'aide à faire les démarches et ma sœur qui fait marcher son réseau. Je devrais m'en sortir.

Je l'accompagne au portail et me lance dans une dernière tentative de réconciliation.

— Gabrielle, j'aimerais que tu saches que je ne te juge pas.

— Même si c'était le cas, j'en ai rien à foutre. Nous avons tous une part d'ombre, un côté obscur ou un moment de folie que nous cherchons à dissimuler.

Sa remarque me déstabilise.

— Ce que j'essayais de te dire, c'est que je vois bien que tu ne m'apprécies pas et…

— Ma sœur m'a dit que tu étais quelqu'un de bien. Elle a souvent raison alors si elle le dit, ça doit être vrai.

— Ta sœur est extra. Je l'aime beaucoup.

Je la regarde s'éloigner et m'aperçois que nous avons au moins trois points communs. Le premier, c'est que l'une et l'autre, nous n'accordons pas facilement notre confiance. Nous sommes réservées et nous ne nous livrons pas facilement. Le deuxième point commun est notre solitude sentimentale et le troisième, le poids de nos erreurs du passé.

Pour mon avant-dernier jour en Bourgogne, j'invite René à manger à l'extérieur. Nous dégustons une délicieuse raie aux câpres et à la sauce crémeuse et citronnée dans une ancienne maison éclusière transformée en restaurant. Notre table est située devant une fenêtre qui nous permet d'admirer les bateaux de plaisance et les péniches sur le canal.

— Demain, c'est le grand jour pour moi. Je retourne à Paris. Ça me fait bizarre.

— Tu t'es habituée à notre vie de campagne.

— Tu es sûr que ça ira avec ta hanche ?

— Affirmatif. Ne te fais pas de souci pour moi, ma petite-nièce.

— En fait je ne m'inquiète pas vraiment pour toi. Je te sais bien entouré. Tu as de vrais amis qui prennent soin de toi, ici.

— Oui, j'ai beaucoup de chance.

— Tu le mérites.

— Te sens-tu prête à retrouver tes habitudes ?

— Je ne sais pas. Je ne suis pas tranquille à l'idée de revoir Lucas, sa maîtresse, les collègues de travail, mon appartement… Mais il faut bien que je remonte en selle un jour ou l'autre.

— Ce n'est pas facile mais j'ai confiance en toi, tu vas retrouver un nouvel équilibre. As-tu toujours comme objectif de reconquérir ton mari ?

— Peut-être. Mais avant cela je dois être honnête avec moi-même.

— Sage décision.

— J'ai reçu les documents de l'avocat pour le divorce. Je n'ai encore rien signé. Il m'a relancée et je lui ai répondu que je devais réfléchir.

— Tu fais bien. Inutile de se précipiter.

La serveuse nous amène la carte des desserts et nous hésitons de longues minutes avant de nous décider pour une tarte aux poires pochées au vin rouge et un craquant nougatine-chocolat.

Le ciel est bleu aujourd'hui et les températures sont douces. Nous marchons le long des chemins de halage, nous arrêtant près des cygnes qui mangent le pain jeté plus tôt par des passants. René me parle de l'Yonne, cette rivière qui est le principal cours d'eau du bassin de la Seine. Pour lui, pas de doute, c'est l'Yonne qui coule dans la Seine. Elle a toujours joué un grand rôle dans l'approvisionnement de Paris.

De retour sur nos pas, nous nous asseyons sur un banc et observons avec intérêt les plaisanciers qui se préparent à s'engager dans l'écluse. René m'explique son fonctionnement. Il en parle avec passion.

— C'est à une écluse comme celle-ci que j'ai vu ma Louise pour la première fois.

— Ah oui, c'est vrai ? Comment l'as-tu rencontrée ?

— Lors d'un amarrage. Elle était serveuse dans un restaurant où je me suis arrêté pour manger.

— Elle t'a tout de suite plu ?

— Oui, c'était un coup de foudre. Je l'ai trouvée belle. Elle était mon genre de femme, un type espagnol, avec des cheveux noirs bouclés. On s'est parlé et voilà.

— Mais ce ne devait pas être facile de nouer des liens et de faire connaissance, avec la navigation…

— Non, c'est vrai. Mais on s'écrivait des lettres. Et dès que je passais par là, je m'arrêtais pour la voir. Je pensais tout le temps à elle, je rêvais d'elle… Et puis trois mois plus tard, je la demandais en mariage.

— Aussi vite ?!

— Il n'y a pas de temps à perdre quand on est aussi amoureux. Je savais aussi que je lui plaisais. J'étais beau garçon et j'étais taillé comme un athlète à l'époque.

— Tu n'as pas eu peur de te tromper ? Tu ne la connaissais pas très bien.

— Je savais que c'était elle. Je me souviens encore de notre premier baiser. Il était délicieux. Elle était délicate, affectueuse et sensible. C'était la femme dont j'avais besoin. J'ai beaucoup manqué de tendresse et d'amour quand j'étais gamin. Mon père était dur. Louise m'apportait ses bras et ses mots doux. Elle est la plus belle chose qui me soit arrivée. Elle était mon bonheur. Comme une renaissance après tous les drames que j'avais vécus.

— Votre histoire est tellement belle !

— Je pense que chacun peut en vivre une s'il prend la peine de s'investir.

— Tu sais, j'ai une boule dans la gorge à l'idée de partir.

— C'est que tu es bien ici, c'est positif.

— J'ai eu un peu de mal au début. Et puis petit à petit, j'ai appris à vivre le moment présent, à m'arrêter pour mieux apprécier. Même le coq du voisin, je me suis prise d'affection pour lui alors qu'il n'y a encore pas si longtemps, je voulais le transformer en recette de cuisine, dis-je en riant.

— Et moi ? J'imagine que je t'ai donné un peu de fil à retordre ?

— Oui c'est vrai. Tes manies surtout. Mais tu m'as beaucoup apporté. Ta bienveillance et ta façon de voir le couple m'ont ouvert les yeux. Et tu as raison sur un point : on doit essayer de réparer ce qui est cassé plutôt que de s'empresser de le remplacer.

— Beaucoup se lassent vite et changent de partenaire. Ils pensent que l'herbe est plus verte ailleurs, mais je crois surtout qu'elle est verte là où elle est arrosée. Ils recherchent le plaisir et l'ivresse des premières années et attachent de l'importance à ce qu'ils ressentent au lieu d'aimer consciemment et au-delà des difficultés. Je ne peux pas te garantir que ton couple va repartir comme au début de votre rencontre, ce serait trop simple. Mais c'est bon de se battre pour ce qui a de la valeur à nos yeux.

— Je te tiendrai au courant des événements. Et si on rentrait maintenant ?

— Allons-y, jeune fille !

20

Adieu veau, vache, cochon, couvée

Mon dernier jour à la campagne. Lorsque je me réveille, je garde les yeux fermés un moment pour écouter. Le calme, le souffle du vent, le gazouillis des oiseaux et le cri du coq. Je découvre la beauté du chant d'un merle sous ma fenêtre. René m'a appris à le reconnaître. Il est varié et musical, ses notes montent, roulent puis descendent. Il semble s'agir d'un véritable langage. Qu'essaie-t-il de raconter ? Est-ce un chant d'amour, de conquête sentimentale ou est-il question de territoire ?

Je suis en train de préparer ma valise lorsque Delphine me rejoint.

— Coucou madame la Parisienne ! J'ai eu peur de te louper.

— Tu es rentrée !

— Oui, à l'instant.

— Alors, comment s'est passé ton week-end en amoureux ?

— C'était super ! Je suis encore sur mon petit nuage.

— C'est génial !

— J'ai des choses à te raconter. Comme tu le sais, j'avais prévu d'aborder le sujet d'une grossesse avec Damien... me confie-t-elle en s'asseyant sur le lit.

— Tu as trouvé le bon moment ?

— Juste avant un câlin. J'avais sorti l'artillerie lourde, la nuisette avec le décolleté, les escarpins, etc.

— Il a aimé tes tenues ?

— Ah oui alors ! Il avait des étoiles dans les yeux. C'est tellement bon d'être regardée de cette manière. Donc, je lui ai dit que je voulais consulter un spécialiste. Il m'a demandé pourquoi. Je lui ai répondu qu'il existait peut-être un moyen d'avoir un bébé. J'ai insisté sur le fait que je voulais porter la vie et avoir mon enfant rien qu'à moi. Tu dois trouver ça égoïste ?

— Oh non, je suis très mal placée pour te juger, crois-moi.

— Je lui ai dit qu'il ne nous restait plus beaucoup de temps car je viens d'avoir quarante ans. Je l'ai supplié de me faire ce cadeau.

— Et il a accepté ?

— Ouuiiiii ! En me faisant promettre de n'en parler à personne. Ah les hommes et leur orgueil de mâle...

— Je suis très contente pour toi, enfin pour vous.

— Je le connais tu sais, je ne fais pas ça que pour moi. Je sais que bientôt il aura beaucoup de peine de voir Arthur quitter la maison. Il n'en parle pas mais notre stérilité le rend malheureux. Je n'ai plus qu'à prendre rendez-vous. Demain matin, à la première heure je les appelle. Sinon, merci beaucoup pour hier, d'avoir ouvert aux ouvriers.

— De rien. Je ne t'ai pas dit, George m'a fait faire un jogging dans le village.

— Ah bon ? Ne me dis pas qu'il s'est sauvé ?

— Si. Un des ouvriers avait laissé la porte ouverte. Il a de l'endurance, ce gros George.

— J'imagine la scène, dit-elle en éclatant de rire.

— C'était folklorique !

Je ferme ma valise et sors mon manteau de l'armoire désormais vidée.

— Ça y est, tu es prête à partir ?

— Oui, je vais retrouver mes habitudes parisiennes.

— Tu as le moral ?

— Oui, ça va. J'ai un peu de peine de vous quitter mais il faut bien rentrer un jour.

— Mais tu peux encore rester si tu veux.

— Non, je reprends le travail demain. Et puis, un challenge m'attend.

— Lucas ?

— Oui.

— Tu t'accroches ?

— Je vais essayer. Je ne vais pas laisser la première venue prendre ma place sans réagir.

— On peut emprunter la camionnette de Max et la kidnapper, cette morue.

— Non, je vais plutôt utiliser mon charme, mais merci quand même pour ton aide, je réponds en souriant. Si je dois remporter la guerre, ce sera avec mes atouts et mon intelligence. On s'est follement aimés pendant des années, alors pourquoi ça ne pourrait pas redevenir comme avant ?

— Et si ça ne fonctionne pas ?

— Alors je me ferai une raison. Je tournerai la page. Au moins je n'aurai pas de regret.

Elle se lève et m'enlace pour me dire au revoir.

— Je suis ravie d'avoir fait ta connaissance. Je te souhaite beaucoup de bonheur pour la suite.

— Eh, on va se revoir !

— Une fois que tu auras retrouvé tes boutiques de mode, tes restaurants chics, ton travail de directrice et ton appartement des beaux quartiers, tu ne penseras plus à nous autres à la campagne…

— Oh mais bien sûr que si, Delphine. Je t'aime beaucoup et je te promets de rester en contact. Tu as mon numéro de téléphone, tu peux me joindre quand tu le souhaites, d'accord ?

— OK.

— Et puis, tu pourrais me rendre visite.

— Aller à la capitale ? J'adorerais visiter le Louvre, la tour Eiffel, les Champs-Élysées…

— Allez, il faut que j'y aille maintenant.

Elle me suit dans le séjour où René m'attend. Je décèle une certaine tristesse sur son visage. Lui aussi s'est habitué à ma présence. Il m'embrasse bien fort, de ces bises lentes et bruyantes, pleines d'affection, puis pose ses deux mains autour de mon visage.

— Reviens quand tu veux, ma petite-nièce. Ma porte sera toujours ouverte pour toi.

— Merci mon oncle de m'avoir accueillie avec autant de gentillesse.

— C'était avec plaisir. Prends bien soin de toi surtout.

— Promis. Et tu peux m'envoyer des e-mails ou des SMS si tu veux, je lui propose en lui faisant un clin d'œil.

— J'y compte bien !

Alors que je charge mes affaires dans mon coffre, une coccinelle se pose sur ma main. René intervient.

— Quel beau présage ! C'est un signe de chance.

— Ah bon, tu crois ?

— Bien sûr, fais un vœu !

Je me laisse prendre au jeu et pense fort à Lucas avant que la petite bête à bon Dieu s'envole. Damien sort de chez lui pour me souhaiter bonne route.

— Vous direz au revoir à Gabrielle, Arthur et Maxime de ma part ?

— Ce sera fait, me rassure Delphine.

Au même instant, le véhicule de Maxime arrive. Le fermier se gare et vient me saluer.

— J'arrive au bon moment, on dirait.

— Pile poil Max ! lui lance Delphine.

— Tu ne vas pas partir les mains vides. Il te faut une réserve de vitamines pour affronter la grisaille parisienne, s'exclame Maxime en me tendant une caisse de produits de sa ferme.

— C'est gentil, merci beaucoup.

— Je te souhaite un bon retour et occupe-toi bien des agriculteurs dans ton grand magasin.

— Ce n'est pas mon domaine. Mais j'essaierai de m'approvisionner chez des producteurs locaux plutôt qu'en grande surface à l'avenir.

— Bonne idée !

— Bonne chance à toi dans ta recherche sentimentale. Je te suivrai à la télé chaque semaine.

— Au fait, prends garde à la signalisation et évite les chemins de terre, ajoute-t-il, taquin.

— Attends, je vais te laisser un petit souvenir de notre région moi aussi, s'exclame Delphine en se précipitant chez elle.

Elle revient quelques secondes plus tard, essoufflée, avec deux bouteilles, l'une de chardonnay et l'autre de sauvignon.

— Tu ne pouvais pas partir sans emporter un morceau de notre vignoble.

— Merci beaucoup, je les adore.

Ils sont tous les quatre sur le trottoir, le cœur gros. Ça me fait du bien de savoir que je vais manquer à quelqu'un. Je démarre et m'éloigne en leur faisant signe et en leur adressant mon plus beau sourire. Mais je suis à peine arrivée au bout de la rue que des larmes roulent sur mes joues. Ici, j'ai fait le plein de douceur et de bienveillance. Je ne pensais pas m'attacher autant aux gens.

Avant, j'étais incapable de rouler en voiture sans allumer l'autoradio. J'avais besoin d'un fond musical pour ne pas entendre le silence que je trouvais déprimant. Aujourd'hui, je n'ai pas envie de le mettre en route. J'apprécie le calme. C'est comme une rencontre avec moi-même. Je me conforte dans le moment présent, j'écoute mes émotions et sonde mes pensées. Elles ne sont ni noires, ni insouciantes, ni triomphantes, juste placides et déterminées.

Je pénètre dans mon appartement et cette fois encore l'odeur me surprend. J'ouvre toutes les fenêtres en grand pour aérer. Je me sens alors agressée par le bruit qui vient de l'extérieur. Les klaxons, les moteurs de véhicules, les sirènes des engins d'urgence… J'ai les oreilles en vrac. C'est fou ce que le corps s'habitue vite à de nouvelles conditions de vie. Il est 15 heures 30, je n'ai pas déjeuné malgré la proposition de René de picorer avec lui avant de reprendre la route, et pourtant je n'ai pas d'appétit. Je range mes affaires, passe l'aspirateur et fais les poussières qui se sont accumulées sur les meubles. Je descends à la supérette du quartier pour acheter des produits frais et du pain et rentre prendre une douche. Bien occupée, je n'ai pas le temps de me morfondre.

Le soir venu, je me prépare un léger plateau-repas et m'installe sur le canapé, un plaid sur les épaules. Il fait nuit et les lampadaires de la rue illuminent mon séjour de leurs reflets. Il faut que je me fasse de nouveau à la solitude. Je pense à René. Il doit trouver sa petite maison vide, lui aussi. Je lui envoie un message pour lui souhaiter une bonne nuit.

Le film terminé, je vais me coucher, déjà fatiguée. Mon corps a pris le rythme des poules bourguignonnes. J'examine quelques minutes le cadre posé sur ma table de chevet, où Lucas et moi posons, amoureux et souriants. Une douleur traverse mon cœur. J'ôte le verre et ajoute ma photo jaunie dans le coin du cadre. Notre couple partage maintenant l'espace avec un nourrisson. J'ai le sentiment d'être au pied du mur, forcée à affronter la vérité. Si je veux avancer, il faut que je panse mes blessures. Je ne peux plus refouler mes émotions négatives et me noyer dans le travail pour oublier. Cette technique est un échec.

Mon cœur était comme une chaîne de vélo qui a déraillé ; j'en avais assez de tourner dans le vide ; je voulais que mon cœur batte enfin utilement.

DAVID FOENKINOS, *LES SOUVENIRS*

21

Emmanuelle Rivassoux vs Jean-Claude Dusse

Je ne sais pas s'il s'agit de l'agitation dans le quartier ou de l'habitude de me réveiller tôt de ces dernières semaines, mais je sors du sommeil avant même que le réveil sonne. J'ouvre le rideau et la fenêtre de ma chambre et observe quelques instants les exposants installer leurs marchandises sur les étals. Nous sommes lundi, jour de marché dans le quartier. Après m'être longuement étirée, j'insère une capsule de ristretto italiano dans ma machine à café et me délecte de l'arôme qui s'échappe. Je prends le temps d'apprécier le goût du café sur ma langue avant qu'il ne coule dans ma gorge. Ce délicieux moment suspendu prend fin lorsque l'éventualité de croiser Lucas et Audrey aujourd'hui au bureau me vient à l'esprit. L'anxiété me gagne malgré moi.

Mon arrivée au centre commercial ne passe pas inaperçue. Beaucoup de collaborateurs sont déjà sur place pour mettre les articles en rayon, nettoyer le magasin et préparer les caisses avant l'affluence des clients. J'ai la gorge serrée et l'estomac noué. Les regards me toisent, méfiants.

J'imagine ce que chacun se dit. Est-elle calmée, maintenant qu'elle est officiellement séparée ? A-t-elle eu le temps de bien digérer sa rupture, ou va-t-elle de nouveau péter un plomb et se donner en spectacle ? Lorsque je passe devant la salle de pause, je prie pour ne pas croiser Lucas. Je salue mes assistantes et les convie à une réunion à 9 heures 30. Une fois débarrassée de mon manteau et de mon sac à main, j'allume mon ordinateur et demande à mon assistante Christine de venir dans mon bureau. Elle doit se demander pourquoi c'est elle seule que je convoque. Je vois à sa façon de se presser les mains qu'elle est tendue.

— Si je vous ai demandé de venir, c'est parce que j'ai pris conscience que j'avais eu une attitude irrespectueuse envers vous avant mes quelques semaines de repos. Comme vous le savez, j'ai traversé des moments difficiles. Oh, je ne cherche pas à me dédouaner… Aucun motif personnel, aussi pénible soit-il, ne peut justifier mon manque de considération envers mes collaborateurs. J'étais fatiguée et je n'ai pas su gérer mes émotions comme je l'aurais dû. Je tiens à vous présenter mes sincères excuses, d'abord pour mon comportement mais aussi pour mon absence inopinée. J'imagine que cette dernière a eu des conséquences néfastes sur votre équilibre émotionnel et familial. Vous avez dû gérer les dossiers en cours et bien que je ne doute aucunement de vos compétences, cela n'était pas votre rôle.

— C'est vrai que ces trois dernières semaines ont été intenses et épuisantes pour moi. Je suis rentrée tard chaque soir, j'ai pris du travail à la maison le week-end et j'étais très stressée de ne pas réussir à boucler les tâches. Heureusement, nous étions plusieurs à nous partager le travail. J'aurais été incapable d'en venir à bout seule. Vous savez, moi aussi j'ai pris conscience de quelque chose pendant votre absence. C'est que vous assurez une sacrée masse de travail à vous seule. Je comprends que vous ayez été à bout de nerfs et que vous ayez explosé lorsque vous avez appris que M. Perret avait une aventure avec Audrey Dumur.

— Merci beaucoup, Christine, pour votre sollicitude.

— Et puis, je suis une femme, alors je me suis mise à votre place. Personne ne voudrait vivre ce genre de trahison. Je suis moi-même divorcée. On s'en remet mais la période d'adaptation n'est pas simple.

— Je suis soulagée que vous ne soyez pas en colère contre moi. Vous êtes une excellente assistante et je ne veux pas être une source de tourmente pour vous. J'ai terminé, je vous libère. Vous pouvez rejoindre votre bureau, sauf si vous avez quelque chose à ajouter.

— Non, tout est clair. Merci d'avoir été honnête avec moi.

— Je vous devais au moins ça. On se voit à 9 heures 30 pour la réunion. À tout à l'heure.

Après avoir pris connaissance des e-mails en attente et du courrier dans ma bannette, je griffonne une liste des urgences sur mon bloc-notes puis invite mes deux assistantes à prendre place autour de la table ronde de mon bureau. Christine m'apporte gentiment un café. Elles font un état des lieux des dossiers et affaires traités durant mon absence. Je les félicite pour leur prise d'initiatives et leurs compétences et les rassure. Elles pourront désormais reprendre le cours normal de leur vie et s'en tenir à leur fiche de poste. Je rends ensuite visite à mon directeur qui m'accueille avec une certaine méfiance. Il doute de mon rétablissement. Il aurait souhaité une prolongation de mon arrêt de travail.

— On ne soigne pas une dépression en à peine trois semaines, tente-t-il de me convaincre.

— Il ne s'agissait pas d'une dépression mais d'un état de fatigue. Aujourd'hui je me sens parfaitement bien et capable de reprendre mon poste.

— Soit ! Je ne vais pas vous contredire, je n'ai pas le temps pour ça ce matin, mais je vous mets en garde : je ne tolérerai pas le moindre nouveau faux pas. Vous êtes en période d'essai, madame... Comment dois-je vous appeler ? Madame Perret, madame Darras ?

Ma période d'essai est terminée depuis de nombreuses années et j'estime avoir largement fait mes preuves, monsieur Ducon.

— Pour le moment je suis encore madame Perret, monsieur Choisy.

— Si vous le dites. Avez-vous eu le temps de jeter un coup d'œil aux prévisions de budget du second semestre ? Nous avons besoin d'y ajouter la masse salariale. Quand pensez-vous nous les transmettre ? Nous n'attendons plus que vous. Cela devient urgent. La date du conseil est fixée au début de semaine prochaine. Le budget doit être voté et validé.

S'il veut me mettre la pression, c'est raté. Je connais mon travail sur le bout des doigts et je vais lui claquer les prévisions de masse salariale sur le bureau avant qu'il ait le temps de revisser ses cheveux postiches sur son crâne chauve. Petit homme gringalet et blafard, il m'a toujours fait penser à Jean-Claude Dusse[1], l'arrogance en plus. Il me donne encore quelques directives puis me laisse regagner mon bureau dans lequel je m'enferme jusqu'à l'heure du déjeuner pour rattraper mon retard. Lorsque mon

1. Personnage du film *Les Bronzés* (réalisé par Patrice Leconte) interprété par Michel Blanc.

ventre crie famine, je descends dans la galerie marchande acheter un sandwich au poulet puis passe prendre un café au distributeur de boissons. Je croise de nombreux collègues et ma crainte de rencontrer Lucas ou Audrey est réelle. Je suis soulagée d'arriver à mon bureau sans être tombée sur eux. Je ne me sens pas prête pour ça. C'est trop tôt, bien que je sache que l'affrontement aura très vite lieu. J'avale mon encas devant ma fenêtre qui offre une vue splendide sur les toits. Mon regard recherche le vert mais il est quasi inexistant par ici. Comment ne l'ai-je pas remarqué auparavant ?

En fin d'après-midi, je ne suis pas peu fière d'avoir finalisé plusieurs dossiers. Je dépose des parapheurs sur le bureau de Christine.

— Ils sont à mettre à la signature de Jean-Claude, Christine.

— Qui est Jean-Claude ? me demande-t-elle, les yeux écarquillés.

— Pour M. Choisy, Christine.

— Il ne s'appelle pas Jean-Claude. Son prénom est Jean-Philippe.

— Oui, vous avez raison.

Elle doit penser que je perds la boule. Je ris seule de mon lapsus.

Vers 19 heures 30, j'estime que j'ai abattu assez de travail pour la journée. Je fais un petit tour dans la galerie marchande et m'arrête à la librairie, interpellée par la couverture d'un livre dans la vitrine. En lisant le résumé, je ne peux m'empêcher de m'identifier à la protagoniste à l'aube d'une nouvelle vie. Ce roman sera parfait pour occuper mes prochaines soirées.

Je me prépare quelques tartines de pain de seigle acheté à la boulangerie de mon quartier ainsi qu'une soupe de légumes de Bourgogne, offerts par Maxime. La motivation me faisant défaut et la tristesse réapparaissant, je m'allonge sur le canapé et regarde mon séjour avec attention. Je vois Lucas dans chaque recoin de la pièce. C'est comme s'il avait éparpillé des miettes de lui un peu partout. Même si ces souvenirs sont douloureux, je ne veux pas vendre mon appartement et partir vivre ailleurs.

Je dois me ressaisir. Nouvelle vie, nouvelle déco ! Je vais en faire mon nouveau chez-moi. Comme revigorée, je me lève d'un bond et commence à changer la disposition des meubles. Reconvertie en Emmanuelle Rivassoux, j'imagine une nouvelle couleur sur les murs, de nouveaux cadres, un immense tapis et un lustre en bois flotté pour me rappeler la nature. Je me connecte sur Internet pour y glaner des idées de décoration et passe commande d'une nouvelle table, d'un nouveau canapé et de quelques articles d'aménagement tels que rideaux, lampes, coussins, plaid et étagères.

Après une douche relaxante, je m'installe confortablement dans mon lit et me plonge dans le roman acheté en sortant du travail. Je sens dans mon cœur qu'un changement s'opère. Je ne sais pas encore expliquer quoi et pourquoi mais j'accueille ce tournant avec enthousiasme. Je sais qu'il est nécessaire. La citation de la première page m'interpelle : « J'ai assez lutté, j'ai assez souffert, je me suis dévoré le cœur. Il est temps que le jour se lève ; j'ai assez vécu dans la nuit » (Alfred de Musset).

Je passe ma soirée à lire, me laissant imprégner par les émotions que les personnages me transmettent au fil de l'histoire.

22

♫ I Will Survive

Absorbée par mes fonctions, ma seconde journée de travail passe rapidement. Je ne sors quasiment pas de mon bureau pour être à jour. Mon directeur est surpris de me voir quitter le service à 18 heures.

— Vous partez déjà madame Perret ?

— Il est 18 heures, monsieur Choisy, c'est une belle heure, vous ne trouvez pas ?

— N'oubliez pas que j'attends vos prévisions budgétaires avant lundi.

— Vous les aurez, monsieur Choisy, vous les aurez, je réponds en pensant au spot publicitaire de la MAAF.

— Je compte sur vous.

Il me regarde avec stupéfaction. J'en ai fini de vivre pour mon job. J'ai compris la leçon. Je veux donner du sens à ma vie.

Déterminée à attaquer le chantier sans tarder, je m'arrête dans une enseigne de bricolage. C'est la première fois que je mets les pieds dans ce magasin. Après une errance de dix minutes au travers des rayons, je trouve enfin la peinture. Mon ignorance dans le domaine doit se lire sur mon front car la conseillère s'approche de moi.

— Vous avez besoin de renseignements peut-être ?

— Oui, en effet. Je voudrais repeindre mon intérieur mais je ne sais pas quelle gamme de peinture choisir.

— D'abord, quelle pièce souhaitez-vous peindre ?

— Mon séjour.

— Dans ce cas, je vous conseille cette gamme-ci.

Elle me questionne sur le support, le volume de la pièce, l'état des murs, puis me parle de sous-couche, d'acrylique, de finition brillante, satinée ou mate, et enfin me donne des conseils de préparation et de pose... Je suis un peu perdue mais elle se montre particulièrement patiente et claire dans ses explications. À l'entendre, l'opération est d'une simplicité enfantine. Elle me conforte dans mon idée de couleur en me montrant une photo de chez elle dont les murs revêtent la même teinte. Elle m'emmène enfin dans le rayon pinceaux afin de me conseiller le matériel adéquat. Mes emplettes terminées, je la remercie pour sa sympathie et ses conseils avisés. En temps normal, je n'apprécie pas d'être abordée par l'équipe commerciale dans les magasins mais cette fois, c'est différent. C'est un réel plaisir d'échanger avec cette personne. Je suis étonnée par sa clairvoyance lorsqu'elle devine que je suis à un carrefour de ma vie.

— J'ai souvent observé en discutant avec les clients que les grands changements de déco interviennent lors des grands changements de vie. Faire du rangement, changer son intérieur est très révélateur. C'est souvent répondre à la question « N'y a-t-il pas chez moi un passé qui m'encombre ou un besoin de guérison ? ».

— Un peu comme les femmes qui changent de coupe de cheveux...

— Oui, tout à fait.

N'étant pas une reine du bricolage, je visionne quelques vidéos et tutos sur Internet. Cela ne semble pas bien compliqué. Je troque mon tailleur rouge contre un legging et un tee-shirt, attache mes cheveux en une queue haute et allume mon enceinte Bluetooth. Les notes de I Will Survive de Gloria Gaynor envahissent la pièce, m'apportant motivation et énergie. Je chante les paroles en me trémoussant rouleau à la main.

Oh no, not I !
I will survive.
Oh, as long as I know how to love I know I'll stay alive.
I've got all my life to live,
I've got all my life to give.
And I'll survive,
I will survive, hey, hey.

Je positionne le ruban adhésif sur les coins des murs pour les protéger et déroule une bâche sur le sol et sur les meubles. Je commence à peindre et trouve l'activité agréable et apaisante. Mon niveau de satisfaction augmente à mesure que le rouleau dépose la teinte sur le support. Adieu le jaune, bienvenue le vert-de-gris. Ma tâche accomplie, j'admire le nouveau look de mon séjour. Afin de conserver la luminosité de la pièce, j'ai choisi de ne repeindre que le mur jaune et de laisser les autres dans leur teinte initiale, à savoir blanc. Je suis fière et enchantée du résultat. Une deuxième couche demain et ce sera parfait. Appliquée à cette nouvelle expérience manuelle, je n'ai pas vu les heures défiler. Il est tard, la nuit sera courte.

23

Fin de chantier

Ma troisième journée de travail se déroule à peu de chose près comme la veille. Je n'ai toujours pas croisé Lucas. Il faut dire aussi que les chances de tomber sur lui sont moindres étant donné que je reste enfermée dans mon bureau du matin au soir. La nuit commence à tomber et la ville s'illumine. Lorsque je sors du bâtiment, le vent froid me pique le visage. Sur le parking, j'aperçois la voiture de Lucas stationnée non loin de la mienne. Je ressens l'envie d'aller jusqu'à son bureau, juste pour le regarder un instant. Je sais qu'il est seul, sans Audrey. J'hésite quelques secondes mais la tentation est trop forte. Pourquoi est-ce que parfois mes réactions sont celles d'une gamine de 13 ans ? J'entre discrètement dans l'entrepôt où seuls deux salariés sont présents. Les autres arriveront très tôt demain matin pour assurer la réception des livraisons. J'avance avec précaution dans les allées de rayonnages où des palettes de marchandises sont entreposées. Je marche sur la pointe des pieds pour ne pas faire claquer mes talons sur le sol en béton car ici, le moindre bruit résonne. Entendre sa voix à quelques mètres de moi déclenche aussitôt une accélération de mon rythme cardiaque, me convainquant de faire demi-tour.

Je rebrousse alors chemin et longe l'allée qui fait face à la porte quand sa voix retentit dans mon dos.

— Bonsoir, tu t'es perdue ?

Il ne semble pas surpris de me voir tandis que je suis décontenancée. Je ne sais pas comment justifier ma présence.

— Euh… non. Je voulais te voir.

— Alors pourquoi te dirigeais-tu vers la sortie ?

— … Je voulais te parler… du divorce, et puis finalement, je me suis dit que ce n'était pas le bon endroit.

— C'est assez calme à cette heure-ci, ça ne me pose pas de problème. Tu veux boire un café ?

— … Non, je vais y aller plutôt.

Je vois à l'expression de son visage qu'il est surpris par ma réponse.

— Oh, c'est la première fois que tu refuses un café, me taquine-t-il.

— Ne te méprends pas, je l'aime toujours. C'est juste que je n'en veux pas maintenant.

— Alors je n'insiste pas. Que voulais-tu me dire au sujet du divorce ?

— Je pense que c'est trop rapide.

— Manon, on ne va pas revenir là-dessus, c'est fini maintenant…

— C'est au sujet des biens.

— Je t'ai laissé tous les meubles, je te laisse vivre dans l'appartement jusqu'à la vente. Que veux-tu de plus ?

— Justement, je ne veux plus vendre l'appartement.

— Il faut que tu comprennes, je ne reviendrai pas. Il faut donc le vendre et nous partager le montant de la vente.

— Tu n'as pas compris. Je veux le garder.

Il me regarde, stupéfait.

— Je croyais que tu ne supportais plus d'y vivre à cause des souvenirs et…

— J'ai changé d'avis. Cet appartement, je l'aime beaucoup, je m'y sens bien et je veux le garder.

— D'accord. Dans ce cas, je préviendrai Nicolas.

— Inutile, je lui ai déjà envoyé un e-mail.

— OK. Tu vas faire le nécessaire pour le faire estimer ?

— Bien sûr. Je te tiendrai au courant.

— Et sinon, tu vas bien ?

— Oui. Et toi ?

— Ça va. Ton séjour à la campagne t'a été bénéfique on dirait.

— Oui, très.

— Tant mieux. Et la reprise ?

— M. Choisy égal à lui-même. Je n'ai pas le temps de me tourner les pouces mais ça roule. Je rattrape mon retard un peu tous les jours. J'ai de la chance, mes assistantes ont su gérer les urgences.

— Tant mieux. Mais tu rentres déjà ? Il est à peine 19 heures, dit-il en jetant un coup d'œil à sa montre.

— Oui, j'ai décidé que je n'allais plus laisser le travail déborder sur ma vie personnelle.

— … Je pense que c'est une bonne chose, me répond-il de plus en plus étonné.

— Et toi ?

— Beaucoup de travail à finir…

— Je comprends. Cette fois j'y vais. Une soirée bien remplie m'attend. Bon courage.

— Merci. À bientôt.

Je m'éloigne et rejoins ma voiture sans me retourner. Une fois à l'intérieur, je tourne le regard vers lui. Il n'a pas bougé, interdit. Je laisse les larmes jaillir, comme pour extérioriser, soulager la douleur que cette entrevue a déclenchée dans mon être. J'aurais aimé me jeter dans ses bras, lui murmurer que je l'aime encore et qu'il me manque. C'était une très mauvaise idée de me rendre à l'entrepôt, même si je pense m'être bien débrouillée. Il faut que je l'évite au maximum et que je me concentre sur moi et sur ma guérison. Démêler tous les nœuds que je me suis faits.

Lorsque je franchis le seuil de chez moi, l'odeur habituelle si particulière est mélangée à celle de la peinture. Je suis confuse. Je souhaite à la fois qu'elle disparaisse pour ne plus me rappeler les souvenirs douloureux et à la fois l'immortaliser car elle est le témoin de mon amour pour Lucas. J'enfile ma tenue de travail et pose la seconde couche de peinture sur les murs, la radio dans les oreilles pour me donner du cœur à l'ouvrage. Je décolle ensuite le ruban adhésif, enroule les bâches et nettoie mon matériel de super bricoleuse. Le rangement terminé, je me poste à la porte du séjour pour contempler mon travail. Pour une débutante, je suis plutôt fière de moi. La teinte est très jolie et elle fait souffler un vent nouveau dans la pièce.

Fatiguée, je ne tarde pas à prendre ma douche et à picorer un reste de salade de riz pour rapidement me mettre au lit.

24

Crever l'abcès

En début d'après-midi, alors que je suis occupée à signer des contrats, ma mère m'appelle. Ce n'est pourtant pas son genre de me contacter durant les heures de travail. J'espère que tout va bien.

— Bonjour maman.

Elle s'étonne que je ne sois pas encore passée la voir depuis mon retour.

— Est-ce que je peux venir te dire bonjour ? me propose-t-elle.

— Quand ?

— Ce soir ?

— Eh bien, aujourd'hui ça ne m'arrange pas, j'ai des choses à faire.

— Tu ne veux pas me voir ?

— Bien sûr que si, voyons. Tu as des soucis, maman ?

— Non, non, ne t'inquiète pas.

— C'est étrange cette envie soudaine de me voir…

— Je veux juste m'assurer que tu vas bien, ma chérie.

— Alors si ce n'est que ça, tu peux être rassurée, je me porte à merveille, maman.

— Je peux quand même passer ?

— Oui, bien sûr.

— À quelle heure seras-tu chez toi ?

— Tu peux venir vers 19 heures.

— Je te dis à ce soir alors, travaille bien. Bisous.

Depuis ma séparation, je la sens inquiète. Peut-être craint-elle que je fasse preuve de faiblesse envers Lucas. À moins qu'il ne s'agisse d'un événement plus ancien. Lorsque je vivais sous son toit, elle était toujours derrière moi, surveillant mes faits et gestes, et même, bien souvent, prenant les décisions à ma place, pensant agir au mieux. Avec le recul, bien que ses actes aient été motivés par l'amour, je ne suis plus convaincue qu'ils étaient les meilleurs.

Impatiente de poursuivre le relooking de mon appartement, je quitte finalement le bureau un peu plus tôt que prévu. Une association caritative emporte mes anciens meubles tandis que des livreurs me déposent les nouveaux.

Ma mère arrive, ponctuelle comme à son habitude. Elle fait l'éloge de mes talents de décoratrice et se montre apaisée de me savoir entreprenante et non pas déprimée comme elle l'imaginait. Elle me propose son aide pour installer mes meubles, les remplir et pour disposer ici et là mes objets de décoration. Je me sens déjà très bien dans cette pièce. Elle correspond mieux à mon état d'esprit.

— Et comment ça se passe au travail ?

— Bien.

— Tu dois être débordée ?

— Oui, assez. Mais ça va, je gère les urgences.

— Tu es une femme très douée et compétente dans ton domaine. Je savais que tu reprendrais vite ton poste. Tu as travaillé dur pour obtenir ce statut. Ça aurait été dommage de le perdre.

— Merci.

— Et sinon, le divorce ?

— Ça suit son cours…

— Je ne comprends tout de même pas pourquoi tu refais la déco avant de vendre.

— Je ne compte plus le vendre mais racheter ma part à Lucas. Il est bien situé, je m'y sens bien alors j'ai décidé de le garder.

— Et comment a réagi Lucas ?

— Il n'y voit pas d'inconvénient.

— Dans ce cas, tout va bien. Vous vous voyez souvent ?

Je me demandais quand elle oserait enfin me poser la question.

— Non, je l'ai vu hier rapidement au bureau, c'est tout.

— C'est bien. C'est la meilleure méthode pour oublier un homme.

En parcourant mon séjour des yeux, je m'aperçois qu'il manque quelque chose d'indispensable pour que l'aménagement soit parfait. J'abandonne ma mère et descends en vitesse pour me rendre chez le fleuriste de mon quartier et y choisir des plantes avant la fermeture de la boutique. Mon choix se porte sur un Aloe vera, une Peperomia scandens variegata, une Orchidée phalaenopsis et un grand Ficus ginseng. Pour me remercier, la propriétaire du magasin m'offre un bouquet de roses que je destine à ma mère. Quand je rentre, encombrée avec deux grands sacs contenant les différents pots qui trouveront leur place dans mon cocon, ma mère se précipite sur moi, l'air menaçant, en brandissant au-dessus de son épaule le cadre représentant Lucas, le bébé dans son berceau et moi.

— Qu'est-ce que c'est que ça ?

— Un cadre photo.

— J'ai vu. Ce que je veux savoir, c'est pourquoi il est dans ta chambre ?

— Parce que je n'ai pas encore pris le temps de l'enlever.

— Et c'est quoi, cette photo de bébé ?

— …

— Mais tu as perdu la tête, ma fille !

— …

Je tente de me dérober en déplaçant des objets dans une autre pièce de l'appartement mais ma mère me suit, déterminée à provoquer un affrontement.

— Manon, je t'ai posé une question. Que fait cette photo dans ce cadre ? Et puis, comment te l'es-tu procurée d'abord ?

— Peu importe, maman.

— Non, tu ne vas pas te défiler. Je veux une explication !

— …

— C'est du passé. Alors je ne comprends pas pourquoi tu t'encombres avec. Ressaisis-toi ! Tu vas te débarrasser de ce cadre immédiatement, crie-t-elle en s'apprêtant à le jeter dans la poubelle.

— Non, donne-le-moi ! je lance en essayant de lui reprendre des mains.

— Ça suffit, Manon ! Tu te rends compte que tout cela pourrait gâcher ta vie ?

Les larmes roulent sur mes joues. Je ne peux les retenir. Pourtant je m'étais promis de ne plus jamais pleurer devant elle.

— Gâcher quoi ? Quelle vie ?

— Mais ta carrière, voyons ! Ton indépendance, ta liberté, ton bonheur…

— Crois-tu que je sois vraiment libre avec cette douleur qui me ronge ? Crois-tu que je puisse être heureuse alors qu'elle est la cause de mon malheur avec Lucas ?

— Mais tu as su oublier pendant toutes ces années, alors tu peux continuer.

— Crois-tu que j'aie vraiment oublié ? Crois-tu que l'on puisse oublier une chose aussi importante ?

— Chaque être humain traverse des épreuves au cours de sa vie, Manon. Il faut savoir les accepter et les surmonter.

— J'ai essayé. Quand mes émotions étaient trop fortes, mes pensées trop envahissantes et mes cauchemars trop nombreux, j'ai essayé. Cette dernière année, Lucas me parlait toujours d'enfant, de fonder une famille. C'était trop dur. Alors je me suis jetée dans le travail pour ne plus penser. Et le résultat, c'est que j'ai tellement ignoré mon mari qu'il est parti. Je l'ai poussé dans les bras d'une autre.

— Tu trouveras un autre homme qui ne voudra pas d'enfant. À ton âge, les hommes n'ont plus pour objectif de fonder un foyer. Ce qu'ils veulent, c'est mener une carrière intéressante et profiter de la vie avec une femme intelligente, voyager…

— Mais je ne veux pas d'un autre homme dans ma vie. Tu ne comprends pas ? C'est Lucas que je veux.

— Je croyais que tu avais enfin retrouvé tes esprits, mais je me suis trompée.

J'éclate en sanglots tandis qu'elle s'approche de moi et me caresse les cheveux avec douceur.

— Tout ce que je veux, c'est ton bonheur, tu sais.

— Alors laisse-moi vivre ma vie. Ne prends plus les décisions pour moi.

— Je suis là pour toi.

— Laisse-moi maintenant. S'il te plaît, laisse-moi !

Je regarde le cadre et le place contre mon cœur. Ma mère dépose un baiser sur mon front et quitte mon appartement.

25

Me pardonner

Ce matin, c'est sans entrain que je me rends au travail, tourmentée par ma dispute de la veille avec ma mère. Elle m'envoie des messages pour prendre de mes nouvelles, auxquels ma réponse est toujours la même : « Je vais bien, maman. » Ce n'est pas tout à fait vrai mais je n'ai pas envie de la contrarier davantage. Finalement il m'est plus facile de lui pardonner que de me pardonner moi-même. Plus facile de la préserver que de partager ma détresse. Est-ce que mon fardeau serait moins lourd si une autre personne le portait avec moi ? Ou est-ce qu'au contraire ma peine et ma culpabilité en seraient plus grandes ? Ne paraîtrais-je pas plus faible et vulnérable ?

Je demande à mon assistante de ne pas me déranger et m'enferme dans mon bureau afin de m'atteler aux prévisions budgétaires réclamées par le directeur.

15 heures. Je lui envoie les documents par e-mail. Je ne suis pas d'humeur à voir sa tête de rat. Étant prise de vertiges, je m'oblige à faire une pause, le temps d'avaler un yaourt, mon seul repas de la journée. Ces quelques minutes de réflexion me sont nécessaires pour prendre conscience de ma lassitude et de mon épuisement. J'estime

finalement que j'en ai assez fait pour aujourd'hui et décide de rentrer chez moi. Sur le parking, j'aperçois Audrey, une cigarette à la bouche, accompagnée de Lucas. Il disait pourtant qu'il n'aimait pas les fumeuses. Soit il a revu ses exigences à la baisse, soit il est trop amoureux pour considérer ce défaut. Je rejoins mon véhicule en feignant de les ignorer et quitte le parking.

Je pense à René et à Delphine, à leur présence qui me mettrait du baume au cœur. Une idée me traverse l'esprit. Et pourquoi pas ? Je compose le numéro de René.

— J'ai un souci, mon oncle.

— Que se passe-t-il ?

— Ce serait trop long à raconter au téléphone. Est-ce que je peux venir te rendre visite ?

— Bien sûr !

— Aujourd'hui, c'est possible ?

— Oui, viens. Tu passeras la nuit à la maison. Ta chambre est libre. Elle n'a pas bougé depuis la dernière fois.

— Merci. Je prépare mes affaires et je prends la route immédiatement.

— Fais bien attention. Sois prudente.

En moins de quinze minutes, me voilà dans ma voiture en route pour la Bourgogne. J'ai hâte d'arriver. J'ai besoin de me confier à quelqu'un. Mes émotions s'embrasent, je suis perdue dans mes raisonnements. Si seulement je pouvais revenir en arrière. La chanson ♫ Too Late to Apologize de One Republic passe à la radio.

♫ ... it's too late to apologize, it's too late,
I said it's too late to apologize, it's too late
(Il est trop tard pour demander pardon, il est trop tard,
J'ai dit il est trop tard pour demander pardon,
il est trop tard.)

Puis-je encore être pardonnée ?

Lorsque j'arrive chez René, la table est déjà mise et le dîner est en train de cuire. Il m'ouvre grand les bras pour m'enlacer.

— Que se passe-t-il, ma petite-nièce ? C'est Lucas ?

— Non. Je suis en train de devenir folle. Il y a des années, j'ai fait quelque chose de mal et j'ai tout fait pour l'oublier, mais j'y pense sans arrêt et je n'arrive pas à me débarrasser de ma culpabilité. Tout ça me rend malheureuse.

— De quoi s'agit-il ?

— J'ai tellement honte…

— Je te fais la promesse de ne pas te juger et d'emporter le secret dans ma tombe.

Je sors de mon sac à main la lettre que j'ai reçue il y a quelques mois et qui a bouleversé mon monde pour la tendre à René.

— « Bureau des droits de l'enfant et de l'adoption, Paris 11 »… commence-t-il à lire à voix haute.

Mes yeux se lèvent vers René pour tenter de déceler des expressions faciales révélatrices de ce qu'il pense. Un lever de sourcil, une contraction de la mâchoire, un écarquillement des yeux, une grimace, un plissage du nez… Je ne discerne sur son visage ni mépris, ni dégoût, ni colère. Je l'écoute partiellement. Je pourrais réciter cette lettre par cœur, tant je l'ai lue. Je me suis imprégnée de chaque mot.

— « … Désigné correspondant Île-de-France auprès du Cnaop dont la mission essentielle est de faciliter l'accès aux origines personnelles… La possibilité pour une femme d'accoucher dans le secret de son identité et de bénéficier de la sécurité, des soins et de l'accompagnement approprié… La loi du 22 janvier 2002, relative à l'accès aux origines personnelles, prévoit que le Cnaop communique, aux personnes qui le saisissent, l'identité de leur mère de naissance… Vous avez donné naissance à un enfant de sexe féminin prénommé Alix le 16 juillet 2003 à l'hôpital… Nous vous informons de son souhait de connaître votre identité… Si vous consentez expressément à la levée du secret, vous n'êtes cependant pas tenue d'accepter la rencontre avec l'enfant… Si vous l'acceptez, en accord avec lui, la rencontre peut être organisée par le chargé de mission ou le correspondant départemental mandaté, après avoir convenu des modalités. Toutefois, il vous est possible d'organiser vous-même cette rencontre… »

Je n'entends plus la suite, comme bloquée sur ce dernier mot. Rencontre. Je regarde mes doigts tremblants dessiner de petits carrés sur la toile cirée.

René replie la lettre et la pose délicatement sur le côté.

— Je comprends maintenant tes réactions excessives lorsque tu entres en contact avec une fillette.

— Voilà, tu sais tout. J'ai abandonné mon enfant.

— Comment tout cela s'est déroulé ?

— Quand j'étais au lycée, je suis tombée enceinte. J'ai caché ma grossesse à mes parents car j'avais trop peur de leur réaction. Je ne savais pas quoi faire. J'étais jeune. Et puis un jour, ma mère l'a découvert. Il fallait bien que ça arrive. Elle était furieuse. Elle m'a dit qu'un enfant gâcherait ma vie, qu'il fallait s'en débarrasser pour me consacrer à mes études. Elle m'a emmenée à l'hôpital pour me faire avorter mais il était trop tard, j'avais dépassé le délai légal. En même temps, je ne voulais pas que ça se passe comme ça. Je voulais mener ma grossesse jusqu'au bout. Ma mère a décidé que la meilleure solution serait un accouchement sous X. Elle refusait que sa fille s'embarrasse d'un enfant avant d'avoir construit une carrière. Je ne savais plus quoi penser. J'ai donc accouché d'une petite fille, toute rose et toute jolie. Et aujourd'hui il ne me reste que les souvenirs des petits coups qu'elle mettait dans mon ventre, une photo à la maternité et un bavoir… Je suis horrible.

— Tu ne dois pas culpabiliser. Ça ne sert à rien, si ce n'est à t'empoisonner l'existence. Tu étais jeune et influencée par ta mère. D'ailleurs, peut-être devrais-tu en rediscuter avec elle.

— Nous l'avons fait, hier.

— Qu'a-t-elle dit ? Avec le temps, elle a sûrement changé d'avis ?

— Non, elle reste persuadée que c'était la meilleure chose à faire et que je ne dois pas laisser le passé ruiner ma vie.

— Je vois. Et c'est pour cette raison que tu ne voulais pas avoir d'enfant avec Lucas ?

— Oui. Comment pourrais-je tomber enceinte une nouvelle fois alors que j'ai abandonné mon premier enfant ? Je n'ai pas le droit. Ce n'est pas juste pour ma fille.

— Que sais-tu d'elle ?

— La seule information que j'ai, c'est son prénom. J'avais emprunté le Polaroïd d'une copine pour prendre la petite en photo et j'ai conservé son premier bavoir. Tout cela en cachette bien entendu. Ma mère n'aurait pas été d'accord.

— C'est la photo que j'avais trouvée par terre à côté de ton lit ?

— Oui. C'était un joli bébé.

— Ton père est-il au courant ?

— Non. Ma mère a tout organisé. Jusqu'à aujourd'hui nous n'étions que deux à connaître la vérité. Mon père était en voyage d'affaires lorsque j'ai accouché et mon frère était en stage en Allemagne.

— Ma pauvre petite. C'est une vilaine histoire que tu me racontes là.

— Merci de m'écouter. Ça me fait du bien d'en parler. Je me sens un peu plus légère. Même si ça ne règle pas le problème.

— Que comptes-tu faire maintenant ?

— Je veux sauver mon mariage et… me libérer de ce poids. Je crois qu'au fond de moi, j'aimerais avoir un enfant, mais j'ai d'abord besoin de me réconcilier avec moi-même, et peut-être de retrouver ma fille.

— Sa démarche est légitime. Je pense que chaque enfant a le droit de connaître ses vrais parents et de savoir d'où il vient. C'est peut-être aussi une chance pour lui d'avoir une discussion avec ses parents biologiques et ainsi de comprendre pourquoi il a été abandonné. Cela peut être salvateur. Les parents adoptifs restent les personnes qui ont pris soin de l'enfant, qui se sont inquiétées pour lui, alors bien sûr, il faut savoir faire preuve de respect et de reconnaissance envers eux et ne pas chercher à prendre leur place. Mais ta fille et toi avez probablement besoin de connaître la vérité pour avancer. Quel âge a-t-elle maintenant ?

— Elle est née le lendemain de mon anniversaire. Elle a fêté ses dix-sept ans. C'est une jeune fille. Tous les soirs quand je m'endors, je pense à elle, je l'imagine. Me ressemble-t-elle ? A-t-elle des passions communes avec moi ?

— Si tu penses que lever le secret sur ton identité peut te rendre heureuse, alors fais-le. Écoute ton cœur.

Nous sommes interrompus par un visiteur qui frappe à la porte. René se lève et accueille sa voisine Delphine en me questionnant du regard.

— Coucou René, j'ai vu la voiture de Manon devant chez toi. Elle est là ?

Je me lève et d'un mouvement de tête, indique à René qu'il peut la laisser entrer.

— Eh bonjour la Parisienne, je ne savais pas que tu revenais aujourd'hui ! me lance-t-elle en se jetant presque sur moi pour me faire la bise.

Elle s'arrête soudain et me fixe quelques instants avant de reprendre.

— Euh… je vous dérange ?

— Non, tu ne nous déranges pas mais René et moi étions en train de parler d'un sujet sérieux.

— Je vois ça, tu n'as pas l'air en forme.

— Ça va. Mais si ça ne t'ennuie pas, je préfère que l'on se voie demain, si tu es disponible.

— Oui, d'accord. Quand tu es prête, tu peux passer chez moi. J'habite juste en face, des fois que tu aurais oublié, me répond-elle en souriant.

— Pas de problème, mon GPS connaît la route.

Elle m'enlace et franchit la porte en nous souhaitant une bonne soirée.

Nous nous mettons à table. René a préparé une délicieuse poule au pot et a acheté des mousses au chocolat chez le crémier. Il s'est souvenu des vertus réconfortantes du cacao.

— Comment s'est passée cette semaine de reprise ?

— Bien. Pour être honnête avec toi, le travail n'a pas été ma priorité. J'avais surtout besoin de me sentir chez moi, de retrouver mes repères.

— Les as-tu trouvés ?

— Presque. J'ai entrepris des travaux dans mon appartement. Je vais te montrer le résultat, proposé-je en faisant défiler les photos sur mon téléphone portable.

— Tu as fait ça toute seule ?

— Oui, avec mes petits bras.

— C'est du beau travail.

— Ma prochaine mission sera de faire du tri dans mes affaires. J'ai besoin d'un environnement rangé pour mettre de l'ordre dans ma tête. C'est étrange, tu ne trouves pas ?

— Non, je trouve cela sensé au contraire. Ce ne sera pas chose facile d'être confrontée à tes souvenirs avec Lucas.

— Je sais, mais c'est nécessaire.

— Comptes-tu lui révéler l'existence d'Alix ?

— Je ne sais pas. Cette histoire me concerne personnellement, je dois la régler moi-même. Et si Lucas et moi reprenons notre vie commune là où nous l'avons laissée, alors bien sûr je lui dirai.

— Tu es sur la bonne voie.

— J'espère. Sinon, félicitations ! Ton repas est délicieux.

26

Confessions intimes

Quand, au petit matin je rejoins René dans la cuisine, je le trouve assis à la table, concentré sur son journal.

— Les nouvelles sont bonnes ce matin ?

— Bonjour ma petite-nièce, bien dormi ?

— Oui, comme une marmotte. Mais je n'ai pas entendu le coq chanter ce matin. Peut-être que je dormais encore profondément.

— On ne l'entendra plus de sitôt.

— Pourquoi ?

— Il est passé à la casserole.

— Oh, pauvre coq… ça me rend triste, je m'y étais attachée.

— Un autre prendra bientôt le relais dans la basse-cour.

— Après le petit déjeuner, je vais rendre visite à Delphine si ça ne te dérange pas.

— Bien sûr que non. J'ai des choses à faire, ne t'inquiète pas pour moi. Je vais au *Repair'café*.

— C'est quoi ?

— C'est un café où chacun peut amener des objets qui ne fonctionnent plus et des bricoleurs se proposent de les réparer.

— Tu as un appareil défectueux ?

— Non, c'est moi qui aide à remettre en état. Je me débrouille assez bien alors, si je peux me rendre utile...

— C'est sympa comme concept. Je reconnais bien là tes valeurs. Allier entraide et écologie, c'est ton credo, n'est-ce pas ?

— Ça occupe une partie de mon temps libre et ça me donne l'occasion de papoter.

— Si ça ne t'ennuie pas, j'aimerais t'accompagner au cimetière aujourd'hui.

— Avec plaisir. Nous pouvons y aller tout de suite si tu veux.

— Je vais peut-être m'habiller d'abord. Je me suis déjà ridiculisée dans le village en courant après un cochon, je ne vais pas en plus sortir en pyjama...

Le soleil joue à cache-cache avec les nuages tandis qu'un arc-en-ciel s'élance fièrement au-dessus de nos têtes. Mes sens apprécient l'odeur de l'herbe mouillée après la pluie. Sensations que je redécouvre. Je me promène dans les allées gravillonnées du cimetière pendant que René se recueille devant la tombe de Louise. Je lis les noms gravés sur les stèles, observe les photos qui les agrémentent, survole les épitaphes, calcule combien d'années ont vécu certains défunts, depuis combien de temps les conjoints survivants sont veufs ou veuves et essaie d'imaginer leur vie.

— « Les morts reçoivent plus de fleurs que les vivants car les remords sont plus forts que la gratitude. » J'ai lu ça quelque part mais je ne sais plus où, murmure René derrière moi.

— Je ne t'avais pas entendu.

— Je marche à pas de tortue maintenant.

— Ces tombes sont certainement remplies de secrets. Des jolis et des vilains.

— Oh que oui !

— Pendant quelques minutes je me suis imaginée sous terre moi aussi. Je me pose beaucoup de questions. Ai-je envie d'emporter des secrets avec moi ? Est-ce que je souhaite voir ma fille devant ma tombe parce qu'elle veut des réponses ? Je ne pourrai plus lui expliquer pourquoi je l'ai abandonnée et lui dire que je l'ai aimée dès le début, lorsqu'elle était en moi, bien à l'abri. Qu'elle n'y est pour rien…

— Tu sembles avoir trouvé la réponse à tes interrogations.

— René, je veux rencontrer ma fille !

Je me rends chez Delphine pour m'excuser de ne pas l'avoir accueillie avec enthousiasme la veille. Sans rancune, elle m'invite à entrer papoter.

— Alors, raconte-moi, as-tu pu avoir un rendez-vous avec un spécialiste de la fécondité ?

— Oui, dans deux semaines ! J'ai hâte d'y être, s'extasie-t-elle en me servant un café.

— Déjà ! C'est du rapide.

— On a eu beaucoup de chance, la secrétaire venait d'avoir un désistement.

— Je vous souhaite que ça marche. Vous le méritez vraiment.

Gabrielle, qui vient d'arriver, me salue.

— Viens boire un café Gaby, ça va te réchauffer, lui propose Delphine en sortant une troisième tasse du buffet. Alors, la propriétaire est d'accord pour te louer son logement ?

— Oui, c'est bon.

— Ah super ! Encore une bonne nouvelle ! Maintenant, il ne te reste plus qu'à passer le permis et trouver un travail.

— Tu ne vas pas recommencer, Delph !

— Manon, dis-lui à Gaby, qu'il faut qu'elle prenne des cours de conduite.

— Je vais avoir l'air ridicule, et puis Arthur aura honte devant ses copains d'être dans la même auto-école que sa mère.

— Arthur s'en fiche, il te l'a déjà dit. Arrête un peu. Imagine la liberté d'aller où tu veux avec ta voiture…

— Pour moi, la liberté, c'est de me réveiller chaque matin dans mon lit, chez moi.

— Moi, je me sens libre depuis que l'espoir d'être mère a réapparu dans mon esprit, ajoute Delphine.

Je suis perdue quelques instants dans mes pensées. Elles m'observent toutes les deux dans l'attente d'une réponse.

— Je serai libre lorsque j'aurais fait la paix avec moi-même.

Elles continuent à me fixer, leur curiosité attisée. J'émets une hésitation avant de lâcher prise.

— Toutes les trois, nous avons une vie totalement différente, une éducation, des ambitions et des parcours différents. Pourtant, un point commun nous unit.

Leur air est grave tout à coup. Même Gabrielle, habituellement le regard fuyant et indifférente à mes propos, semble captivée par ma révélation. Je poursuis :

— Nous souffrons toutes les trois du manque d'un enfant. Toi Delphine, tu rêves depuis toujours de porter la vie, de choyer ton propre enfant plutôt que celui des autres. Toi Gabrielle, tu as un enfant mais tu ne l'as pas vu grandir, aujourd'hui il est ado et tu ne sais pas comment rattraper le temps perdu et partager des moments de complicité avec lui. Et moi… et moi, j'ai eu un bébé il y a très longtemps et je l'ai abandonné parce que j'étais trop jeune pour m'en occuper. Il n'y a pas un jour où je ne pense pas à ma fille. Alors je comprends ce que tu peux ressentir, Gabrielle, j'ai moi aussi tout raté. Les premiers sourires, les premières dents, les premiers pas, le premier « maman »…

Elles sont stupéfaites par mon aveu.

— J'ignorais que tu avais un enfant, me confie Delphine, ébahie.

— Ce n'est pas le genre de chose dont on se vante. Vous devez avoir une piètre image de moi maintenant…

— Delphine, il va nous falloir autre chose que du café si tu vois ce que je veux dire, lance Gabrielle en montrant sa tasse à sa sœur.

Cette dernière s'exécute aussitôt. Elle sort trois verres à pied et ouvre une bouteille de vin blanc.

À ma grande surprise, c'est Gabrielle qui me témoigne le plus son soutien. Elle sait ce que sont la culpabilité et le jugement dans le regard des autres. Elle avale une grande gorgée pour se donner du courage et se sert à nouveau.

— Tu sais pourquoi j'ai été incarcérée ?

— … Parce que tu as tué ton petit ami ?

— J'étais très jeune lorsque c'est arrivé. J'étais folle de lui, commence-t-elle à raconter en gribouillant des formes sur le magazine télé qui trône sur la table. Il était plus âgé que moi mais n'était pas très mature, il était volage. Il avait son appartement et bossait alors que moi, je vivais chez mes parents. Je suis tombée enceinte et il m'a promis que je pourrais emménager chez lui avec le bébé. Et puis j'ai appris qu'il me trompait. Alors une fois j'ai attendu dans le hall de son immeuble et j'ai vu une fille rentrer chez lui. J'étais hors de moi. J'ai frappé à sa porte comme une dingue jusqu'à ce qu'il m'ouvre et puis on s'est disputés. Il m'a demandé de partir et je me suis sentie trahie et blessée, et... j'ai pas réfléchi. C'était un coup de folie. J'ai attrapé un couteau sur le plan de travail et voilà... quand les secours sont arrivés, il était trop tard. Je ne voulais pas le tuer, juste lui faire mal, comme moi j'avais mal. Mais j'avais touché une artère et il a fait une hémorragie. Alors tu vois, je sais ce qu'est une connerie de jeunesse.

— ... Je suis désolée.

— J'ai perdu l'homme que j'aimais parce que la jalousie m'a rendue complètement dingue. Je n'arrivais plus à réfléchir. On pourrait croire que c'est ce moment le plus difficile mais en réalité, le plus douloureux c'est de m'apercevoir que je prive mon fils de son père et de souvenirs avec lui. Oh, Arthur ne m'a jamais fait de reproches, c'est un gamin extra, il ne m'a d'ailleurs jamais posé de questions sur son père. Peut-être parce qu'il ne veut pas me faire culpabiliser... Alors c'est vrai que j'ai merdé mais j'estime avoir purgé ma peine. J'ai passé assez d'années à me ronger les sangs. Le mal est fait. Regarder en arrière ne le fera pas revenir. Maintenant je veux recommencer ma vie. J'ai le droit à une seconde chance. La douleur sera toujours présente, il suffit que je regarde mon fils et de voir son père dans ses yeux. Putain ce qu'il lui ressemble !

À mon tour je raconte mon histoire dans la plus grande transparence, comme l'a fait Gabrielle. Delphine ouvre une seconde bouteille de vin.

27

Agir

Ce dimanche débute sous les meilleurs auspices. Le ciel est bleu, aucun nuage ne pointe à l'horizon, les rayons du soleil illuminent mon appartement et ma halte en Bourgogne de la veille m'a fait le plus grand bien. Après un copieux petit déjeuner et une douche tonique, je me lance dans le tri des armoires pour ne garder que l'essentiel. Je n'arrive pas à croire que j'ai accumulé autant de bazar. Je commence par mon dressing dans lequel sont conservées quantité de tenues non portées depuis des années et que je ne porterai à coup sûr plus jamais. Je remplis trois énormes sacs que je descends au point de collecte de la Croix-Rouge. Mes vêtements pourront faire des heureuses. Non sans peine, je vide également les étagères de tous les vêtements de Lucas et les stocke dans des cartons. Chaque chemise et tee-shirt me renvoie à des souvenirs, des voyages et des moments heureux. Mon cœur se serre lorsque je retire son costume de mariage. Je jette aussi toutes les parures de draps qui chaque soir perturbent mon endormissement. Je fais le tour de chaque pièce pour les débarrasser de tout objet superflu. Je charge ma voiture de plusieurs caisses que je déposerai demain aux encombrants. C'est comme si un vent nouveau soufflait sur mon logis, me revigorant au passage. J'envoie un message à Lucas.

Bonjour, j'ai fait du tri dans l'appartement. Pourrais-tu venir chercher le reste de tes affaires, s'il te plaît ? Merci. Bonne journée.

À peine quelques minutes plus tard, je reçois une réponse.

Bonjour, ça va ? Je peux être là tout de suite si tu es disponible.

OK.

En passant devant le miroir je prends conscience que je ne suis pas à mon avantage dans mon jogging. Je l'enlève avec hâte et enfile une tenue plus glamour avant de courir à la salle de bains pour remplacer mon chignon difforme par une queue lisse soignée et me maquiller légèrement. Me voilà prête à l'accueillir. Je range le cadre compromettant dans un tiroir afin qu'il ne tombe pas dessus. Depuis mon altercation avec ma mère, j'ai décidé que sa place serait dans le séjour et non plus sur ma table de chevet. Cependant, je ne suis pas prête à dévoiler mes secrets ni mes plans à mon ex-mari. « Ex-mari » : ce terme résonne à mon oreille comme un gros mot, un mot interdit dans mon vocabulaire. Lorsque Lucas entre, il s'avance vers moi pour me faire la bise mais je feins d'ignorer son geste et l'invite plutôt à me suivre dans le séjour où sont entreposés les sacs et cartons qui lui reviennent. Je ne suis pas encore disposée à lui tendre mes joues, après avoir échangé tant de baisers passionnés et avoir goûté sa langue. À part sa nouvelle chemise, rien n'a changé chez lui. La même coupe de cheveux, le même blouson qui met ses épaules en valeur, les mêmes petites rides au coin des yeux et le même sourire qui me fait littéralement fondre. Je dois me montrer indifférente alors que mon être tout entier le désire. La chaleur gagne mes membres. Je prends une profonde respiration tandis qu'il montre une mine surprise et admirative.

— Oh, c'est sympa cette nouvelle déco !

— Merci.

— Tu as embauché une entreprise ?

— Pas du tout, je m'y suis collée.

— Bravo, je suis impressionné. Tu as beaucoup de goût.

— Tu ne le savais pas ? je lance, taquine.

— Euh, si. Tu as toujours eu beaucoup de goût.

— J'allais me faire un café, tu en veux un ?

— Oui, je veux bien. Merci.

Je lance la machine à café et sors deux tasses du placard. Je sens ses yeux sur moi et cette idée me fait frissonner.

— Tu es très jolie. C'est une nouvelle coiffure ?

— J'ai décidé de laisser pousser mes cheveux. Je peux les attacher plus aisément.

— Ça te va bien.

— Merci. Assieds-toi, ton café est servi.

Il s'assied alors que je préfère rester debout devant ma fenêtre, la tasse à la main. Je tente de contenir mes émotions afin qu'il ne perçoive pas mon trouble. Son regard scrute scrupuleusement l'ensemble de la pièce, comme s'il était à la recherche d'un élément évocateur. Est-il blessé de constater que sur le mur, notre photo de mariage a été remplacée par un pêle-mêle de branches d'olivier ? Que ses vêtements ne côtoient plus les miens ? Je me déplace au milieu du séjour et lui montre les affaires qu'il doit reprendre.

— Tu t'es lancée dans un nettoyage de printemps ?

— On peut dire ça.

Je devine qu'il essaie de lire en moi mais je brouille les pistes autant que possible. J'aimerais qu'il reste encore, qu'il me dise qu'il veut rester cette nuit et toutes les prochaines nuits, qu'il embrasse ma nuque et… Stop ! Il faut qu'il parte maintenant. Mes sens sont en ébullition.

— Toutes tes affaires sont ici. Veux-tu de l'aide pour les descendre à ta voiture ?

— Tu es pressée que je parte on dirait ?

— Non… mais tu es attendu je pense ?

— OK.

— Tu veux un coup de main ?

— Non, ça ira. Je vais faire deux voyages.

— Comme tu veux.

Il s'empare de plusieurs sacs et descend une première fois avant de venir rechercher les trois cartons restants.

— Merci d'être venu tout récupérer.

— Merci à toi d'avoir tout emballé.

— De rien. Si je retrouve d'autres choses, je te ferai signe.

Avant que j'aie le temps de reculer, il s'approche de moi et dépose un baiser doux près de mon oreille. Son geste provoque en moi une série de frissons qui me parcourent du haut du crâne jusqu'au bout de mon petit orteil. Sans m'en rendre compte je ferme les yeux. Je mets quelques secondes à les rouvrir, ce qui lui laisse le temps de remarquer qu'il me fait encore de l'effet. Je me suis laissée prendre à son jeu.

— Bon dimanche, à bientôt, Manon !

— Merci, toi aussi… Lucas.

— Au fait, je voulais te demander…

— Oui ?

— Pour le divorce, j'ai contacté un agent immobilier pour estimer l'appartement.

— Je t'avais dit que j'allais m'en occuper.

— Oui je sais mais j'ai pensé que ce serait mieux de faire plusieurs estimations. On fera une moyenne et ça nous donnera un prix au plus près du marché actuel.

— OK.

— Je peux te l'envoyer demain soir ?

— Oui, à partir de 19 heures.

— Une dernière chose… ce serait bien que tu signes les papiers de l'avocat. Je n'aime pas que les choses traînent.

— Oui, je m'en occuperai vite.

Je ferme la porte et me poste à la fenêtre pour l'observer. Il charge ses dernières affaires dans son coffre et examine la façade de l'immeuble pendant quelques instants avant de monter dans sa voiture et de quitter le parking. Je me demande s'il regrette d'être parti et s'il pense encore à moi avec envie.

Je ressors le cadre du tiroir et le pose sur le buffet de la salle à manger. Je m'installe sur le canapé avec mon ordinateur portable et commence à taper la lettre à destination des services des droits de l'enfance et de l'adoption. Cette fois, je suis bien décidée à me réconcilier avec ma fille et avec moi-même.

J'appelle ma mère pour lui faire part de ma décision, bien que je sache qu'elle n'y sera pas favorable.

— Maman, il faut que l'on discute d'Alix.

— Tu veux encore remettre ça sur le tapis ? Mais arrête donc de remuer le passé !

— Justement, ce passé fait maintenant partie de mon présent.

— Qu'est-ce que tu veux dire ?

— J'ai décidé de revoir ma fille.

— Elle n'est plus ta fille, Manon. Elle a été adoptée depuis.

— Elle reste ma chair et… je sais que je n'ai aucun droit sur elle mais elle pourrait avoir besoin de moi un jour.

— Pourquoi veux-tu compliquer sa vie ? Elle n'a certainement aucune envie de te connaître.

— Si, justement. C'est elle qui a fait le premier pas.

— Tu veux dire qu'elle a cherché à te contacter ?

— Oui.

— Mais comment est-ce possible ? Je pensais que l'accouchement sous X assurait l'anonymat de la mère ?

— C'est le cas, mais le Cnaop fait le lien entre le parent et l'enfant. Il conserve les informations que chacun souhaite échanger avec l'autre.

— Le Cnaop, c'est quoi ça ?

— Il s'agit du Conseil national pour l'accès aux origines personnelles.

— Encore une belle trouvaille de nos politiciens !

— Alix a émis une demande auprès de cet organisme pour connaître l'identité de sa mère biologique, et ils m'ont contactée pour avoir mon autorisation.

— Tu n'es pas obligée d'accepter.

— Non, je ne le suis pas, mais je le veux.

— Tu sembles déterminée. As-tu bien réfléchi aux conséquences ? Ta carrière, ta réputation…

— Tu as peur pour la tienne, maman ?

— Je m'inquiète pour toi ma chérie. Imagine ce que les gens vont penser. Et comment ton père va réagir.

— Tant pis. Je me moque de l'avis des autres. Je préfère suivre mon intuition.

— Je serai prise malgré moi dans cette tourmente et je n'en suis pas prête.

— Il faudra que tu t'y fasses, maman. Un jour ou l'autre la vérité finit par éclater.

— Je ne comprends pas ce désir de te compliquer la vie.

— Je n'ai jamais voulu abandonner mon enfant. C'était une erreur de jeunesse, c'est vrai, de tomber enceinte si jeune, mais j'aurais pu l'élever et continuer mes études si tu m'avais soutenue. Depuis ces dix-sept ans, il n'y a pas un seul jour où je n'ai pas pensé à ma fille, à me demander si elle allait bien. J'ai essayé tant bien que mal d'enterrer ça profondément en moi mais je n'y arrivais pas. Je m'en suis rendue malade. Plus je tentais d'oublier et plus j'y pensais. Et quand Lucas a commencé à me parler de fonder une famille, je ne pouvais plus supporter... Je me suis noyée dans le travail en pensant que ce serait une solution dc rechange, je me suis éloignée de mon mari pour ne plus l'entendre me parler de bébé. Je me suis sentie coupable et indigne d'être mère à nouveau.

— Je ne savais pas que cela te faisait autant souffrir. Je suis désolée. Je te demande pardon.

— Je ne t'en veux pas maman. Tu as fait ce que tu pensais être juste. Il y a des femmes qui réussissent à tourner la page, ce n'est pas mon cas. Cet abandon était une erreur. J'aurais préféré que tu me fasses confiance, que tu m'encourages et me laisses choisir ma vie. Tu as pris toutes les décisions à ma place sans écouter ce que j'avais sur le cœur.

— Je te demande pardon.

— Si tu savais comme je me sens mieux maintenant que j'ai accepté d'affronter mon passé. Reprendre contact avec ma fille n'effacera pas ce que j'ai fait mais je me sens plus légère, comme si je m'étais délestée d'un poids énorme.

Ma mère est perturbée. Je crois qu'elle récupère le fardeau dont je me suis débarrassée. Ce ne sera pas facile pour elle, j'en suis désolée. Cependant, je ne peux pas me sacrifier et sacrifier ma fille une fois de plus pour préserver ma mère. Il lui faudra assumer les conséquences de ses actes. La décision qu'elle a prise il y a dix-sept ans aura de grandes répercussions sur notre famille. Mes parents vont devenir grands-parents biologiques d'une jeune fille qu'ils n'ont jamais vue, même si aucun lien ne se crée entre eux. Je suis d'avance terriblement angoissée.

28

Cache-cache

Seconde semaine de travail depuis ma reprise, avec moins de motivation qu'à la première. Professionnellement, je suis au bout du rouleau, j'attaque le carton. M. Choisy a pris connaissance de mes prévisions de masse salariale et d'après lui, elles sont trop élevées.

— Les actionnaires risquent de mettre leur véto lors du prochain conseil. Il faut revoir vos chiffres à la baisse.

— Ce n'est pas possible. Les primes ont déjà été réduites l'année dernière et si on les diminue de nouveau cette année, on aura les délégués syndicaux sur le dos.

— Je pensais plutôt à réduire le recours aux intérimaires. Ils nous coûtent cher.

— Et vous les remplacez par quoi ? Des CDD ? On ne gagnera rien de cette manière. Ça n'a pas de sens.

— Vous voyez trop petit, madame Perret !

— Pardon ?

— Bien sûr que l'on ne va pas remplacer les intérimaires par des contrats précaires. On doit dégager des bénéfices ? Bien. Quel est notre poste de dépenses le plus élevé ? La masse salariale. Ce qu'il faut, c'est réduire les effectifs.

— Et comment comptez-vous faire tourner le magasin ?

— Les salariés s'adapteront ! Au lieu d'avoir trois agents dans un rayon, prévoyez-en deux.

— Mais les salariés ne seront jamais d'accord !

— Qui a dit qu'on allait leur demander leur avis ?

— Vous ne pensez pas ce que vous dites, rassurez-moi… Vous allez épuiser la main-d'œuvre et le climat social va se dégrader dans ces conditions de travail…

— Eh bien si l'ambiance de travail se ternit, ils passeront moins de temps à discuter de leur vie personnelle et travailleront davantage.

— Cela ne fera qu'augmenter le nombre d'arrêts de travail. Je ne suis pas du tout d'accord avec cette méthode.

— Je ne vous demande pas votre avis, madame Perret. Je suis directeur de ce magasin et les actionnaires attendent que je rende leurs investissements prospères.

— Et moi, monsieur Choisy, je suis responsable des ressources humaines et mon rôle est de veiller au bien-être des salariés de cette enseigne.

— Ils ne sont pas au bagne non plus. S'ils ne sont pas contents, il y a des chômeurs qui cherchent du travail. Rappelez-leur que nul n'est indispensable ! Revoyez vos prévisions comme je vous l'ai demandé et transmettez-les-moi avant ce soir. Merci madame Perret.

Je suis écœurée par la discussion que je viens d'avoir. Depuis sa nomination deux ans auparavant, mon travail est devenu progressivement purement administratif. Chaque idée que je propose est mise au rebut. Ma mission principale est devenue la quête aux réductions de coûts. Je regrette son prédécesseur, Maurice Carlier. Lui avait du respect pour les gens. Aujourd'hui, je ne suis plus que le larbin de Choisy, ce misogyne qui ne considère que son intérêt. Je n'ai pas étudié pour faire ça. Malgré mon manque d'enthousiasme et d'énergie, je m'applique à la tâche au plus vite. Après ça, je ne pourrai plus regarder les salariés dans les yeux. J'ai l'impression de les trahir. Comme j'aimerais pouvoir rentrer à la maison, me lover dans les bras de Lucas, un verre de vin blanc dans la main, et lui raconter mon entrevue. Je lui dirais toute ma colère et on se moquerait de Choisy, de sa perruque, de son pantalon en velours côtelé qu'il remonte trop haut sur sa taille et de ses manies de vieux garçon.

Dans le courant de l'après-midi, je fais une pause pour contacter le Cnaop. J'ai besoin de réponses à mes questions. J'informe mon interlocutrice de mon accord pour transmettre mon identité à ma fille.

— Vous devez savoir que révéler votre identité ne débouchera pas forcément sur une prise de contact. Certains enfants ont besoin de mettre un nom, un prénom, un âge sur la figure biologique sans pour autant aller plus loin, sans souhaiter rencontrer le parent en question. Je conçois que cela peut être frustrant d'attendre des nouvelles qui ne viendront jamais. Mais vous ne devez pas oublier que vous n'avez aucun droit sur l'enfant. Il est libre de créer ou non un lien avec vous.

L'idée que peut-être je ne verrai jamais ma fille m'oppresse. Comment gérer cette attente ? Comment vivre chaque jour avec cette espérance ?

En fin de journée, je me rends au bureau de poste. Je serre quelques instants la lettre contre mon cœur avant de la déposer dans la boîte. Je suis heureuse, je place beaucoup d'espoir dans cette lettre.

Je suis en train de cuisiner quand on frappe à la porte.

Mince ! J'avais oublié l'agent immobilier ! J'essuie mes mains à la hâte sur un torchon et me précipite à la porte. Je suis étonnée de voir que Lucas accompagne l'agent.

— Bonjour monsieur, dis-je en serrant la main au jeune homme vêtu d'une veste de costume grise et d'une chemise fleurie. Lucas ? Je ne pensais pas te voir ce soir.

— J'ai pensé que ce serait mieux que je sois là.

— Je m'en serais très bien sortie toute seule.

Je les laisse entrer et commence la visite de l'appartement. Nous parcourons chaque pièce et l'agent relève les atouts. Il ne repère aucun inconvénient qui diminuerait le montant de l'estimation. Le quartier est attrayant et la résidence, très prisée. Rien de nouveau sous le soleil. Je sais ce que vaut mon logement et connais les difficultés à en trouver un de ce standing sur un marché déjà tendu.

— Je vous enverrai l'estimation par e-mail demain. Surtout, si vous décidez de mettre en vente votre appartement, contactez-moi, me dit-il en me tendant sa carte de visite.

Je l'accompagne à la porte tandis que Lucas attend dans le séjour. Tout à coup, un éclair me traverse l'esprit. Le cadre ! J'accours avant qu'il ne découvre la photo d'Alix. Je me place devant le buffet afin qu'il ne puisse pas distinguer le cliché.

— Bon ben voilà, l'estimation est faite. Il n'y a plus qu'à attendre le fameux e-mail.

— Ça va ? Tu te sens bien ? me questionne-t-il.

— Oui, pourquoi ?

— Je ne sais pas, tu es bizarre.

— Ah bon ? Non, pourquoi tu dis ça ?

— Je ne sais pas. Une intuition.

— Depuis quand tu as de l'intuition ?

— Très drôle.

— Bon, je te raccompagne. Après toi ! dis-je en lui montrant le chemin.

Il regarde derrière mon dos, suspicieux.

— Qu'est-ce que tu caches ?

— Rien.

— C'est quoi, le cadre derrière toi ?

— Un cadre.

— Montre-le-moi !

— Non.

— Pourquoi ça ? Si tu as un nouveau copain, pas de problème. Pas besoin de faire des cachotteries.

Ah mince ! J'aurais espéré qu'il serait jaloux. La situation est farfelue et dans un autre contexte, je l'aurais trouvée drôle, mais pas aujourd'hui.

— Bon, tu me le montres, ce cadre ?

— Non, je n'y tiens pas.

Sans me demander mon avis, il s'empare du cadre et l'observe, stupéfait. Ce n'est décidément pas ce qu'il s'attendait à voir. Je me sens bête.

— Voilà, content ?

— Je suis désolé. Je pensais trouver une photo de toi avec ton nouveau compagnon.

— Tu peux me le rendre maintenant ?

— Attends... C'est qui ce bébé sur la photo ?

— Ça ne te regarde pas.

— Je pense que si.

— C'est moi.

— Ne me prends pas pour un idiot. J'ai vu assez d'albums photo de toi lorsque tu étais enfant pour savoir qu'il ne s'agit pas de toi. Et puis, la photo semble beaucoup trop récente...

— ...

— Alors ?

— Alors quoi ?

— C'est qui ?

— Je te répète que cela ne te regarde pas.

— Est-ce que ce bébé est le nôtre ?

— Quoi ? Mais non !

— Tu es sûre ?

— Oui !

— Si tu avais eu un bébé… de moi… tu me l'aurais dit, n'est-ce pas ?

— Bien sûr ! Comment peux-tu en douter ?! Je n'arrive pas à croire que tu puisses imaginer une chose pareille !

— Je ne sais pas… Tu m'as clairement donné ton avis sur le sujet. Tu ne veux pas d'enfant.

— Oui, mais… je te l'aurais dit si c'était arrivé. Et tu l'aurais remarqué ! On se voyait tous les jours.

— OK, je te crois. Mais qui est-ce alors ?

— Je ne veux pas me montrer irrespectueuse, mais je pense que maintenant tu devrais partir.

— D'accord, je m'en vais. Je te trouve vraiment étrange. Je ne sais pas ce que tu me caches et…

— Laisse tomber Lucas. Tout cela ne te concerne pas. Continue ta vie sans t'occuper de moi. C'est mieux.

Il quitte l'appartement, confus.

29

Le courrier du cœur

Trois semaines passent durant lesquelles la routine a repris son cours. Les journées de travail se ressemblent, entre réunions où je ne fais désormais plus que de la figuration et paperasse. Je suis satisfaite d'avoir terminé les travaux de décoration de mon appartement. Chaque pièce a été relookée, de la cuisine à la chambre à coucher, en passant par la salle de bains et le bureau. Je n'ai pas touché à la chambre d'amis. Mon cœur me dit de la repeindre pour en faire une chambre de jeune fille, au cas où Alix viendrait y séjourner le week-end, cependant, je ne dois pas me bercer d'illusions. Elle doit avoir récupéré mes coordonnées maintenant et pourtant, elle ne m'a pas encore donné de nouvelles. L'attente me semble interminable. J'échange régulièrement des messages avec Delphine. Sa consultation avec le spécialiste de la fécondité s'est bien passée, bien que son discours ne soit pas des plus optimistes. Comme moi, elle ne doit pas se faire d'illusions. Dans un premier temps ils doivent faire des tests pour découvrir la cause de leur infertilité, ensuite chercher une solution à leur problème. Il s'agit d'un processus long et incertain. Elle se montre déterminée et y croit dur comme fer, peu importe le temps que ça prendra. Sa foi en l'avenir s'est réveillée. J'aimerais avoir le même état d'esprit. Ces derniers jours je me sens lasse. Et si je l'invitais à passer le week-end chez moi ? Me réjouissant d'avance, je lui envoie un message dans la foulée. Elle accepte avec joie.

Bien sûr Gabrielle peut se joindre à toi.

Damien et Gabrielle sont d'accord. Ce sera cool ! Merci.

Samedi matin, Delphine et Gabrielle arrivent à « la capitale », comme elles disent. Cette dernière me raconte comment sa sœur a failli les tuer sur le périphérique.

— Ils sont complètement fous ces Parisiens ! Ils ne savent pas rouler. Ils zigzaguent de gauche à droite, te coupent la route, ils n'utilisent même pas leurs clignotants... De véritables dangers publics. Je comprends pourquoi leurs voitures sont cabossées. J'ai jamais eu aussi peur de ma vie.

— Moi non plus, ajoute Gabrielle.

— Oh toi c'est bon, réplique Delphine, remontée comme un coucou.

— Attends, tu roules tellement mal que même le GPS a prié !

— Tu te crois maligne ? Avec un copilote comme toi, je suis vernie. Tu n'as pas été fichue de me trouver la bonne sortie ! On a dû refaire deux fois le tour du périphérique.

— Tu as vu le bazar ?! Il y a des panneaux partout, des routes qui se croisent...

— Plus jamais ! La prochaine fois je prends le train.

— Et tu penses que tu t'en sortiras mieux en métro ? se moque Gabrielle. Tu as déjà vu le plan du métro ?

Je ris tout mon soûl en imaginant la scène. Nous buvons un café puis je les emmène faire les boutiques sur les Champs-Élysées avant de déjeuner dans une brasserie. Elles sont émerveillées par les monuments qu'elles découvrent et la beauté des boutiques.

— Ouch, tu as vu Gaby, le prix du sac à main ? 4 500 euros ! Il me faudrait travailler quatre mois pour me le payer. À ce prix-là, je n'oserais pas le sortir du placard, lance Delphine, ahurie devant la vitrine de luxe. Et puis tu as vu, il y a des vigiles en costard à la porte, avec une oreillette comme dans les films avec James Bond.

J'ai l'impression de promener deux fillettes dans un parc d'attractions. Elles s'extasient devant la tour Eiffel et Montmartre. Delphine se fait tirer le portrait dans le quartier des artistes peintres tandis que Gabrielle cherche un cadeau souvenir à ramener à Arthur.

Le soir, je les emmène dans un bar bien fréquenté de mon quartier.

— Qu'est-ce que vous voulez boire les filles ?

— Bloody Mary pour moi, répond Gabrielle, le regard scrutant chaque recoin de l'endroit.

— Idem pour moi mais sans vodka s'il te plaît, ajoute Delphine.

— Un Bloody Mary sans vodka ? T'es sérieuse là ? Un jus de tomate, quoi ! réagit Gabrielle.

— Attends un peu… Tu n'aurais pas quelque chose à nous annoncer ? C'est étrange ce refus d'alcool tout à coup.

— Je suis enceiiiinte ! s'écrie Delphine comme une hystérique.

— Quoi ?! Mais tu ne m'as rien dit, espèce de connasse ! lance Gabrielle en la prenant dans ses bras.

— Déjà ? Mais tu m'avais dit que ça prendrait du temps avec les tests et tout ça…

— Oui et c'est vrai. C'est fou, je suis tombée enceinte naturellement, lors de notre week-end en amoureux.

— C'est fantastique Delphine. Félicitations ! Je suis très heureuse pour vous, dis-je en l'enlaçant à mon tour.

— Il paraît que ça arrive parfois que le blocage se débloque. J'ai de la chance on dirait.

— Tu le mérites tellement…

Nous commandons deux Bloody Mary et un jus de tomate et trinquons à nos retrouvailles.

— Comment ça se passe de ton côté, Gabrielle ? je questionne.

Delphine ne lui laisse pas le temps de répondre et prend la parole pour elle.

— Elle est déprimée depuis qu'elle a appris que Max s'est inscrit à l'émission *L'amour est dans le pré.*

— Ah bon, pourquoi ?

— Arrête Delph, tu dis n'importe quoi !

— Arrête toi-même ! Bouge-toi si tu veux qu'il se passe quelque chose.

— Tu as un faible pour Maxime ?

Elle me fixe timidement avant de se confier.

— Oui, j'aime bien Max.

— Tu l'aimes bien ? ajoute sa sœur pour la taquiner. Tu es raide dingue de lui !

— Tu le lui as dit ?

— Non, elle a peur qu'il lui réponde qu'il n'est pas intéressé.

— Tu vas arrêter de répondre à ma place oui !

— Il faut toujours te tirer les vers du nez, argumente Delphine.

Leurs chamailleries me font sourire. Je commande une deuxième tournée de Bloody Mary et de jus de tomate et tente d'en découvrir davantage.

— Tu crois qu'il a des doutes sur tes sentiments ?

— Non je ne pense pas.

— Il est pas devin, si elle ne lui dit rien, il ne le saura pas.

— Cette fois Delphine a raison. Tu devrais lui dire.

— Je ne suis pas son genre.

— Comment peux-tu en être si sûre ?

— … Il est trop tard de toute façon. La semaine prochaine il se rend à Paris pour le tournage de l'ouverture des lettres des prétendantes.

— Pourquoi ne lui écrirais-tu pas une lettre toi aussi ?

— C'est vrai, Manon a raison. Écris-lui une lettre d'amour.

— Je ne sais pas faire ça, moi.

— On peut t'aider si tu veux, propose Delphine en ajoutant une pincée de sel de céleri dans son verre.

— Depuis quand tu sais écrire des lettres d'amour, toi ? Tu n'as jamais écrit autre chose que des listes de courses.

— Pff, n'importe quoi ! J'ai déjà laissé des mots tendres à Damien, qu'est-ce que tu crois. Je ne suis pas obligée de tout te dire.

Les voilà qui se chamaillent de nouveau. Elles sont comme chien et chat toutes les deux, mais on voit qu'elles débordent d'amour l'une pour l'autre. Je sors mon calepin et un stylo de mon sac à main devant la mine médusée de Gabrielle.

— Qu'est-ce que tu vas faire ?

— On va écrire ta lettre d'amour pour Maxime, je réponds, sûre de moi.

Cette fois c'est Gabrielle qui commande une nouvelle tournée. Je commence à ressentir les vapeurs d'alcool. Mes pensées ont basculé dans une autre dimension.

— Allez, on commence. « Cher Maxime, je ne serai qu'une énième lettre parmi toutes celles que tu recevras… »

— Attends Manon, tu es mal placée pour me donner des conseils. Qu'as-tu fait pour reconquérir ton mari ?

— Ce n'est pas la même chose. J'ai mis en place une stratégie qui nécessite du temps.

— Bla-bla-bla. J'écris une lettre à Max si tu écris une lettre à ton ex.

Ma raison crie qu'il s'agit d'une très mauvaise idée, mais mon autre moi qui prend vie lorsque je suis en état d'ébriété adore les situations improbables.

— Défi accepté ma chère ! je réponds en lui faisant un check.

Delphine, seule personne sobre, s'en donne à cœur joie. Elle sirote tranquillement son verre en nous écoutant émettre alternativement des propositions.

— Je rêve encore de tes fesses musclées…

— Et ta façon de prendre soin de tes chèvres…

— Tes mains puissantes sur mes cuisses me font frissonner…

— L'énergie que tu déploies dans ta ferme au quotidien…

— Tes orteils de pied grec où se dressent fièrement quelques poils épais…

— Et ta détermination et ton engagement à aider les agriculteurs à mieux vivre…

— Tes yeux quand tu regardes mes seins comme s'ils étaient des bonbons…

— Ta barbe douce qui caresse mes joues lorsque tu m'embrasses…

— Ta façon de me tenir la main quand on marche dans la rue… et ton humour qui m'a valu de beaux fous rires…

— Ah oui, c'est bien ça. Moi aussi, ton humour qui me fait tant rire et oublier mon passé…

— Ton intelligence et tes compétences m'ont impressionnée dès le début…

— Tu es un être bienveillant et plein de bonté…

— Tes qualités de manager et ta volonté d'instaurer un climat de bien-être dans ton service…

— Je suis prête à me mesurer à toutes les prétendantes qui oseront me défier…

— Tu étais et tu resteras l'homme de ma vie…

— Et me battrai s'il le faut pour gagner ton cœur…

— Si tu reviens, je te promets de te rendre heureux.

— Je n'ai pas de grandes qualités mais je sais que je peux faire de toi un homme heureux et comblé…

— Et de te donner ce que tu attends avec tant d'impatience…

— Je suis disponible pour travailler avec toi à la ferme…

— Je suis désormais prête…

Nous signons chacune notre lettre, satisfaites d'avoir su poser par écrit ce que notre cœur nous dictait. Gabrielle réussit à se procurer deux enveloppes auprès du serveur et nous déposons un timbre sur chacune d'elles. Sur le trajet qui nous ramène chez moi, nous tombons sur une boîte aux lettres. Gabrielle, déterminée et pompette, s'empresse d'y insérer nos lettres. L'alcool nous ayant rendues gaies, nous nous mettons à chanter à tue-tête ♫ *Les Nuits parisiennes* de Louise Attaque.

♫ Et j'vis toujours des soirées parisiennes
Et j'voudrais vivre des soirées brésiliennes
Et t'emmener haut, te saluer bas chanter des chansons
Chanter tout bas notre amour pour les quatre saisons
Commencer par voir si c'est pour aujourd'hui
Ou bien tout ça si c'est pas compris
J'voudrais bénéficier de ton absence
J'voudrais savoir pour ce soir...

30

Tu t'es vue quand t'as bu ?

J'ai mal aux cheveux. Quand je pénètre dans la cuisine, mes deux invitées sont déjà levées.

— Bonjour les filles, vous êtes matinales.

— Je ne sais pas comment tu fais pour dormir avec ce potin dehors. Je ne sais pas combien de fois j'ai été réveillée par les klaxons de voiture, les gens qui crient, les moteurs et j'en passe. Et puis votre air est irrespirable.

— Question d'habitude. Sinon, bien dormi ?

— Hormis le bruit, impeccable ! Enfin pour moi, parce que Gaby a la tête dans le cul.

— Non, j'ai juste une migraine. Manon, t'aurais pas un Doliprane ou un truc dans le genre ?

— Bien sûr.

— Je fouille dans mon armoire à pharmacie et lui tends un comprimé et un verre d'eau.

— Qu'est-ce que vous voulez faire aujourd'hui les filles ? jc questionne.

— Mon rêve serait d'aller au château de Versailles. J'ai toujours rêvé de marcher dans ses jardins sur les traces de Mme de Montespan, répond Delphine, des étoiles dans les yeux.

— Tu ne choisis pas la meilleure, c'était une vraie pétasse, répond Gabrielle.

— Tais-toi, tu n'y connais rien.

— Appelons un chat, un chat, et un cul, un cul. Comment tu appelles une femme mariée qui séduit un homme lui aussi marié ?

— Ne vous battez pas. Peu importe qui a commencé. Si tu veux, Delphine, je vous emmène à Versailles.

Il n'a pas fallu le répéter deux fois. Delphine est la première devant la porte, pressant sa sœur de se dépêcher. Comme à son habitude, elle en profite pour la taquiner au passage.

— Tu aurais dû faire comme moi, Gaby, boire du jus de tomate. Tu aurais les idées plus claires.

Alors que nous marchons sur le trottoir pour regagner ma voiture, je vois la boîte aux lettres. Je m'arrête devant et interpelle les filles.

— C'est amusant. Cette nuit j'ai rêvé que Gabrielle postait une lettre dans cette même boîte.

— Ce n'était pas un rêve, intervient Delphine, amusée.

— Comment ça, ce n'était pas un rêve ? Qu'est-ce que tu veux dire ?

— Vous avez vraiment mis deux lettres dans cette boîte.

— Pourquoi deux lettres ? s'inquiète Gabrielle. Oh mais ça me revient ! Merde ! Delphine, dis-moi que je n'ai pas fait ça !

— Euh… si. Vous avez écrit une lettre chacune, pour Maxime et Lucas.

Je me sens défaillir. Quelles conneries j'ai bien pu écrire ? Je ne me rappelle pas.

— De quoi je parlais dans cette lettre, Delphine ?

— Moi je sais Manon, on a rédigé une lettre d'amour, précise Gabrielle.

— Tu te souviens précisément ?

— J'ai pris une photo si tu veux voir, Manon, ajoute Delphine en cherchant son téléphone dans son sac.

— Montre-moi, vite !

Elle s'exécute tandis que Gabrielle et moi nous regardons avec crainte. Nous voyons défiler au passage quelques photos de la soirée sur lesquelles nous affichons fièrement nos grimaces. Je lis la lettre et me retrouve dans un état de panique. Gabrielle semble finalement se résigner.

— Tant pis, c'est fait. On ne peut plus revenir en arrière. Advienne que pourra !

— Je n'en reviens pas d'avoir agi de la sorte. Habituellement, je ne fais pas ce genre de choses. Je contrôle tout dans ma vie. Qu'est-ce qui m'est passé par la tête ?

— De la vodka, propose Gabrielle en pouffant de rire.

— Il faut absolument que je récupère cette lettre, dis-je en tentant de glisser ma main à l'intérieur de la boîte. Je n'arrive pas à atteindre le courrier. Zut ! Ma main est coincée. Aidez-moi !

Au lieu de ça, elles éclatent de rire et me regardent me battre avec la boîte pour en extirper ma main.

— Je n'y arriverai pas de cette manière. Il faut que je la récupère le jour de sa distribution. Quelle adresse ai-je mis sur l'enveloppe ?

— Aucune idée. Je n'ai pas fait attention.

— Il ne peut y avoir que deux possibilités. Soit au travail, soit chez sa maîtresse. La levée du courrier se fera demain, donc le facteur la distribuera mardi. Il faut que je la réceptionne avant.

Sur le trajet qui nous mène à la fabuleuse demeure du Roi-Soleil, je reste silencieuse. Mon cerveau est en ébullition, imaginant d'une part la réaction de Lucas en lisant la lettre, certes flatteuse mais qui me retirerait toute crédibilité, et d'autre part un moyen de la récupérer avant lui.

— Tu aurais dû m'empêcher de faire cette bêtise, Delphine.

— Je pensais que c'était une bonne idée. Excuse-moi.

— Ce n'est pas ta faute. Je n'ai pas réfléchi.

— En même temps, on ne peut pas avoir les idées claires en étant pompette.

— Lucas va me trouver ridicule.

— Il saura ce que tu as sur le cœur. C'est bien aussi de lâcher prise parfois et d'être vrai. Au mieux, il sera touché de savoir que tu l'aimes encore, au pire, il trouvera la démarche amusante.

Nous passons deux heures à déambuler dans les allées des jardins, en admiration devant les statues et les bassins. Delphine est aux anges. Elle me confie sa joie d'avoir foulé cet endroit magique. Gabrielle, quant à elle, me fait une déclaration surprenante.

— Quand je t'ai vue la première fois, je me suis dit : « Qu'est-ce qu'elle vient faire chez nous cette pétasse, avec ses fringues de bourgeoise, son accent de Parisienne et son 4 × 4 polluant ?! » Finalement, maintenant que j'ai appris à te connaître, je pense que tu es une fille cool.

Sortant de la bouche de Gabrielle, je sais que ce compliment est sincère.

Nous nous quittons en milieu d'après-midi. Mes deux invitées me remercient pour le week-end extraordinaire qu'elles ont passé à la capitale. Elles m'ont appris à aimer la campagne, je me devais de leur faire découvrir mon monde citadin. C’est en s’ouvrant aux autres et à leur environnement que l’on comprend le mieux les gens.

— Embrassez fort René de ma part !

— Ce sera fait ! À bientôt !

— Prends bien soin de toi Delphine. Et Gabrielle, je croise les doigts pour Maxime et toi, dis-je en lui faisant un clin d’œil.

— Merci Manon, idem.

31

Alix ♥

Lundi matin, je vais travailler avec des pieds de plomb. C'est la première fois de toute ma carrière que je ressens un tel manque d'entrain. J'ai toujours été passionnée par mon travail et excitée à l'idée de relever de nouveaux défis. J'en suis amenée à m'interroger sur mon désir de garder cet emploi. J'ai besoin de me sentir utile dans ce que je fais et aujourd'hui, je ne me sens plus alignée avec mes valeurs professionnelles. Le temps est venu pour moi de changer d'horizon.

Pour la pause déjeuner, je descends faire quelques emplettes dans le magasin. J'achète des yaourts, du jambon et, en me promenant dans le rayon fruits et légumes, j'ai un déclic. En observant la provenance des produits, une idée me traverse l'esprit. Je me souviens du discours de Maxime et des difficultés que rencontrent les agriculteurs. Tous ces aliments calibrés provenant d'Espagne, moins chers pour le consommateur, ne pouvons-nous pas les remplacer par les récoltes de nos agriculteurs français ? Et pourquoi ne pas vendre les fruits et légumes qui ont une forme étrange ou une couleur moins conventionnelle ? Sans perdre de temps, je m'entretiens avec mon collègue chef de rayon Dany. Il trouve mes idées intéressantes mais m'expose l'impossibilité de les appliquer en raison de la rigidité de la centrale d'achats qui impose les mêmes conditions d'approvisionnement à tous les magasins de la chaîne. Je retourne à mon bureau, déçue mais pas vaincue pour autant. Je m'enfonce dans mon fauteuil et me tourne vers la fenêtre. À quelques pâtés de maisons a lieu le petit marché hebdomadaire du quartier. Quelques exposants seulement pour vendre les aliments de première nécessité comme les fruits et légumes, les produits de la crémerie, la viande et le poisson. Dans ma tête, une étude de marché est en route. Alléluia ! Je contacte immédiatement Maxime pour lui faire part de mon idée.

— J'ai réfléchi à notre discussion de la dernière fois au sujet des faibles marges des agriculteurs et j'ai pensé à une solution qui pourrait vous aider.

— Continue, ça m'intéresse.

— Pourquoi ne pas ouvrir une supérette exclusivement approvisionnée par les producteurs locaux ?

— Un peu comme un système de coopérative. Ça peut être bien en effet, mais où veux-tu ouvrir ça ?

— Ce genre de magasin peut être implanté partout où des gens ont besoin de faire leurs courses. Écoute, de plus en plus de personnes prennent en compte l'aspect éthique dans leur consommation. Et si tu promets un revenu décent aux producteurs locaux, les gens auront le sentiment de faire une bonne action tout en ayant l'assurance d'acheter des produits de qualité. Le terroir est une valeur sûre.

— Je suis d'accord avec tes arguments. Le problème, c'est comment se lancer dans une telle aventure ? Nous sommes doués pour nous occuper de nos exploitations mais de là à gérer un supermarché avec de la paperasse, etc.

— Ça, j'en fais mon affaire. Es-tu partant ?

— Oui, peut-être. À quel endroit tu penses créer ce genre de magasin ?

— Pour commencer, chez vous, dans votre campagne bourguignonne.

— Pourquoi pas.

— Je vais monter un business plan et faire une étude de marché et je reviens vers toi ensuite pour t'expliquer ma démarche.

— OK. Merci pour ta sollicitude.

— De rien. Et sinon, ça donne quoi, *L'Amour est dans le pré* ?

— Eh bien, rien pour le moment. Beaucoup de lettres reçues. Le tournage a lieu mercredi en région parisienne.

— Et comment te sens-tu ?

— Anxieux. On ne parle que de ça ici, je suis la star locale. J'ai même été interviewé par le journal. Ils ont fait un article sur moi.

— Bravo !

— À dire vrai, j'ai un peu perdu ma tranquillité. Mais c'est amusant. Pour l'instant.

— Et euh... Tu as eu des déclarations de prétendantes dans tes connaissances ?

— Non, pas spécialement. Pourquoi tu me demandes ça ?

— Non, comme ça. Au cas où cette popularité aurait soudainement réveillé des sentiments chez certaines femmes.

Je prévois de travailler sur le projet le soir même à la maison.

En attendant, je dois justifier mon salaire de DRH. Bien que je ne sois pas très motivée pour m'atteler à la vérification de plannings et à la rédaction de contrats de travail, j'accomplis mes tâches (et non plus mes missions) avec mon habituelle conscience professionnelle.

Je suis tout à coup interrompue par une notification sur mon téléphone portable.

Bonjour. Je ne veux pas vous déranger, mais j'ai eu vos coordonnées par le Cnaop. Je m'appelle Alix et il semblerait que vous soyez ma mère biologique.

À la lecture du message, je me lève d'un bond. Mon cœur se met à battre la chamade et mes membres tremblent. Ma fille ! Elle veut s'entretenir avec moi. Je suis à la fois heureuse et anxieuse. Je commence la rédaction d'une réponse, puis l'efface et recommence. Je ne sais par quoi débuter. Comment dois-je l'appeler ? Est-ce que je dois la tutoyer ou la vouvoyer ? C'est ma fille, que j'ai portée dans mon ventre. Je n'arrive pas à croire que ce jour soit arrivé. Les larmes me montent aux yeux, je suis émue.

Bonjour Alix, je suis dans la joie d'avoir de tes nouvelles...

C'est à ce moment-là que M. Choisy – ou devrais-je dire le Jean-Claude Dusse arrogant et misogyne –, vient me déranger. Il ne semble pas apprécier de me voir sur mon téléphone.

— M. Guignot m'a fait part d'un problème avec l'une de ses employés de rayon, m'informe-t-il. Je pense qu'il faudrait voir à la licencier.

— Et de qui s'agit-il ?

— Sophie Jouvin.

— Encore ? M. Guignol, pardon M. Guignot est déjà venu me voir à ce sujet.

— Oui, justement, c'est la raison pour laquelle il s'est tourné vers moi. Puisque vous n'avez rien fait pour régler la situation…

— Attendez monsieur Choisy, je pense que M. Guignot exagère à ce propos. Sophie Jouvin est une jeune femme dynamique et sérieuse. On ne peut pas la licencier parce qu'elle est arrivée en retard plusieurs fois. C'est ridicule.

— Si chaque salarié arrive en retard, c'est la débandade. Il y a un règlement à respecter, et il est le même pour tout le monde.

— Sophie Jouvin a des circonstances atténuantes. Elle est mère célibataire et sa nounou a été hospitalisée. Il faut faire preuve de compréhension à son égard. Ce n'est pas toujours facile de trouver un mode de garde en dernière minute.

— Les femmes veulent l'égalité ? Très bien, qu'elles assument maintenant !

— Puisque vous parlez d'égalité, ça tombe bien. Pouvez-vous m'expliquer pourquoi, dans votre magasin, les hommes accèdent plus facilement aux postes à responsabilité, et pourquoi ils gagnent 20 à 30 % de plus que leurs collègues féminines à poste égal ? Il me semble pourtant que le groupe a signé un accord sur ces questions.

— Ne faites pas de zèle avec moi, madame Perret, ou devrais-je plutôt dire mademoiselle Darras ? Je vous rappelle que je suis le directeur de ce magasin et votre supérieur hiérarchique, et que vous êtes là pour appliquer mes directives. Je vous demande donc d'entamer une procédure de licenciement à l'encontre de Sophie Jouvin et de la convoquer au plus vite.

Je suis sidérée par sa requête. Les bras m'en tombent. Je m'approche de mon interlocuteur en le pointant du doigt. À ce moment précis, j'ai très envie de lui faire manger sa perruque ou de la lui agrafer sur le crâne.

— Écoutez-moi bien, monsieur Ducon, il n'est pas envisageable que je licencie cette fille qui se montre bien plus courageuse que vous ne le serez jamais caché dans votre bureau.

— Pour qui vous prenez-vous ? Vous me devez le respect !

— Je ne vous dois rien du tout.

— Dans ce cas, je vous informe que vous êtes, vous aussi, licenciée !

— Avec plaisir, Ducon ! C'est une joie pour moi de vous dire d'aller vous faire voir !

— Vous pouvez tirer un trait sur vos indemnités de licenciement.

— Ah vous croyez ? Je vous conseille de ne pas jouer à ce jeu-là avec moi. Vous oubliez que je suis DRH et que je connais le Code du travail mieux que vous.

— Cassez-vous !

— Avec plaisir, c'est demandé si gentiment...

Qu'est-ce que ça fait du bien, de se lâcher ! Je range mes affaires et sors de mon bureau, soulagée. Je souhaite bon courage à mes deux assistantes et les remercie pour leur compagnie ces dernières années. Christine a les larmes aux yeux tandis que l'autre reste interdite. Soudain, Lucas apparaît. Il me tire par le bras pour m'emmener dans ce qui est maintenant mon ancien bureau.

— Mais c'est quoi ce bordel ? Émilie vient de me prévenir que tu t'étais fait virer !

— Oui et non.

— Comment ça, oui et non ?

— Je n'en pouvais plus de ce pauvre con !

— Mais merde, Manon, c'est quoi ton problème ? Tu pètes les plombs ma parole !

— Mon problème ?! Parce que d'après toi, c'est ma faute ?

— Reconnais que tu n'es plus toi-même depuis un certain temps. Comment tu vas faire sans boulot ?

— Si c'est pour toi que tu t'inquiètes, rassure-toi, je ne te demanderai pas de prestation compensatoire.

— Ce n'est pas pour ça que je dis ça. Je me fais du souci pour toi, c'est tout.

— Alors je te le répète Lucas, je vais très bien. Bien mieux que tu ne le penses. Encore plus aujourd'hui, vois-tu. Je ne pouvais plus travailler avec un pauvre type qui me rabaissait et m'amputait chaque jour un peu plus de mes missions.

— Oui, mais tu aurais dû trouver un autre travail avant. On ne quitte pas un poste sans assurer ses arrières. Je ne te reconnais pas, Manon. Avant tu étais responsable et tu mesurais chacune de tes actions.

— Donc pour toi, je fais preuve d'irresponsabilité ?

— La Manon que je connais n'aurait jamais agi de cette façon.

— Eh bien, peut-être que la Manon que tu connais n'est plus tout à fait la même, en effet. Elle a envie de davantage écouter son cœur et de laisser sa spontanéité s'exprimer.

— …

— Pour ton information, j'ai un projet en cours qui va me demander du temps et de l'énergie. Et sur le plan personnel aussi, je vais avoir besoin d'être disponible.

Je sens que sa curiosité est attisée mais je ne veux rien lui dire. Je lui souhaite bonne continuation dans son poste et le quitte, sereine.

Je reste quelques instants dans ma voiture pour répondre au message d'Alix. Je ne veux pas la faire attendre ou lui faire croire qu'elle n'est pas une priorité.

> Bonjour Alix, je suis dans la joie d'avoir de tes nouvelles. J'attendais ce moment avec impatience. Je suis consciente que cette prise de contact est particulière, peut-être douloureuse, mais je te promets de faire mon possible pour être disponible et répondre à chacune de tes questions. J'ai hâte de faire ta connaissance.

J'appuie sur le bouton d'envoi et mes larmes se mettent à couler sur mes joues. Un peu de pression qui retombe mais surtout beaucoup de bonheur. Je me sens revivre. Je rentre le cœur joyeux et plein de reconnaissance. Je ne quitte plus mon portable de peur de manquer un appel ou un message d'Alix. Stimulée, je me lance tout de suite dans le business plan de ma supérette.

Alix n'a pas répondu à mon message. Peut-être a-t-elle peur ? J'aimerais la contacter et la rassurer, mais je préfère la laisser venir à moi quand elle sera prête, je ne voudrais pas la brusquer.

Je n'ai pas beaucoup de souvenirs de ma grossesse mais ce qu'il m'en reste provoque chez moi une multitude d'émotions. Par exemple le jour où j'ai appris que j'étais enceinte. Un jour banal en apparence. Après les cours, j'ai préparé mon sac pour la piscine. J'étais inscrite dans un club de natation depuis des années. La peur s'est emparée de moi quand j'ai vu les tampons dans la poche intérieure. Je n'arrivais plus à me souvenir de la dernière fois que j'en avais porté. J'ai sorti mon calepin pour vérifier la date de mes dernières règles. J'avais un mois de retard. Ce n'était pas possible, la première et seule fois où j'avais eu une relation sexuelle avec mon petit copain. Il s'était protégé, non ? Et si… on n'avait pas été assez prudents ce soir-là ? J'avais un peu bu, je ne me souvenais que vaguement de la soirée. Je suis allée à la pharmacie acheter un test de grossesse et j'ai uriné sur le bâton comme l'indiquait la notice. J'étais dans tous mes états. Je devais attendre deux minutes. Les minutes les plus longues de ma vie. Je ne lâchais pas le bâtonnet des yeux. J'ai vu une deuxième barre apparaître, qui confirmait que j'attendais bien un enfant. Je ne me sentais pas prête à en parler à ma mère. J'ai laissé quelques semaines passer. J'avais la trouille. Et un jour, elle a trouvé étrange que je sois prise de nausées tous les matins, alors qu'auparavant je prenais un petit déjeuner copieux. Au début, elle a pensé à une gastro, puis elle a compris. Elle était furieuse. Elle a immédiatement pris rendez-vous à l'hôpital pour un avortement, mais il était trop tard. Je devais aller au bout de ma grossesse. Elle m'a ordonné de ne pas prendre de poids et de cacher mon ventre dans des vêtements plus amples afin que personne ne le découvre. Les hormones faisant leur travail, je vivais des moments de joie intense et d'autres où je me sentais désespérée et à bout de forces. C'était l'année du bac avec les révisions, les visites de salons étudiants et les choix de parcours d'études. J'étais épuisée. Je me souviens que ma mère me forçait à avaler quantité de vitamines pour que ma grossesse ne pompe pas toute l'énergie dont mon cerveau avait besoin pour réussir mes examens. Le dernier trimestre, je sentais le bébé bouger et me donner des coups de pied. C'était magique. Le soir, lorsque je me couchais, je passais des heures à caresser mon ventre et à parler au petit être qui grandissait en moi. C'était notre moment à tous les deux.

Durant les échographies, je sentais ma joie à son comble. J'étais rassurée chaque fois que j'entendais son petit cœur battre. La naissance aurait lieu fin juillet si tout allait bien. Deux mois avant, ma mère a décidé que ce serait un accouchement sous X. Elle avait tout organisé. Je n'étais pas d'accord mais ses arguments pesaient lourd. Je lui faisais confiance. Elle avait toujours su prendre bien soin de moi. Et finalement, je l'ai écoutée. Il y a eu les résultats du bac. Bien sûr, je l'avais obtenu, à la plus grande fierté de ma mère. J'étais également admise en école supérieure. Comme tout cela me paraissait secondaire à l'époque !

Un soir, nous étions en train de regarder la télé quand mes contractions ont commencé. Espacées, puis de plus en plus proches et douloureuses. Elle a sorti le sac avec mes affaires qu'elle avait déjà préparé des semaines plus tôt et elle m'a emmenée à la maternité. La première chose qu'elle m'ait dite c'est : « Une chance que ton père soit en voyage d'affaires cette semaine et que ton frère soit encore en Allemagne. » Au fur et à mesure que nous nous rapprochions de l'hôpital, la tristesse m'envahissait. Je savais que la joie de faire connaissance avec mon bébé signifiait aussi la douleur de la séparation. Une délivrance pour ma mère, un déchirement pour moi. Oui, c'est ça, je me sentais amputée d'une partie de moi, déchirée dans ma chair.

Quelques heures plus tard, on m'annonçait qu'il s'agissait d'une petite fille. J'ai à peine eu le temps de la contempler. J'ai déposé un baiser sur ses cheveux, puis ils l'ont rapidement emmenée, à la demande de ma mère. Je me souviens de ses orteils minuscules, de sa peau toute rose, de ses grands yeux qui m'ont vue un fragment de seconde. Mon ventre était vide. Je ne sentais plus la vie à l'intérieur. Juste la mort. Ma mort de femme féconde.

Peut-on parler de deuil de la maternité ? Ma mère s'est occupée des papiers avec la sage-femme. Elle m'a laissée choisir son prénom, en me précisant que la famille adoptive pourrait le changer si elle le souhaitait. Ce serait Alix. Celle qui protège. Au moins saura-t-elle, contrairement à moi, ne pas abandonner ceux qu'elle aime.

J'ai pleuré pendant des heures, des jours, des semaines. Je restais enfermée dans ma chambre. J'ai même arrêté de m'alimenter presque tout l'été. Ma mère me forçait à avaler les aliments qu'elle me préparait. Lorsque mon père a demandé pourquoi je semblais si malheureuse, elle lui a répondu que c'était un chagrin d'amour et que je me remettrais vite. Je savais qu'elle s'inquiétait pour moi. Mais je n'en avais rien à faire. C'était un peu une manière de la punir pour le mal que j'endurais. Que deviendrait ma fille ? Qui prendrait soin d'elle ? La rentrée universitaire est arrivée. Je suis partie en internat. Un soulagement de ne plus vivre dans cette maison où j'avais cru mourir. Je ne savais plus ce qui avait du sens. Et puis, il y a eu des rencontres qui m'ont aidée à revivre, comme celle de mes voisines de chambre. Je devais me ressaisir. Je me suis plongée dans les études pour oublier.

32

Ressemblance

Mardi matin, je regarde les reflets du soleil sur mes draps et m'étire avec délectation. Je prends mon temps. Aller au bureau n'est plus au programme. Je me sens libérée de cette routine en laquelle je ne trouvais plus de sens. J'ai malgré tout un pincement au cœur pour tous mes collègues qui devront subir les foudres de M. Choisy. J'aimais l'idée d'instaurer un climat agréable au sein du personnel et de veiller à ce qu'il perdure, ou de rédiger des contrats de travail qui donnaient l'opportunité aux salariés de contracter un prêt immobilier ou tout simplement de s'assurer que le salaire permettrait aux familles de satisfaire leurs besoins les prochains mois. Je n'ai rien à regretter, j'ai fait de mon mieux pour le bien de chacun. Je n'étais pas la directrice avec qui l'on pouvait faire du copinage bien sûr, mais je savais offrir une oreille attentive à ceux qui traversaient des tempêtes. Jusqu'à ce que M. Choisy arrive et mette en place un management de profit où les échanges gagnant-gagnant n'existent plus.

Je me redresse d'un bon en me souvenant de la lettre que j'ai envoyée à Lucas. Il faut que je fasse un saut au bureau pour tenter de la récupérer.

Je pénètre discrètement au service courrier et fouille la bannette de la logistique en croisant les doigts pour trouver l'enveloppe qui porte mon écriture. Aucune trace de la lettre. Je réfléchis. Soit le facteur ne la distribuera que demain, soit elle a été envoyée chez sa copine. Me voilà dans une situation gênante. Je ne peux quand même pas attendre devant sa boîte aux lettres. Je passerais pour une folle. Il ne me reste plus qu'à lâcher prise. Au pire, je raconterai à Lucas qu'il s'agissait d'une blague ou d'un pari. Je retourne chez moi pour continuer mon étude de marché.

Je reçois un message de Karine, la femme du meilleur ami de Lucas. C'est une fille sympathique mais sa nature casanière n'a pas fait de nous des amies proches. Même si nous nous entendons bien, elle n'a jamais montré l'envie de nous voir souvent. En revanche son mari Ludovic et Lucas se voient très régulièrement. Ils aiment se rejoindre dans un bar quelquefois le vendredi soir et jouent au foot ensemble. Fervents supporters de la même équipe, ils se rendent parfois à des matchs. Ils m'ont envoyé une invitation pour le baptême de leur fils qui aura lieu dimanche. Lucas est le parrain et étant son épouse, ils m'ont proclamée marraine par alliance. J'avais prévu de ne pas y aller car je ne supporterais pas de voir mon mari parader avec sa nouvelle copine, mais Karine insiste pour que je vienne.

Je sais que vous traversez une période compliquée et je suis de tout cœur avec vous. Si ça peut te convaincre Audrey ne sera pas là. Ça me ferait plaisir de te revoir à cette occasion. Tiens-moi au courant. Bises. Karine

OK, tu peux compter sur moi.

Super ! Merci 😉

Je sors faire quelques emplettes dans le quartier et en profite pour acheter une tenue pour dimanche. Je veux être séduisante pour mon mari. Je ne peux concevoir de le laisser indifférent. Ce qui prouve que je suis encore loin d'être libérée de mes sentiments et de cet ascenseur émotionnel qui me rend chèvre.

Après deux heures de lèche-vitrines et d'essayages, je trouve enfin mon bonheur, une jolie robe bustier blanche en dentelle et volants qui met en valeur ma peau dorée et mes bras fins.

Je passe le reste de la journée à travailler, satisfaite de la tournure que prend mon projet. J'épluche les petites annonces à la recherche d'un local. En faisant une moyenne de prix du marché immobilier, je pourrai ajuster le montant des charges et calculer le besoin de financement.

Le lendemain, je reçois enfin un message d'Alix. Quoi de mieux pour commencer la journée ?

Bonjour, je m'excuse de répondre tardivement. J'ai eu beaucoup de choses à faire. J'aimerais apprendre à vous connaître si vous voulez bien.

Bonjour Alix, comment vas-tu ? Pas de souci pour ta réponse. Prends le temps nécessaire. C'est avec plaisir que je répondrai à tes questions. Que veux-tu savoir ?

Je vais bien, merci. J'ai vu sur mon document de naissance que vous aviez 34 ans. Êtes-vous mariée et avez-vous des enfants ?

Oui je suis mariée mais non je n'ai pas d'autre enfant. Et toi ? As-tu des frères et sœurs ?

Non, je suis fille unique. Pourquoi n'avez-vous pas d'enfant ?

Sa question me met mal à l'aise. Comment lui expliquer que j'ai toujours pensé ne pas avoir la fibre maternelle, ne pas être capable d'être une bonne mère ?

Parce que j'avais peur de ne pas être à la hauteur. Où habites-tu ?

Paris 9e arrondissement.

Ma fille ne vit qu'à quelques kilomètres. Peut-être ai-je pu la croiser. Aurais-je pu la reconnaître ?

Quel métier faites-vous ?

Je suis directrice des ressources humaines. Et toi, tu fais des études ?

Oui, je suis en terminale.

Quelle voie souhaites-tu suivre après le baccalauréat ?

Je voudrais étudier la médecine.

C'est un beau choix. Bravo.

Merci. Accepteriez-vous de m'envoyer une photo de vous ?

Bien sûr.

Je lui transfère une photo prise lors de nos dernières vacances dans le sud de la France sur laquelle je pose, souriante, devant la mer Méditerranée. Sa réponse me fait sourire.

Vous êtes jolie.

Merci. J'aimerais beaucoup voir une photo de toi si tu es d'accord.

Mon cœur s'emballe à l'idée de découvrir le visage de ma fille. Je l'ai si souvent imaginée. De nombreuses fois, j'ai passé des heures à éplucher les profils de jeunes filles au prénom d'Alix sur les réseaux sociaux pour scruter leurs traits et y déceler peut-être une ressemblance avec moi mais il y en avait tellement. Autant chercher une aiguille dans une botte de foin. J'éclate en sanglots lorsque la photo s'affiche. Elle est aussi blonde que je suis brune mais elle a hérité de mes yeux et de mon sourire. Elle me ressemble. Son selfie a été pris dans un jardin. Elle porte un tee-shirt rose et ses yeux verts sont légèrement maquillés. Je devine de la tristesse dans son regard. Peut-être en suis-je responsable ?

Tu es une très belle jeune fille.

Merci. Je dois vous laisser maintenant. Bonne journée.

Merci, belle journée à toi aussi. Au plaisir d'avoir de tes nouvelles Alix.

À ce moment précis je suis remplie de gratitude. Ma fille semble aller bien, elle est intelligente et a des projets d'avenir. Je suis sur le chemin de la guérison.

33

Un bébé de l'amour

Samedi, alors que je traîne en pyjama sur mon canapé, au milieu des tableaux et des calculs de seuil de rentabilité, mon téléphone annonce l'arrivée d'un message.

Bonjour, j'espère que vous allez bien. Accepteriez-vous de me rencontrer ? Alix.

Bonjour Alix, je vais bien, merci et toi ? C'est avec plaisir que je te rencontrerais. Dis-moi quelles sont tes disponibilités et quel endroit te conviendrait.

Je garde mon appareil dans les mains, immobile, dans l'attente d'une réponse. J'entends les pulsations de mon cœur dans mes tempes. Je fixe mon écran pour m'assurer de ne pas manquer son message. Comme c'est idiot.

On peut se voir dans un café si vous voulez. Pas très loin de chez moi il y a La Terrasse gourmande sur le boulevard Poissonnière. Ça vous irait ?

Cela me convient parfaitement.
À quelle heure es-tu disponible ?

Vers 15 heures ?

Très bien. À tout à l'heure Alix.

Je n'arrive pas à croire que je vais enfin faire la connaissance de ma fille. C'est irréel. J'ai besoin de partager cette nouvelle avec quelqu'un. Ma première pensée est pour Lucas mais je ne peux pas encore lui dire. Je décide d'appeler René. Je sais qu'il se réjouira pour moi.

— René, j'ai une bonne nouvelle à t'annoncer. Cet après-midi j'ai rendez-vous avec ma fille !

— Quelle surprise ! Tu dois être exaltée ?

— Oui, et anxieuse aussi.

— Ne t'inquiète pas, tout se passera bien. Sois toi-même, simplement. Vous avez du temps à rattraper toutes les deux.

— J'espère que tu dis vrai.

— Au fait, Delphine m'a raconté votre petit week-end. Elle était ravie.

— Oui c'était sympa. On a passé un très bon moment toutes les trois.

— Elle m'a expliqué pour la lettre.

— Oh mon Dieu, la lettre ! Elle m'était complètement sortie de la tête. Lucas a dû la recevoir à l'heure qu'il est.

— Tu m'avais pourtant dit que tu ne buvais plus d'alcool ?

— Je n'étais pas ivre mon oncle, juste gaie.

— Tu l'étais suffisamment pour faire des idioties. Je ne sais pas ce qu'il y avait dans cette lettre mais ça a bien fait rire Delphine.

— Oh, il s'agissait juste d'une déclaration d'amour. Je sais ce que tu penses. Tu m'avais pourtant conseillé de faire profil bas…

— N'en parlons plus. J'aimerais tout de même que tu me dises comment réagit Lucas. Cette situation a le mérite d'être amusante.

— Promis.

Nous dévions ensuite sur mon licenciement et sur mon projet de supérette. Il se montre enthousiaste et termine la conversation par un « je suis fier de toi ma petite-nièce » plein de tendresse.

Je suis tellement stressée que mon ventre est noué. Je ne parviens pas à avaler le moindre morceau au déjeuner. Je reste des dizaines de minutes devant mon dressing sans réussir à me décider pour une tenue. Lorsque j'aperçois l'heure qui avance, je crains d'être en retard. J'attrape alors un jean et un chemisier blanc à rayures bleues et enfile une veste cintrée bleu électrique par-dessus. Je m'observe dans le miroir. J'ai l'impression de me préparer pour un entretien d'embauche. Reflété-je une image dynamique qui pourrait plaire à une jeune fille de dix-sept ans ? Dois-je attacher mes cheveux ? Avec ou sans rouge à lèvres ? Je suis tendue comme une arbalète. C'est comme si mon avenir tout entier dépendait de cette entrevue. Et, comme dit l'adage, on n'a jamais deux occasions de faire une première bonne impression.

Arrivée la première, je m'installe à une table au fond de la salle, intime mais baignée de lumière grâce à la fenêtre qui donne sur une ruelle. Je ne sais plus quoi faire de mes mains. J'ai passé mon index sur chacun de mes ongles en guise de déstressant et remonté mes manches sur mes avant-bras une bonne quinzaine de fois. Le serveur vient me demander ce que je désire boire. Je lui réponds que j'attends quelqu'un et le remercie de repasser plus tard.

J'aimerais avaler un café mais m'imaginer les mains tremblantes devant ma fille qui doit elle-même ne pas être sereine me coupe toute envie de caféine. Elle est en retard. Et si finalement elle avait changé d'avis ? Et si elle ne venait pas ? Toutes sortes de scénarios me passent par la tête. Et si elle avait eu un accident ? Tout à coup je la vois apparaître sur le seuil de la porte. Elle porte une veste en jean noire, un tee-shirt Levi's et un pantalon blanc. Je me lève pour lui faire signe de me rejoindre. Quand elle me voit enfin, je la sens hésitante. Je m'approche d'elle et la prends dans mes bras. Je ne sais pas ce qui m'a pris, un élan de tendresse je crois. C'est comme si je la connaissais depuis toujours. Je m'aperçois que mon geste est maladroit car elle semble surprise et mal à l'aise.

— Excuse-moi. Je ne voulais pas t'embarrasser. Tu vas bien ?

— Oui, merci.

— Veux-tu boire quelque chose ?

— Un Coca s'il vous plaît.

J'appelle le serveur pour lui commander un verre de Coca et un thé.

— Tu viens souvent par ici ? je l'interroge.

— Non, c'est la première fois mais je passe parfois dans le quartier.

J'ai des milliards de questions à lui poser, pourtant je ne sais par où commencer. Nos boissons arrivent. Je règle la note et verse l'eau chaude dans ma tasse. La tension est palpable.

— Ils ont aussi de délicieuses pâtisseries si tu veux.

— Non merci. Je n'ai pas faim.

J'inspire profondément et me lance.

— Je suis très heureuse de te rencontrer.

— …

— Tu es venue en métro ?

— Oui. Je n'habite qu'à trois stations d'ici. J'avais prévu de venir à pied mais j'étais en retard alors j'ai préféré prendre le métro.

— Alors, dis-moi tout. Comment t'appelles-tu exactement ?

— Alix Pauline Manon Lemaire.

— Tes parents adoptifs ont gardé le prénom que je t'ai donné ainsi que mon prénom, c'est gentil de leur part. Et Pauline ?

— C'est le prénom de maman.

C'est étrange de l'entendre appeler sa mère adoptive « maman », alors que c'est moi qui l'ai portée dans mon ventre et qui lui ai donné la vie.

— Et ton papa, comment s'appelle-t-il ?

— Daniel.

— Que font-ils comme métier ?

— Mon papa est kinésithérapeute et ma maman, infirmière.

— Je comprends maintenant pourquoi tu t'orientes vers des études de médecine. Tu veux me parler de ton enfance ? Enfin, je pose beaucoup de questions, je suis désolée. Tu dois vouloir m'en poser toi aussi. Je t'écoute.

— Pourquoi m'avez-vous abandonnée ?

Je ne m'attendais pas à ce qu'elle aille aussi droit au but. J'aurais aimé aborder des sujets plus généraux tels que les loisirs, les amis, les goûts vestimentaires, musicaux et culinaires par exemple. Ses bras, posés sur la table, sont croisés contre sa poitrine. Je baisse les yeux vers l'emballage de thé vide que je froisse entre mes doigts nerveusement.

— À vrai dire je n'aime pas utiliser ce mot « abandonner ». Je préfère dire « confier ».

— C'est pourtant ce que vous avez fait.

— Quand je suis tombée enceinte j'avais à peine ton âge. Tu as dû toi-même calculer j'imagine. Ma mère a pensé que c'était mieux de te confier à une autre famille. Elle craignait pour mon avenir.

— J'étais une erreur de parcours en fait ?

— … En réalité je ne te vois pas du tout comme une erreur de parcours. Tu étais là et je crois que c'est pour une bonne raison. Je n'ai jamais voulu te laisser à quelqu'un d'autre mais j'étais obligée. J'avais la pression de ma mère. J'aurais dû me battre pour te garder. Je n'ai pas eu ce courage. Tu dois savoir que j'ai pensé à toi chaque jour de ces dix-sept dernières années, que chaque 16 juillet mon cœur saignait. Je me rassurais en me disant que tu étais sûrement plus heureuse avec des parents qui t'aiment vraiment plutôt qu'avec une gamine sans stabilité. Avais-je tort ou raison ? Je n'en sais rien. As-tu été heureuse ?

— Mes parents m'ont apporté tout l'amour qu'il leur était possible de me donner. Ils ont pris soin de moi.

— Je leur en suis très reconnaissante. Savent-ils que nous devions nous rencontrer ?

— Oui. C'est maman qui m'a poussée à le faire.

— Ah bon ? Tu la remercieras de ma part.

— Je ne peux plus malheureusement.

— Pourquoi ça ?

— Elle est morte des suites d'un cancer, répond-elle, les yeux embués.

— Je suis terriblement désolée.

— Quand elle était sur le point de partir, elle m'a encouragée à demander mon dossier de naissance. Au début je ne voulais pas et puis j'ai changé d'avis.

— Pourquoi tu ne voulais pas ?

— Parce que j'avais peur d'être déçue. Je me suis posé des tas de questions. Quel genre de personne est ma mère biologique ? J'avais peur d'être issue d'une mauvaise famille ou d'être le fruit d'un inceste, d'un viol ou je ne sais quoi d'autre… Et puis, j'avais aussi peur d'être abandonnée une seconde fois. Et si vous ne vouliez pas me rencontrer ? Je me suis imaginé que vous aviez déjà une famille…

— Il n'y a rien de tout ça. De toutes ces craintes que tu viens de m'énumérer, aucune n'est vraie.

— J'ai eu une super enfance mais je me suis toujours sentie différente des autres. J'avais un vide en moi que je ne savais pas expliquer…

Elle émet un profond soupir puis reprend, tandis que je pose ma main sur la sienne.

— Vers l'âge de treize ans j'ai fait en quelque sorte une crise identitaire. Je ressentais beaucoup de colère. Je me demandais à qui je ressemblais et pourquoi je ne méritais pas d'être aimée par ma vraie mère. À l'adolescence on a besoin de repères et je ne trouvais pas de réponses à mes questions.

— Et cette colère, s'est-elle atténuée ?

— Oui, en grande partie. C'est l'adolescence, on est tous un peu rebelles à cette période je pense. J'ai eu beaucoup de chance car mes parents se sont montrés très patients et compréhensifs avec moi.

— Et aujourd'hui, comment te sens-tu ?

— Je suis partagée dans mes sentiments car même si j'ai une famille qui m'aime, des amis, etc., eh bien je me sens comme un livre dans lequel il manque des pages. Je pensais pouvoir surmonter mon abandon jusqu'à ce que ma maman tombe malade. J'ai eu envie de connaître mes racines, mes origines. J'en ai parlé à maman et avec l'aide de papa, on a demandé à avoir des informations sur vous.

— Tu as bien fait. Tu sais, tu ne dois pas penser que tu ne mérites pas d'être aimée. C'est moi qui t'ai confiée, tu n'y es pour rien.

— Vous pouvez me parler de moi bébé ?

— Tu étais magnifique. Je peux te montrer une photo si tu veux, dis-je en sortant le cliché de mon sac à main. Regarde, c'est toi. Tu as vu comme tu étais jolie ? Tu l'es toujours d'ailleurs.

— C'est le jour de ma naissance ?

— Oui. Après ça, tu as été placée en pouponnière jusqu'à ce que les services à l'enfance te confient à ta famille adoptive.

— Je ne savais pas que vous aviez une photo de moi.

— Elle ne m'a jamais quittée. J'ai aussi ton premier bavoir.

— C'est vrai ?

— Oui, c'est vrai.

Je sors le morceau de tissu rose de mon sac et le lui tends.

— Durant ma grossesse j'aimais beaucoup sentir tes petits coups. Je te parlais souvent.

— Pour me dire quoi ?

— Que tu ne devais pas t'inquiéter, que tout irait bien. Que je trouverais une solution.

— Mais vous n'avez pas tenu votre promesse.

— Oui et non. Je ne t'ai pas gardée, c'est vrai, mais je pensais que tu serais plus heureuse dans une autre famille.

— Vous m'avez vraiment aimée alors ?

Je la regarde dans les yeux. Je sens une infinie tendresse sortir de mon cœur. Elle scrute mes lèvres dans l'attente de ma réponse.

— Oui, je t'ai follement aimée. Tu ne dois jamais en douter.

J'aperçois un léger sourire à la commissure de ses lèvres. Je la sens un peu plus sereine, comme rassurée. Elle me laisse caresser sa main.

— Et mon père ?

— On était tous les deux dans le même lycée. Il s'appelait Bastien Morin. Il était très mignon et j'en étais très amoureuse. C'était mon premier petit copain.

— Il était amoureux lui aussi ?

— Oui, très. Tu étais un bébé de l'amour.

Je suis heureuse de la voir sourire.

— Mais on était trop jeunes et trop bêtes surtout.

— Et ensuite ? Vous êtes restés ensemble combien de temps ?

— On a rompu quelques mois avant ta naissance.

— Pourquoi ?

— Parce que ça n'allait plus entre nous.

— Comment il a réagi lorsque vous lui avez annoncé la grossesse ?

— Il m'a demandé de me faire avorter car il était effrayé à l'idée que ses parents l'apprennent.

— C'est pour ça qu'il a rompu ?

— En quelque sorte. Il n'était pas prêt à assumer.

— Quel con !

— Il était jeune.

— Quel con quand même !

Nous nous mettons à rire toutes les deux comme deux copines. Elle regarde sa montre.

— Je vais devoir partir. J'ai une dernière question à vous poser. Pourquoi n'avez-vous pas eu d'autres enfants ? Vous m'avez dit ne pas être à la hauteur.

— Parce que je m'en voulais de t'avoir laissée. Je me disais que si je n'avais pas su prendre soin de toi, alors je ne pourrais pas non plus prendre soin d'un autre enfant.

— Et votre mari ?

— C'est un peu compliqué entre nous en ce moment.

— Vous êtes en froid ?

— Nous sommes séparés.

— Pourquoi ? Je suis indiscrète, ça ne me regarde pas, pardon.

— Non ce n'est rien. J'ai vécu une période difficile et je n'étais plus disponible pour lui. Il a alors rencontré une autre femme.

— Oh, je suis désolée. Et vous l'aimez encore ?

— Oui. Beaucoup.

— Peut-être que ça s'arrangera.

— Peut-être.

— Je vais y aller maintenant.

— OK. Ça m'a fait très plaisir de te rencontrer.

— Merci d'avoir accepté de me voir.

— De rien. On recommence quand tu veux.

— D'accord. Je vous recontacterai.

Elle allume son téléphone et se lève.

— Mon père m'attend.

— Au revoir Alix.

Je la prends dans mes bras et respire ses cheveux. Cette odeur m'est familière alors que dix-sept ans ont passé. Est-il possible que mon cerveau l'ait mémorisée ? Je replace une mèche de cheveux derrière son oreille. Elle est douce comme de la soie sous mes doigts. J'ai besoin de toucher ma fille. Pour la rendre bien réelle peut-être, et pour renouer ce lien rompu le jour où la sage-femme a coupé le cordon ombilical.

Je rentre chez moi, à la fois épuisée tant les émotions étaient intenses et folle de joie. Toutes mes appréhensions se sont envolées. Bien qu'elle n'ait pas évoqué l'avenir, je me sens apaisée. Notre entrevue s'est bien passée, le climat était agréable, tout en douceur. Je l'ai vue s'ouvrir petit à petit comme une fleur. J'espère que mes réponses l'ont convaincue. Je ressens beaucoup de peine qu'elle ait perdu sa maman. Elle devait être quelqu'un de bien, c'est certain. Je me poste à la fenêtre de mon balcon, l'air me caresse le visage. Je prononce une rapide prière.

Je souhaite de tout mon cœur que ma fille et moi apprenions à nous connaître et tissions des liens.

J'envoie un message à René.

Coucou mon oncle, j'ai rencontré Alix. Elle est charmante. Nous avons beaucoup discuté et tout s'est passé à merveille. Je suis très heureuse. Je t'embrasse.

Je vous souhaite beaucoup de bonheur toutes les deux. Gros bisous ma petite-nièce.

34

L'amour donne des ailes

Dimanche matin.

La journée d'hier a eu sur moi un effet... Je n'ai pas de mots tant ma joie chante dans tout mon être. Je n'aurais pas été plus heureuse si Bradley Cooper était apparu nu dans ma chambre pour m'apporter le petit déjeuner au lit. J'aime ces matins d'humeur joyeuse où je suis déterminée à cueillir le bonheur.

J'ai enfilé ma jolie robe. Sa blancheur me renvoie une image de pureté et de renaissance, comme une robe de baptême. Le symbole d'une nouvelle vie, d'une nouvelle « moi ». Je me sens dans la peau d'un ange de bienveillance pour moi-même. Cette pensée me fait sourire.

Lorsque je me gare sur le parking de l'église, la voiture de Lucas est déjà là. Il a toujours été ponctuel, moi pas. Et ça ne m'a jamais posé de souci car ceux qui sont en retard sont en général de bien meilleure humeur que ceux qui les attendent. Il y a du monde sur le parvis. J'avance en cherchant un regard familier. Mes yeux se posent alors sur Lucas qui me fixe lui aussi. Il me rend mon sourire et fait quelques pas vers moi.

Je lui tends une joue et le laisse y déposer un baiser.

— Toujours à l'heure ! me taquine-t-il.

— Il faut savoir se faire désirer dans la vie.

— Tu entres avec moi ?

— Oui si tu veux. Tu n'as pas emmené cette chère Audrey avec toi ?

— Non, j'ai pensé que ce serait gênant. Et puis Karine ne la connaît pas encore.

— Comment, tu n'as pas présenté ta nouvelle amoureuse ?! dis-je sur un ton ironique et en lui tirant le bout de ma langue.

— Ne commence pas.

— Si tu as peur que je te fasse une scène, tu peux tout de suite être rassuré. Je suis d'excellente humeur.

— Moi qui pensais te trouver déprimée, après notre rupture et la perte de ton boulot…

— Tu t'es trompé. Ce ne sera pas la première fois. N'est-ce pas Hubert ?

— Je ne vois pas de quoi tu parles.

— Ah bon, tu es sûr ? Je peux te rafraîchir la mémoire si tu veux. J'ai de nombreux exemples sous le coude.

— Tu as l'air bien énervée.

— Je suis juste heureuse.

— Je ne sais pas ce qui te met dans cet état mais le bonheur te va bien. Tu es très belle.

— Merci, je réponds de mon plus beau sourire (vainqueur).

On se tait soudain, sommés par les chuchotements des voisins du rang derrière qui ne semblent pas apprécier notre conversation. Nous pouffons discrètement. La cérémonie commence. Le prêtre prononce les mots d'accueil puis fait avancer les parents, parrain et marraine sur l'estrade afin de bénir l'enfant. Cette fois, c'est moi qui dévore Lucas des yeux. Je le trouve super beau dans son costume en lin.

La cérémonie terminée, chacun se salue et discute à la sortie de l'église tandis que le photographe immortalise l'instant. Je profite d'une légère accalmie pour rejoindre Karine et Ludovic qui ne savent plus où donner de la tête. Je les félicite pour la cérémonie et les remercie pour l'invitation.

Une heure plus tard, nous nous retrouvons tous à la salle des fêtes louée pour l'occasion. La décoration est très festive. Des ballons bleus et blancs sont accrochés un peu partout et des petites fioles remplies de dragées sont disposées sur chaque table. Lucas et moi nous asseyons l'un à côté de l'autre comme le prévoit le plan de table, en face des parents du jeune baptisé. Je sens comme un vent de conspiration souffler sur nous. Je ne serais pas surprise que Karine ait manigancé mon rapprochement avec Lucas. Elle me lance un clin d'œil complice. Le soleil nous invite à emporter nos verres dans le jardin où des petits groupes se sont constitués. Lorsque nos voisins de table disparaissent, Lucas en profite pour m'entraîner à le suivre dans un endroit plus tranquille.

— Tu ne vas pas me violer quand même ? dis-je en riant.

— Pourquoi, tu serais d'accord ?

— Je ne sais pas. Peut-être.

Je me sens tout à coup mal à l'aise de flirter avec Lucas dans le dos d'Audrey.

— Je voudrais te parler de ça, annonce-t-il en sortant ma lettre de la poche intérieure de sa veste.

Je me sens défaillir. J'ai tellement été prise cette semaine que j'en ai oublié ma boulette du week-end dernier.

— Ah, tu l'as reçue ?!

— Oui. Ça veut dire quoi ?

— Ne fais pas attention, c'était un pari.

— Depuis quand fais-tu des paris ?

— C'était pour m'amuser. J'étais en soirée avec des copines, on a bu un peu et l'une d'elles a lancé le pari d'envoyer une lettre à son ex.

— Ah parce que tu t'es mise à boire aussi ?! Je découvre une nouvelle Manon.

— Ça veut dire quoi ça ? Qu'avant j'étais coincée ?

— Tu étais un peu une maniaque du contrôle, je dirais.

— Allez, j'ai gagné mon pari, tu peux me la rendre maintenant.

— Non, je vais la garder encore.

— Tu es dingue ! Et si Audrey tombe dessus ?

— Elle a confiance en moi et ne fouille pas dans mes affaires.

— À la bonne heure ! lancé-je en avalant mon verre d'un trait.

Lucas me regarde, stupéfait.

— Soit dit en passant, c'est assez flatteur. Surtout le passage qui parle de mes fesses.

J'éclate de rire en me cachant le visage dans mon bras. Il se met à rire lui aussi.

— Tu penses ce que tu as écrit ou les compliments font aussi partie de la blague ?

— Tout est sincère, mon cher. Mais ce n'est pas une surprise, tu savais tout ça…

— Non justement, je ne savais plus.

— Arrête de dire n'importe quoi.

— Je suis sérieux, Manon. Ça faisait bien longtemps que tu ne me montrais plus ton admiration et ton amour. Souviens-toi, même quand je te demandais si tu m'aimais, tu me répondais : « Oui, tu le sais ! »

— Je suis désolée si je n'ai pas été à la hauteur de tes attentes.

— Pardon, je ne voulais pas te faire de reproches.

Nous retournons à table pour un second verre tandis que l'animateur de la fête monte le volume de la musique et invite chacun à se déhancher. Afin de permettre à Karine de suivre son mari sur la piste, je lui propose de me confier son jeune enfant. Elle me remercie et me tend Titouan. Je le prends dans mes bras et lui parle avec douceur. Il m'adresse de grands sourires et babille de bon cœur. C'est idiot mais c'est comme si je rachetais le temps. Je ressens beaucoup de joie à m'occuper de ce petit garçon. C'est une découverte agréable. Lucas m'observe, amorphe.

— Ben alors, tu viens danser ? je lui propose, décidée à m'amuser.

— Tu vas prendre Titouan avec toi ?

— Oui, regarde, ton filleul adore ça, je réponds en effectuant de légers mouvements du bassin.

— Mais Manon, c'est la première fois que je te vois aussi à l'aise avec un enfant. Qu'est-ce qui t'arrive ?

— Karine aussi a le droit de s'amuser. Elle ne va pas rester assise sur sa chaise toute la journée.

Il me regarde avec attention et décode chacun de mes gestes.

— Tu ferais une super maman.

— Sûrement.

— Sûrement ? Jusqu'à il n'y a pas si longtemps, ton discours était tout autre.

— Je crois que je suis prête maintenant.

Je l'abandonne pour me réjouir sur la piste avec mon nouvel ami Titouan. Il n'y a aucun doute, j'ai tapé dans l'œil de ce petit.

Le repas se déroule à merveille, l'ambiance est joviale et les discussions fusent d'un côté à l'autre de la table.

— Au fait, que comptes-tu faire pour le travail maintenant que tu es au chômage ?

— Détends-toi, tu as l'air plus stressé que moi.

— Justement, ça ne semble pas t'inquiéter. Ça me surprend de ta part.

— Je t'ai dit que j'avais un projet en cours.

— C'est quoi au juste ce projet ?

— La création d'une supérette.

— Ah carrément ! Tu te lances dans une sacrée aventure. Tu fais ça toute seule ?

— Oui, pourquoi ? Tu ne m'en sens pas capable ?

— Bien sûr que si, tu es très intelligente. Tu le sais. Mais c'est beaucoup de travail.

— Oui c'est vrai, mais je suis très inspirée.

— Je te trouve très différente ces derniers temps. Dis-moi ce qui se passe. Tu es amoureuse ?

— Pourquoi tu penses à ça ?

— Parce que je sais que l'amour donne des ailes.

— Et tu dirais quoi si je te disais oui ?

— Que je suis content pour toi. Tu as le droit d'être heureuse.

— Et toi, tu es heureux ?

— Ça se passe bien.

— Ta réponse n'est pas très convaincante.

— Audrey est une fille bien. C'est ce qui m'a plu chez elle. Elle est gentille et elle prend soin de moi.

— Tu t'en sers comme doudou, en somme. J'ai entendu dire qu'il ne fallait pas faire sa vie avec quelqu'un de gentil mais plutôt avec quelqu'un qui nous fait vibrer.

— Parfois la personne qui nous fait vibrer peut nous rendre malheureux.

— Donc c'est ça, ta solution pour ne pas souffrir, vivre une vie gentille et médiocre ?

— Audrey n'est pas médiocre.

— Parle-moi d'elle.

— Pourquoi ?

— Comme ça. J'aimerais comprendre ce qu'elle a de plus que moi.

— Tu sais bien que les comparaisons ne servent à rien. Chacun est différent, avec ses qualités et ses défauts.

— Je sais ce que tu es en train de faire. Tu essaies de noyer le poisson. Alors, pourquoi elle excelle alors que j'ai échoué ? Qu'a-t-elle de plus que moi ?

— … Elle n'a rien de plus que toi. Elle est différente.

— Ça veut dire quoi, elle est différente ? Que moi, je suis commune ?

— Non, tu n'as rien de commun. Tu es particulière. Singulière. Spéciale.

— Sois plus clair, Hubert, dis-je sur un ton désinvolte. Elle est différente et je suis singulière. Tu m'expliques ?!

— Mais qu'est-ce que tu veux entendre au juste ?

— La vérité. Même si ça doit faire mal. Je veux comprendre. C'est légitime, non ?

— Tu veux la vérité, très bien. Tu m'as toujours impressionné, Manon Darras. Tu es déterminée, pleine de ressources, entreprenante, volontaire… La première fois que je t'ai vue, lorsque tu me faisais passer mon entretien d'embauche pour le poste de responsable logistique, j'étais sous le charme. Tu étais belle mais surtout, tu dégageais une telle confiance en toi… C'était la première fois qu'une femme m'intimidait à ce point. Quand j'ai commencé à travailler, je cherchais tout le temps un moyen de passer te voir. Je voulais apprendre à te connaître.

— Ah oui, je m'en souviens. C'était trop drôle.

— J'essayais d'attirer ton attention lors des réunions. Quand tu m'as laissé t'embrasser j'étais le plus heureux des hommes.

— Waouh ! Je ne m'attendais pas à ça.

— L'alcool désinhibe. J'espère que je ne vais pas regretter mes paroles.

— Je sais ce que c'est. Moi, j'écris des lettres quand j'ai un verre dans le nez, je m'esclaffe.

— On change avec le temps. C'est la vie.

— Tu sembles résigné.

— J'accepte le changement et je m'adapte.

— Mais parfois on fait des mauvais choix et puis on regrette. Il faut se donner les moyens de réparer, tu ne crois pas ?

— Je ne sais pas. C'est parfois plus simple de tourner la page.

— Un vieil homme m'a tenu un discours très intéressant. Dans son monde, on répare les choses plutôt que de les remplacer. Pour rester amoureux de son conjoint il faut le reconquérir constamment.

— Oui, mais il faut être deux pour ça.

Je prends sa dernière remarque comme un reproche. Je sais au fond de moi qu'il a raison.

— C'est vrai, j'ai saboté notre relation. Je te demande pardon. On peut peut-être encore recoller les morceaux ? je finis par lâcher, audacieuse.

— Il est trop tard. Il y a Audrey maintenant.

Pour oublier sa réponse, je nous sers un nouveau verre de vin et me précipite sur la piste pour me défouler.

L'après-midi, chacun profite d'un rayon de soleil pour se prélasser sur la pelouse. Les hommes, dont Lucas, mènent une partie de football tandis que je tiens compagnie à Karine et à sa sœur. Le petit Titouan s'est endormi à côté de moi sur la couverture que nous avons installée sur l'herbe. Je le regarde dormir. Il est apaisé, son souffle est lent et par moments, de petites mimiques apparaissent sur son visage de poupon. Je pense à ma fille et à tous les doux moments que j'ai manqués avec elle.

Alors que tout le monde retourne dans la salle pour manger le gâteau, je reste lézarder quelques minutes au soleil. C'est tellement bon de sentir les premiers rayons chauds de l'année sur sa peau. Lucas me rejoint et s'allonge à côté de moi.

— Tu comptes les nuages ? me questionne-t-il, moqueur.

— Non, je contemple la beauté du ciel et apprécie le souffle doux du vent sur mon visage.

— Serais-tu devenue poète ? me taquine-t-il.

— Je suis surtout gaie d'avoir bu ce délicieux chardonnay, je glousse.

— Tu es magnifique quand tu ris. Ça m'a manqué.

— Merci.

— Au fait, tu ne m'as pas dit, qui est le bébé sur la photo ?

Je tourne mon visage vers lui. Je lis dans ses yeux le point auquel cela l'intrigue.

— C'est ma fille.

— Comment est-ce possible que tu aies une fille et que je ne sois pas au courant ?

Je lui raconte toute l'histoire, de ma grossesse à mes retrouvailles avec Alix. Il est stupéfait.

— Voilà, tu sais tout.

— Pourquoi ne m'as-tu rien dit ?

— Parce que j'avais trop honte. J'avais peur que tu ne m'aimes plus si je te révélais la vérité.

— Non, j'aurais essayé de te comprendre.

Je ne peux retenir quelques larmes qu'il essuie délicatement avec son pouce. Je me redresse, prends une profonde inspiration pour chasser ma nostalgie et lui souris.

— Allez viens, on va déguster la montagne de choux, dis-je en le tirant par la main.

J'avais presque oublié à quel point c'est agréable de serrer ses doigts entre les miens.

Le soir je rentre chez moi à la fois heureuse d'avoir pu passer une journée si agréable avec Lucas et triste de savoir qu'il a rejoint Audrey. En sortant de la douche, je m'aperçois qu'il m'a envoyé un message.

Merci pour cette journée. J'ai passé un très bon moment. J'ai retrouvé la Huguette qui m'avait tapé dans l'œil, en version encore améliorée. Prends soin de toi. Je t'embrasse.

Je décide d'appeler Delphine pour lui raconter mon week-end qui a été riche en émotions. Elle est heureuse de savoir que ma rencontre avec Alix s'est bien déroulée.

— Je suis inquiète car j'ai eu des saignements tout à l'heure. J'ai peur pour mon bébé.

— Tu n'es pas allée voir le médecin ?

— Non, j'attends un peu. Ce n'étaient que quelques gouttes, il paraît que ça peut arriver en début de grossesse.

— Repose-toi.

— Oui, c'est ce que je fais. J'en profite, Damien est à mes petits soins.

— Tu as raison. Sinon, est-ce qu'il y a du nouveau entre Maxime et Gabrielle ?

— Figure-toi qu'il a reçu la lettre. Il ne savait pas du tout que Gaby avait des sentiments pour lui.

— Les hommes ne sont vraiment pas doués pour lire entre les lignes. Et alors ?

— Il est venu la voir tout sourire, pensant à une blague, jusqu'à ce que Gaby prenne son courage à deux mains et lui avoue la vérité.

— Et alors ?

— Il lui a répondu qu'il était ennuyé car il s'était engagé avec l'émission de télé.

— Il peut annuler sa participation. La question c'est : a-t-il lui aussi une attirance pour Gabrielle ?

— Il lui a dit qu'elle ne le laissait pas indifférent mais qu'ils devaient apprendre à se connaître pour vérifier que leurs projets de vie sont compatibles.

— Mais qu'est-ce qu'ils ont, tous ces mecs, avec leurs projets de vie ?

— Il n'a pas tout à fait tort.

— Oui je sais, je ne fais pas beaucoup preuve d'objectivité sur ce coup-là.

— Alors ils ont décidé de passer du temps ensemble. Il l'a invitée à venir à la ferme…

— Il fait *L'Amour est dans le pré* version individuelle, en somme.

— Oui. Gaby le vit très bien. La campagne lui a trop manqué durant son incarcération, elle ne veut plus la quitter.

— Et d'après toi, c'est en bonne voie ou pas ?

— Oui, je crois qu'ils sont bien partis. La suite au prochain épisode.

35

Réunion de travail

Les premiers jours de la semaine sont consacrés à l'avancement de mon business plan. Après plusieurs heures la tête dans les chiffres, je décide d'envoyer un message à Alix.

Bonjour Alix,
Je pensais à toi. J'espère que tu vas bien. Je te souhaite une belle journée.
Je t'embrasse affectueusement.

Ce n'est que le lendemain, alors que je suis en route pour la Bourgogne, qu'elle me répond.

Bonjour,
Je vais bien, merci. J'espère que vous aussi. C'est gentil de penser à moi. À bientôt.

Je suis contente de savoir que tu vas bien. Ça me ferait très plaisir de te revoir. Si le cœur t'en dit, fais-moi signe. Bisous.

Je lui laisse tout le temps dont elle a besoin pour s'adapter à la situation, tout en lui témoignant mon désir de me rapprocher d'elle.

Je me rends en Bourgogne dans l'objectif de visiter différents locaux commerciaux qui pourraient convenir à notre nouvelle activité. J'enchaîne les rendez-vous avec des agents immobiliers de la zone que j'ai quadrillée. J'ai listé les critères indispensables et aucun bien ne répond précisément à mes attentes. Soit le parking est inexistant, soit le bâtiment est trop isolé, soit il nécessite des travaux trop coûteux. Je suis déçue par cette demi-journée de visites mais ne baisse pas les bras pour autant et contacte d'autres agences pour confirmer de nouveaux rendez-vous.

Consciente que je fais preuve de quelques lacunes en logistique, je décide d'appeler Lucas à la rescousse.

— Je sais que l'on est censés prendre nos distances mais j'ai besoin de tes connaissances et de tes conseils pour bien démarrer.

— C'est d'accord.

— C'est vrai ? Merci beaucoup.

— Quand veux-tu me voir ?

— Tes disponibilités seront les miennes. Je suis libre comme l'air, c'est plus facile pour moi de m'adapter.

— Ce soir ?

— Ça ne posera pas souci avec Audrey ?

— On n'avait pas prévu de passer la soirée ensemble de toute façon.

— Ah bon ? Pourquoi ?

— C'est le jour de mon entraînement de foot. Je peux le manquer pour une fois. Vu le temps qu'il fait dehors, je t'avoue que je n'avais pas très envie d'y aller. Je serai chez toi vers 18 heures 30, ça te va ?

— OK, super.

La perspective de passer la soirée avec Lucas me rend guillerette. Je jette un coup d'œil à la pendule et m'aperçois que cette fois, je n'aurai pas le temps de faire un saut chez René et Delphine. Je reprends aussitôt la route vers Paris.

J'accueille Lucas le cœur léger. Bien qu'il ne vive plus ici, c'est amusant de voir que les habitudes sont persistantes. Il a accroché sa veste sur la patère très naturellement. Je doute même qu'il ait réfléchi à son geste. Il accepte volontiers la bière que je lui propose et nous échangeons quelques banalités sur la journée écoulée, comme autrefois, avant d'étudier les questions avec lesquelles je rencontre des difficultés. Il m'avoue qu'il est impressionné par le travail que j'ai déjà accompli.

— Ton idée des cagettes de légumes solidaires pour les plus démunis est géniale. Quand on sait le gâchis dans les grandes surfaces avec la destruction des invendus...

— C'est l'esprit de solidarité à la campagne qui m'a inspirée.

— Tu t'es découvert une passion pour le monde agricole, on dirait.

— On peut dire ça. Disons que j'ai écouté l'avis de personnes impliquées et qu'elles ont su me convaincre sur plusieurs points. Avant mon séjour en Bourgogne, je ne m'étais jamais penchée sur la question des algues vertes sur les plages de Bretagne à cause des élevages porcins intensifs ou de la pollution des sols du fait des pesticides.

— C'est pour cette raison que tu cibles exclusivement des produits locaux et de saison ?

— Je tiens à ce que l'amour de la terre et la juste rémunération des producteurs soient au cœur du projet. L'objectif n'est pas de dégager des bénéfices mirobolants mais de mettre en place un circuit court qui satisfera aussi bien les consommateurs que les agriculteurs. Chacun doit y trouver son compte.

— Ça veut dire que tu vas t'installer en Bourgogne ?

— Non, j'aime trop ma vie parisienne. Je n'ai pas l'intention de travailler à temps plein dans la supérette. Je monte le projet et lorsque chaque intervenant aura trouvé sa place, je leur laisserai les rênes.

— Quel altruisme !

— Et quand ils n'auront plus besoin de moi, je chercherai un nouveau poste de DRH.

— Tu prévois donc de retourner à tes premières amours ?

— Oui, c'est ce que j'aime.

— Dans ta prochaine entreprise, si tu recherches un responsable logistique, tu penses à moi ?

— Pourquoi, tu veux quitter ton poste toi aussi ?

— Oui, je commence à y penser sérieusement.

— Je croyais que tu t'y sentais bien.

— C'était le cas avant. Maintenant, ça devient compliqué avec Audrey.

— Il ne faut jamais mélanger le sexe et les affaires.

— Ça marchait pourtant bien tous les deux.

— Oui c'est vrai. C'est quoi le problème avec Audrey ?

— Elle se fait charrier par les collègues du service. Certains disent que je fais du favoritisme parce qu'on sort ensemble. Elle ne vit pas très bien tout ça. Ça la mine.

— Quelle idée aussi de sortir avec une personne de son équipe ! Tu aurais pu choisir une hôtesse de caisse ou une de mes assistantes par exemple.

— On ne choisit pas de qui on va tomber amoureux.

Pour le coup, il vient de me clouer le bec. Je change de sujet.

— Tu as faim ? Je peux commander des pizzas si tu veux.

— OK mais c'est moi qui t'invite.

— D'accord. Je vais passer commande. Une pizza poivrons chorizo comme d'habitude ?

— Tout à fait.

Tandis que je contacte la pizzeria, je vois Lucas observer avec attention le cadre photo sur le buffet. J'aimerais connaître chacune de ses pensées.

— Je n'ai pas encore eu le courage d'enlever notre photo, je lui avoue.

— Et avec ta fille ? Comment ça se passe ?

— On ne s'est pas encore revues depuis la semaine dernière mais on a échangé quelques textos.

— Ça te fait quoi d'être mère ?

— Je suis heureuse. Pas de la façon dont ça s'est passé, bien sûr, mais nos retrouvailles m'ont réconciliée avec moi-même et avec la maternité.

— Je vous souhaite d'avoir une relation harmonieuse et pleine d'amour.

— L'amour, je l'ai déjà. Quand je pense à elle, je me sens remplie de tendresse.

— Tu étais sérieuse la dernière fois, quand tu disais que tu te sentais prête à devenir mère ?

— Oui. J'ai envie d'avoir un enfant. Le problème, c'est que maintenant je n'ai plus de père sous la main pour tomber enceinte, je lance sur un ton sarcastique.

Nous nous remettons au travail en attendant la livraison de notre repas.

Deux heures plus tard, alors qu'il est sur le seuil, prêt à quitter l'appartement, je me rappelle les documents pour le divorce qui traînent sur mon bureau depuis un petit moment. Je vais les chercher et les lui tends.

— Tiens, j'ai signé la convention de l'avocat. J'ai validé toutes les clauses. Tu pourras la remettre à Nicolas.

— Tu t'es enfin décidée à accepter le divorce ?

— C'est ce que tu voulais, non ?

— …

Je n'ai pas eu de réponse à ma question. Est-ce mon esprit qui se fait des films ? J'ai eu le sentiment qu'il n'avait pas envie de partir ce soir. Moi non plus, je n'avais pas envie qu'il s'en aille.

L'avenir n'est jamais que du présent
à mettre en ordre. Tu n'as pas à le prévoir,
mais à le permettre.

Antoine de Saint-Exupéry

36

À l'abordage !

Un mois a passé. Le printemps est bien installé, les arbres montrent fièrement leurs petits fruits en croissance et les fleurs exhibent leurs pistils colorés. Ces dernières semaines ont été harassantes mais ô combien passionnantes. Alix et moi nous sommes rencontrées à trois reprises. Nous avons déjeuné ensemble, avons fait les boutiques et elle est même venue passer un moment à la maison avec son père adoptif. Il est aussi charmant que ma fille, bien qu'il soit très affecté par le décès de son épouse. J'ai su gagner leur confiance et c'est un grand pas. Alix continue à s'ouvrir et à se confier à moi. Elle me tutoie désormais et m'appelle par mon prénom.

J'ai eu très peu de nouvelles de Lucas. Le divorce est en cours, nous devrions chacun bientôt recevoir les documents de séparation officiels. J'aurais voulu reculer l'échéance mais il était nécessaire que je lâche prise.

J'ai été très peinée d'apprendre que Delphine avait finalement perdu son bébé. Elle a vécu plusieurs jours de déprime puis, le cycle suivant, l'espoir est revenu à elle. Elle décompte les jours avant de faire un nouveau test de grossesse.

Maxime a résolument décidé de mettre fin à sa participation à *L'Amour est dans le pré.* Gabrielle n'a cessé de lui témoigner son amour et il est lui aussi tombé amoureux. En bon samaritain, il aime l'idée de combler les failles et les fissures de son cœur.

René continue sa petite vie rythmée par sa routine bien huilée et les allers-retours dans sa mémoire. Il est heureux de voir apparaître les beaux jours, synonymes de multitudes de fleurs qui égayeront la tombe de Louise, de balades le long des canaux et de parties de pétanque avec ses camarades.

C'est aujourd'hui qu'a lieu l'inauguration de la supérette BioSaison. Pour l'occasion, toutes les personnes chères à mon cœur sont présentes. Il y a René qui se qualifie déjà de plus fidèle client, Delphine et Damien, fiers de mettre la main à la pâte, Maxime et Gabrielle, tous deux salariés du magasin, Lucas, content d'avoir pu apporter ses conseils de logisticien et Alix, qui tient à m'encourager. Il y a aussi, bien entendu, les autres agriculteurs associés. Nous fêtons l'événement au restaurant situé en face du canal. Je me lève pour porter un toast.

— Je tiens à tous vous féliciter pour ce fantastique projet qui a pris naissance ici, dans votre campagne bourguignonne, et que vous avez tous porté avec enthousiasme et foi. Il y a quelques mois encore, lorsque je suis arrivée, j'avais, moi, la Parisienne orgueilleuse, une piètre image de la campagne. J'ai fait votre connaissance et, avec beaucoup de bienveillance, vous m'avez fait découvrir les merveilles de votre région. Vous m'avez appris ce qu'était la solidarité et à aimer la nature, le silence et le temps. C'est donc avec le cœur lourd que je suis retournée à la capitale. Vous m'avez tous manqué.

Ce projet est né parce que vous avez su me témoigner votre amour de la terre et le respect de nos agriculteurs. Je ne vous remercierai jamais assez pour tout le positif et toute la valeur que vous avez ajoutés à ma vie. Je suis très fière de vous connaître et de faire partie de vos proches. Je vous souhaite tout le bonheur du monde et longue vie à notre supérette BioSaison ! Aussi, j'ai organisé une petite surprise. Après le repas, nous irons tous ensemble profiter d'une balade sur les canaux. Santé !

Les applaudissements et les remerciements fusent et chacun lève son verre.

Nous embarquons sur le bateau que j'ai loué pour l'après-midi. Je lis la joie dans les yeux de chaque participant. On discute, on rit, on admire la nature autour de nous. Le cadre est paisible, presque idyllique. Non, pas « presque », il l'est, car sont présents Alix et Lucas, les amours de ma vie. J'ai fait les présentations. Ma fille dit que nous formons un joli couple, ce que Lucas ne dément pas.

Quant à René, il est ému. Il n'a pas mis les pieds sur un bateau depuis trente ans. Il est seul avec sa canne, assis à l'avant, plongé dans ses souvenirs de marinier. J'imagine le film qui défile devant ses yeux, son enfance, sa famille, Louise et ses amis, la douleur et le bonheur. Je m'assieds à côté de lui un petit moment.

— J'espère que ma surprise te fait plaisir, mon oncle ?

— Oui, beaucoup. Merci ma petite-nièce. Ça faisait longtemps que j'en rêvais. Je ne pensais pas pouvoir refaire ce genre de voyage avant mon départ pour l'autre monde. Tu sais, je suis fier de toi. Tu es une belle personne et tu mérites d'être heureuse.

— Merci à toi car tu m'as aidée à révéler le meilleur de moi.

— Alors, ça s'annonce bien avec Lucas on dirait ?

— Il n'y a pas de changement. Pourquoi tu penses ça ?

— Un homme ne donne pas de son temps sans raison.

— Je ne sais pas. Je ne réfléchis pas trop. Je me contente d'apprécier la douceur de cette journée.

— C'est une saine attitude.

— Je tiens vraiment à te remercier pour la tonne de gentillesse que tu as déployée à mon égard. Si j'ai réussi à faire la paix avec mon passé, c'est en grande partie grâce à toi, dis-je en l'enlaçant.

— Je suis heureux d'y avoir participé.

Je le quitte pour retourner auprès de Lucas et d'Alix qui sont en grande discussion, puis ma fille nous abandonne pour faire plus ample connaissance avec René, son arrière-grand-oncle. Petit à petit, elle construit son arbre généalogique et remplit les pages blanches de son histoire. Pour le moment, elle refuse de rencontrer ma mère mais elle promet de changer d'avis, quand elle lui aura pardonné.

— J'espère que tu es satisfaite, madame la Parisienne orgueilleuse ? me lance Lucas, taquin.

— Oui, assez, je réponds en lui tirant la langue.

— Tu peux l'être.

Il pose une main autour de ma taille, geste qui provoque en moi une série de frissons incontrôlables.

— C'est une belle journée, tu ne trouves pas ?

— Parfaite. Si ce n'est qu'aujourd'hui, nous aurions fêté nos huit années de mariage, dis-je, nostalgique.

— Justement, à ce propos, j'ai quelque chose à te demander.

— Oui, quoi ?

— Veux-tu encore être ma femme ?

— Pardon ?

— Veux-tu toujours t'appeler madame Manon Perret ?

Il sort les huit coquelicots qu'il a cueillis avant d'embarquer et qui dépassent de sa poche de chemise et me les tend. Je les prends et les porte à mon nez instinctivement.

— Mais le divorce et…

— Je ne veux plus divorcer. Je te demande pardon. J'ai fait une grosse erreur quand je suis parti. Je pensais qu'on ne pouvait pas sauver notre couple, que tu ne m'aimais plus. Ces dernières semaines, tu occupais chacune de mes pensées. Tu es redevenue celle de qui j'étais tombé amoureux. Je te demande pardon parce que je n'ai pas compris que tu étais en détresse. J'ai interprété ton mal-être comme de l'indifférence envers moi. Je n'ai rien compris. J'ai été con et égoïste.

— Oui tu l'as été. C'est original, ces fleurs !

— Noces de coquelicot !

— Je l'ignorais et cela se prête à merveille à cette journée champêtre.

Mon visage devient grave et je le regarde avec interrogation.

— Et Audrey, dans tout ça ?

— Elle a bien remarqué que moi aussi, j'étais différent ces derniers temps. Elle a compris que j'étais avec elle pour combler le manque de ta présence. Nous en avons discuté longuement et elle ne veut pas être avec moi si mes pensées sont ailleurs.

— Je la comprends. Étonnamment, j'ai de la peine pour elle.

— C'est la raison pour laquelle j'ai postulé à des offres d'emploi. Il est temps pour moi de voguer vers de nouveaux horizons. Sinon, j'avais pensé poursuivre ton projet et implanter d'autres supérettes BioSaison un peu partout sur le territoire…

— Mais oui, c'est une excellente idée !

— Tu ne m'as pas répondu, Bernadette. Veux-tu bien être mon capitaine de croisière et fonder un équipage de petits pirates ?

— Attends, combien de matelots au juste ?

— Oh, rien que trois ou quatre.

— Trois ou quatre ?!

— Je plaisante. Un serait déjà merveilleux.

— D'accord pour un pirate.

Il m'embrasse tendrement tandis que tous les passagers nous acclament. Je passe ma main dans ses cheveux et ajoute :

— Tu vois, je t'avais bien dit que j'étais la femme de ta vie ! J'ai toujours raison ! Quand on aura l'âge de René, tu me le rappelleras…

Épilogue

Après des mois de souffrances, tout est bien qui finit bien. Lucas et moi filons de nouveau le parfait amour. Il est revenu s'installer dans mon appartement. Enfin, *notre* appartement. Il s'est lancé dans la création de franchises Happy and Green tandis que j'ai commencé un nouveau travail de consultante ressources humaines dans un cabinet de formation. J'ai arrêté ma contraception dans l'espoir de tomber enceinte. Quant à Audrey, elle a tourné la page et a trouvé un nouveau petit ami.

Alix passe de plus en plus de temps avec moi et dort même à la maison certains week-ends, quand elle ne reste pas à la faculté de médecine. Elle et son père adoptif se remettent doucement du décès de Pauline. On n'oublie ni ne remplace jamais une personne que l'on a follement aimée. On apprend jour après jour à penser à elle avec tendresse et à l'emmener avec nous partout où l'on va.

René se porte toujours bien et n'a rien changé à ses habitudes, si ce n'est qu'il ne peut plus rendre visite à sa voisine Henriette. Des problèmes de santé l'ont contrainte à partir en maison de retraite à plusieurs centaines de kilomètres de là, au plus près de ses enfants. Nos deux retraités se sont adaptés et discutent désormais en FaceTime, même si rien ne vaut le contact physique. Puisque la maison d'Henriette a été mise en vente, Lucas et moi l'avons achetée. Nous pouvons ainsi descendre en Bourgogne plus souvent et passer du temps avec nos chers voisins. Après avoir compté les jours jusqu'à l'ovulation, Delphine compte désormais le nombre de semaines qui la séparent de l'accouchement. Elle a hâte car elle a l'impression d'être un tonneau et ne voit plus ses pieds. Au fait, c'est un garçon. Ne parvenant pas à choisir entre les prénoms Johnny et Jean-Philippe, les heureux parents se sont finalement mis d'accord sur le prénom Diego.

Gabrielle s'est définitivement installée chez Maxime avec son fils. Elle travaille à temps plein à la supérette et apprécie pleinement sa complète liberté. Arthur semble bien vivre ce déménagement, content de pouvoir rattraper le temps perdu avec sa mère. Maxime, quant à lui, continue de recevoir des lettres enflammées de prétendantes depuis son passage à la télé. Ses revenus, comme ceux de plusieurs agriculteurs du coin, ont augmenté et tous ont le sentiment d'être reconnus pour leur engagement.

Ma mère a entamé une thérapie. Elle a compris qu'elle a, elle aussi, bon nombre de blessures à guérir et une culpabilité qui la ronge. Elle a demandé pardon à sa petite-fille qui a accepté de la rencontrer. Mon père est encore sous le choc de n'avoir rien remarqué.

Cette aventure m'a appris que la solitude touche tout un chacun. Jeunes, vieux, célibataires, en couple, parents, enfants, cadres, ouvriers... Elle dessine pourtant un lien commun entre tous. Qu'il s'agisse de René dans son veuvage, de Gabrielle dans sa cellule, de Lucas au sein même de son couple, d'Alix dans l'ignorance de ses origines, de Delphine dans sa fertilité, de Maxime dans son célibat, de ma mère dans son rôle de femme au foyer ou de moi dans mon mal-être, nous avons chacun subi le manque. Et si la guérison est un cheminement intime et personnel, les rencontres n'en sont pas moins un miel apaisant. La famille, l'amitié, sont une richesse, un baume, et le secret de l'harmonie se trouve dans la loyauté et la tolérance. J'ai découvert que, s'il y a attirance au début, l'amour, le vrai, se construit, se taille comme un diamant, que, comme toute chose qui a de la valeur, il demande du temps et de l'investissement. Ce sont l'abandon de soi, une communication sincère, de la complicité, du soutien, de l'affection témoignée dans une multitude de petits détails du quotidien qui rendront la relation pérenne et réjouissante.

J'ai compris que nombre de nos aînés sont une source intarissable de connaissances. Maturité, sagesse, humilité, fidélité, solidarité, solidité, stabilité. Ils ont des trésors à transmettre aux jeunes générations. À travers les leçons tirées de leurs expériences nombreuses, ils ont su distinguer l'essentiel du superflu et découvrir les chemins qui conduisent à la paix de l'esprit. Nous leur devons d'être qui nous sommes, telle une pierre de fondation. Et si eux avaient trouvé comment adoucir la vie ? Et si la solution était de les imiter dans leur rapport au temps ? Finalement, puisque nous ne savons pas ce que sera demain, et si l'on savourait le moment présent en mesurant la chance que nous avons d'être en vie ? Et si l'on profitait simplement de chaque instant comme s'il était le dernier ?

Je crois en une contamination de l'amour, de la bienveillance, de la douceur et de l'intelligence. Chaque fois qu'on pose un acte de tendresse, d'affection, d'amour, chaque fois qu'on éclaire quelqu'un en lui donnant un conseil, on modifie un tout petit peu l'avenir de l'humanité dans le bon sens.

CHRISTOPHE ANDRÉ, *TROIS AMIS EN QUÊTE DE SENS*

FIN

Playlist

La musique donne une âme
à nos cœurs et des ailes à la pensée.
PLATON

Afin de vous mettre dans l'ambiance, je vous partage ici les chansons qui font partie de cette histoire.

- *Boire un petit coup*
- *La Gadoue* – Jane Birkin
- *Manon, le rêve de Des Grieux* – Tino Rossi
- *Allumer le feu* – Johnny Hallyday
- *Gabrielle* – Johnny Hallyday
- *Quelque chose de Tennessee* – Johnny Hallyday
- *Retiens la nuit* – Johnny Hallyday
- *Cadet Rousselle*
- *J'ai perdu le do de ma clarinette*
- *I will survive* – Gloria Gaynor
- *Too Late to Apologize* – One Republic
- *Les Nuits parisiennes* – Louise Attaque

Remerciements

Je viens d'écrire mon troisième roman. Cela me paraît fou. Fou que des personnes m'encouragent à continuer l'aventure après *Souviens-toi que tu m'aimais* et *Tous les bonheurs du monde*. Comme quoi, la vie est pleine de surprises !

D'abord, si j'ai le privilège de voir *Ce qui vaut la peine* dans les rayonnages des librairies, c'est grâce à la confiance de mon éditeur. Merci infiniment, Frédéric, d'avoir ajouté ce nouveau roman aux titres de City Éditions. Merci également à Morgane et Raphaëlle pour le beau travail qu'elles accomplissent.

Un grand merci aux libraires qui m'accueillent chaleureusement dans leurs boutiques et aux bibliothécaires qui conseillent mes livres avec enthousiasme. Je pense notamment à Muriel du Furet du Nord de Béthune, à Léa, Laurence et Valérie d'AlphaB, Chantal de la bibliothèque de Blendecques…

Aussi, si je peux rester des heures devant mon ordinateur, c'est parce que je suis bien entourée. Merci à ma famille, mon mari et mes enfants d'accepter mes absences pour cet autre monde qu'est mon imagination. Mention particulière à Liliane, Monique et Carole pour leur soutien.

Mille mercis aux personnes qui m'inspirent, par un mot, un geste, une attitude. Je pense particulièrement à l'homme extraordinaire qu'est mon grand-oncle Goël, que je considère comme mon grand-père. J'ai voulu retranscrire au travers de René sa bienveillance, son courage, sa gentillesse. Même s'il s'agit d'une fiction, il était important pour moi de faire ressortir les qualités qui font de Goël une si belle personne. Merci mon oncle pour toutes nos conversations si enrichissantes et pour celui que tu es.

Parce que j'aime mettre un peu de moi dans mes histoires, j'ai choisi de vous parler de sujets qui me tiennent à cœur :

- la navigation, les canaux, qui font partie de mon héritage puisque mes ancêtres étaient bateliers ;
- la nature, la campagne, et leurs paysages qui me font tant de bien. J'ai voulu rendre hommage aux agriculteurs qui font tant d'efforts pour ne pas polluer les sols et appauvrir les terres, aux fermiers qui veillent au bien-être de leurs bêtes, à ceux qui nous nourrissent. À leur courage et à leur engagement ;
- l'identité, les racines, la famille, qui font de nous ce que nous sommes.

Et puis, il y a les amis, les rencontres au détour d'une dédicace, les lecteurs et lectrices qui me témoignent leur affection. Si vous saviez combien vos messages me font plaisir ! Je me suis tellement attachée à certains d'entre vous. J'espère que vous ressentez toujours autant de satisfaction à tourner les pages de mes romans. Alors, merci à vous qui êtes fidèles depuis le début, à vous qui me suivez sur les réseaux sociaux, qui partagez mes publications, qui achetez mes livres, qui laissez des commentaires sur les plateformes d'achat, et à vous qui venez à ma rencontre lors des salons et dédicaces pour échanger quelques mots gentils. Je ne peux évidemment pas tous vous citer mais je pense notamment à Gwenaëlle Charton, Floriane Becker, Sylvie Leleu, Chantal Silvi, Stéphanie Ruiz, Stéphanie Freguin, Nathalie Counasse, Martine Debreuve, Isa Charliac Loiseau, Sylvie Robette, Julie Garcia, Lisa Pla, Céline Augoyard, Marie-Christine Étienne, Myriam Boulet, Pierre-Yves Lemaire, Béatrice Spital, Laetitia Raoult, Cécile Lambalieu, les super conseillers et conseillères de Leroy Merlin Béthune, Céline Depestel, Julie et Virgile Deman, Catherine Vlaemynck Asquin, Antoine, Isabelle Desplanque, Stéphanie François, Cathy Bailleux, Virginie Balza, Cécile Vaillant, Véronique Courouble, Virginie et Frédéric Vincent, le GAM, mes collègues de travail, Stéphanie Méhay et son barbu, Zyta Cléton, Gilberte Londot, Hélène et Marian, Bernadette Wolff Picard, Magali Hennebelle, Joëlle Wattelier, Valérie (Rom), Yanis, Marie Nawrocki, ses parents et Julien, Karine Nam, Isabelle Polrot, Delphine Bancquart, Claudie Gaasch, Gaelle Leclerc, Christelle (Sam Cap), Dominique Moine, Nancy (Reme), Françoise Loyer, Lydie Cuvilliez, Christelle Jallat, Françoise Vallade, Nadège Fournel, Ambre Reis, Pascale Vezina, Rose-Marie Jayé, Caroline Marinia Marcot, Caro (R-f), Nathalie Catenassi, Sophie Acquaviva, Patricia Mathieu, Béatrice Léonard, Nadine Naveau, Marie-Jo Visentin, Anne-Marie (amg-hms), Delphine Mlynarczyk, Vanille Moka, Céline Girard, Claudia Andrejevic, Lydie et Myriam Hannebique, Laeticia Krysanoski, Claude Dautricourt, Françoise Goudallez, Marie-Anne Audureau, Béatrice Hérion, Catherine Barthélemy, Marie Chenesseau, Carrie Maria, Brigitte Bezeau, Chantal Rogiers, ma chiquita Ola, Christelle Casier, Alexia bld, Cathy Bouhelier, Isabelle Carvalhais, Sandrine Berrier, Céline Czimoski, Laetitia Colesan, Léa Carette, Karine et Damien Strazer, Céline Tiago, mes amis auteurs, l'équipe de ma supérette bio préférée (Un autre chemin Béthune), et tant d'autres…

Je vous souhaite tout le bonheur du monde. Prenez soin de vous, je vous aime !

Achevé d'imprimer en mai 2021
sur les presses de la Nouvelle Imprimerie Laballery
58500 Clamecy
Numéro d'impression : 105238

Imprimé en France

La Nouvelle Imprimerie Laballery est titulaire de la marque Imprim'Vert